연희 이야기

연희 이야기

지은이 전혜진
펴낸이 임상진
펴낸곳 (주)넥서스

초판 1쇄 인쇄 2025년 12월 22일
초판 1쇄 발행 2026년 1월 5일

출판신고 1992년 4월 3일 제311-2002-2호
주소 10880 경기도 파주시 지목로 5 (신촌동)
전화 (02)330-5500 팩스 (02)330-5555

ISBN 979-11-24028-31-5 03810

www.nexusbook.com
&(앤드)는 (주)넥서스의 문학 브랜드입니다.

작가매니지먼트와 저작권은 그린북에이전시에 문의해주세요.
toni@grb-agency.com

연희 이야기

전혜진 소설

&

목차

연희 이야기

연희 이야기
1

로비에 앉아서 천장을 올려다보니 대학병원은 거대한 생물체의 뱃속같았다. 외래 환자들은 에스컬레이터와 안내 표지판을 따라 줄지어 움직였고, 여러 대의 엘리베이터는 번갈아 가며 사람들을 내려놓고 새로 태우기를 반복했다. 연희는 그 낯설고 위압적인 풍경에 잠시 압도되어, 관광객이라도 된 듯한 기분으로 이 거대한 대학병원을 1층에서부터 죽 훑듯이 올려다보았다. 그리고 핸드폰을 꺼내 큰오빠인, 지금은 유일한 오빠인 원일에게 짧게 메시지를 보냈다.

- 지금 도착. 1층 로비예요.

카페에서 커피 한 잔을 주문하고 입구에서 잘 보이는 곳에 자리를 잡고 앉았다. 사람을 기다리는 동안 연희는 핸드폰을 꺼내 SNS를 들여다보았다. 한 달쯤 전에 어느 대학교 앞에서 20대 남자가 여자 친구의 배신에 분노하여 바이크로 돌진하다가 건물 옆에서 나오던 쓰레기 분리수거 차량에 치여 목숨을 잃었다는 기사가 뒤늦게 공유되고 있었다.

흔한 이야기였다. 20대 남자가 홧김에 분을 못 이겨 남을 해치려 하는 것도, 그 대상이 여자인 것도, 그저 배신했다는 이유만으로 죽여 마땅하다고 생각했다는 것도. 죽을 뻔한 여자가 정말로 그 남자의 여자 친구이긴 했을까? 그야말로 일방적인 짝사랑이거나, 고백은 했는데 거절당했거나, 혹은 그저 다른 남자와 사귀는 것이 분해서 그랬을지도 모른다. 아니면 아예 모르는 사람인데도, 그저 마음에 안 든다는 이유만으로 해치려 했을 수도 있었다.

하지만 남의 이야기하기 좋아하는 사람들은 이런 일이 벌어지면 뭔가 치정 관계가 있었을 것이라며, 그럴듯하고 자극적인 이야기들을 쉽게도 갖다 붙인다. 지금 SNS에서 사람들이 기사를 공유하며 왈가왈부하는 것도 바로 그런 이야기였다. 누군가가 그 기사를 인용하며 자기 학교에서 일어난 일이고 기사가 처음부터 끝까지 잘못되었다고, 여학생은 그 남자를 그날 처음 봤다고, 둘은 아무 사이도 아닌데 그 남자가 여학생 이름을 부르며 바이크로 치어 죽일 듯한 기세로 돌진했다고 설명하는 가운데, 다른 누군가의 악의 어린 조롱이 눈에 띄었다.

↳ 여자가 뭔가 당할만한 짓을 했겠지 ㅋㅋㅋ

당할만한 짓이라. 어떤 사람들은 너무 쉽게 조롱의 대상이나 분노의 욕받이가 되어버린다. 어떤 사람들은 피해자인데도 비난의 대상이 된다. 자신이 겪었던 상처 위에, 왜 네가 더 참지 못했느냐고, 너만 입 다물면 모두가 편해지지 않느냐는 힐난이 상처 위에 상처를 내어 피투성이가 된 채로 살아가기도 한다. 어떤 사람들은 아무 짓도 하지 않았는데 살해당하고, 어떤 사람들은 아무 빌미도 주지 않았는데 타인의 정욕에 희생되고, 또 어떤 사람들은…….

어떤 '누이'는 아무 짓도 하지 않았는데 내쫓기기도 했다. 같은 차에 탔던 가족 모두가 사고로 목숨을 잃었을 때, 혼자만 목숨이 붙어 있었다는 이유로. 사람이 아니라 여우 새끼라고, 여우 새끼가 제 부모형제를 모두 잡아먹었다는 비난과 저주를 받으면서.

그렇게 영영 지워지고 잊혀질 뻔했던 가족이라도, 필요하면 다시 불러들이는 걸까? 제 입으로 제 막내딸인 바리공주를 내다 버리라 명령하고는, 죽을 병에 걸려서야 바리공주를 다시 불러들인 오구대왕처럼.

"…… 오랜만이다."

연희는 고개를 들었다. 30년 전 마지막으로 얼굴을 보았던 오빠 원일이, 중년이 되어 눈앞에 서 있었다.

침대 곁으로 다가가자 약 냄새와 소독약 냄새, 그리고 희미한 악취가 났다. 연희는 원일의 메신저 프로필 사진으로만 보았던, 아마도 평생 볼 일이 없을 줄 알았던 아이를, 조카를, 원일의 하나뿐인 딸을 물끄러미 내려다보았다. 진정제를 맞고, 아이는 깊이 잠들어 있었다. 연희는 침대에 붙어있는 이름표를 올려다보았다. 요즘은 개인정보를 보호한다고 환자 이름표도 남들 다 보이는 데 붙은 것은 한 글자를 가려놓곤 한다. 그러고 보니 아이 이름도 몰랐구나 싶어서 연희는 잠든 아이의 이마를 손끝으로 쓰다듬어 보며 물었다.

"애 이름이 어떻게 돼요?"

스무 살이 되도록 이름도 몰랐던 조카였다. 사진 속에서는 늘, 이 아이의 마냥 행복해 보이는 모습만 보았는데. 유치원에 들어가고, 초등학교에 들어가고, 제 아빠와 함께 바닷가에서 뛰어놀고, 바이올린을 연주하고, 교복을 입고 꽃다발을 든 채로 활짝 웃고 있던 입학식과 졸업식들 사진도 보았다. 아이의 중학교, 고등학교 교복에 박힌 교표를 인터넷에 검색해 보고 유명한 예술중학교, 예술고등학교인 것을 보고 내심 엄마 생각도 했다. 우리 어머니도 중학교 음악 선생님이셨는데, 피는 못 속이는구나 하고 생각하기도 했는데.

"말하기 싫으면 관둬요. 근데 일을 하려면, 필요한 최소한의 개인정보라는 게 있잖아요. 이름이라든가, 생년월일시라든가. 대체 나를 얼마나 용하다고 생각했는지는 모르지만, 그래도 알려줄 것은 알려줘야 뭐라도 해보죠."

"…… 밖에서 이야기하지."

병실에 들어와서 내내 말이 없던 원일은 짧게 그 말만 하고 병실을 나섰다. 그렇겠지. 잠들어 있다고는 해도 건너편 침대에도 사람이 있는데, 딸이 무병에 걸렸을지도 모른다거나, 여동생 같은 여자가 무당 행세를 하는 것을 남에게 보일 수야 없겠지. 연희는 어깨를 으쓱거리며 원일을 뒤따라 나섰다.

"오빠, 사량도가 어디 붙어 있는지는 알아요?"

"……."

"통영에서 배 타고 들어가면 있는 섬인데. 통영이 어딘지는 알죠?"

"……."

"통영 버스터미널에서 버스를 타고 서울에 있는 고속터미널까지 꼬박 네 시간 반 걸리는 길이에요. 그마저도 길 안 막히면 네 시간 반. 실제로는 다섯 시간은 잡아야죠. 오빠야 한번 와볼 생각도 없었을 테니 그게 경상도에 붙어 있는지, 전라도에 붙어 있는지도 모르겠지만."

원일은 여전히 대답하지 않는다. 연희는 나직하게 한숨을 쉬었다. 유세 부리려는 것은 아니어도, 사량도에서 서울까지는 멀다. 한번 서울에 오려면 섬에서 배 타고 나와서, 한 시간에 한 대 꼴로 있는 고속버스를 타고 꼬박 다섯 시간이 넘게 달려와야 한다. 물론 그렇다고 서울에 나다니는 일없이 섬에서만 지내는 것은 아니었다. 일이 있어서, 친구를 만나러, 때로는 보고 싶은 공연이 있어서라도 계절마다 한두 번은 서울에 오곤 했다. 이번에도 원일이 불러서 여기 왔지만, 겸사겸사 들렀다 갈 데도 있었다. 하지만 연희는 부아가 돋았다. 아무리 남만도 못한 사이라도 그렇지, 자기가 볼일이 있어서 사람을 여기까지 불러놓고는 저렇게 꿔다 놓은 보릿자루만도 못한 취급이라니. 여전히 못 올 자리에 온 사람처럼 취급하는 듯한 원일을 보고 있으니 괜히 시간 낭비, 차비 낭비해 가며 여기까지 온 것 같아 속이 쓰라렸다.

"이쪽으로 오지."

원일은 인적이 없는 창가에 멈추어 섰다. 환자 보호자들이나 면회객들이 민감한 이야기를 나누기 좋도록 일부러 그렇게 구획을 나눈 것인지, 병실과 병실 사이에 외따로 난 창가였다. 연희는 원일이 가리키는 대로 창가 앞의 나무 벤치에 앉아 정면으로 보이는 복도 저 편을 바라보았다. 간호사들이 카트를 밀며 분주하게 복도를 지나가고 있었다. 연희는 발목까지 내려오는, 검정에 가까운 짙은 회색 치마의 주름을 펴며, 헤어지고 삼십 년, 마지막으로 연락한 뒤로 열일곱 해가 지난 오빠와는 대체 무슨 이야기부터 해야 할지 고민했다. 만나서 반가울 사이라면 지나간 이야기라도 해볼 수 있겠지만, 그동안 어떻게 살았는지 궁금해할 만한 사이도 아니고. 좋은 일로 만난 것도 아니다 보니 모든 것이 조심스럽다. 적당한 이야깃거리를 찾느라 주위를 한 번 휘 둘러보는데, 이마가 근질거리도록 집요한 시선이 느껴졌다. 원일은 마치 지금 아이가 잘못된 것조차도 전부 연희의 탓이 아니냐는 듯, 불쾌한 표정을 얼굴에서 지우지도 않은 채 연희를 내려다보았다.

"…… 무슨 말을 듣고 싶은 건진 알지만, 그거, 맞거든요."

원일은 한순간 그 자리에서 무너질 듯한 표정을 지었다. 그 절망은 곧 분노와 원망으로 바뀌어 연희를 향했다. 연희는 씁쓸한 표정으로 오빠를 바라보았다. 외할머니는 무당은 아니었지만 평생 칠성신을 모시고 사셨다. 엄마가 돌아가신 뒤 연희를 사량도로 데려간 이모는 무당이었다. 연희 역시 신내림을 받았다. 지금 그가 원망하는 것은 자신이 아니라, 딸이나 조카, 손녀에게도 이어져 내려왔을 이 기박한 팔자다. 지금 원일의 눈에 연희는 딸에게 무당 핏줄을 물려준, 이 지긋지긋한 피의 흐름의 산 증거로만 보일 테니까.

"신가물이라고 해요. 신이 내리기 쉬운 체질인데, 자세한 건 애가 좀 깨어나 봐야 알겠지만 꽤 큰 신이 지피셨네. 오빠 마음 상하라고 하는 말이 아니라, 정말로 그렇다고요."

원일은 말이 없었다. 인정하고 싶지 않을 것이다. 그의 꼿꼿한 체면에 무속인이 된 동생 같은 것은 이미 죽은 사람이나 다름없는 존재였고, 아무리 자식이 달린 문제라지만 이런 일로 연희에게 연락하는 것조차도 그에게는 자존심에 손상이 가는 일일 것이다.

"아니, 오빠도 짐작은 했겠지. 짐작했으니까 그 섬 구석에 처박혀 있던 나까지 불렀겠지."

"내가 뭘 어떻게 해야 하는 거냐?"

원일은 잔뜩 인상을 쓴 채로 묻다가, 한숨을 쉬며 연희의 옆에 나란히 앉았다.

"병원도 데려가고 목사님께 안수 기도도 받아봤다. 종합검진도 몇 번이나 했고 정신과에도 데려가 봤어. 혹시나 해서 무속인을 찾아가 봤더니, 내림굿을 하라더군. 말 같지도 않은 소리다 싶었는데, 두 군데, 세 군데를 더 가보아도 같은 말을 들었다. 무속인들끼리 다 한통속이라 무슨 업계 네트워크라도 있는 건지, 나중에 간 곳은 들어가 앉기도 전에 딸자식이 신을 받아야 산다는 소리를 하더군. 별 말 같지도 않은 소리다 했는데…….”

“말 같지도 않은 소리라도, 그 말에 일리가 있다 싶으니까 나한테까지 연락한 게 아니에요?”

“애가 손목을 그었다. 음악 하는 애라고, 손이 보물이라고, 스무 살이 다 되도록 제 손으로는 설거지 한번 순순히 하질 않던 애가 말이다.”

연희는 눈살을 찌푸렸다. 자기 자식이 그런 짓을 저질렀으니 놀라기야 했겠지만, 손목을 그은 정도로는 어지간해선 죽기도 어렵다. 하지만 백랍처럼 창백해진 얼굴이나 신경질적으로 재킷의 소매 끝을 잡아당기기를 반복하는 모습을 보고 있으려니 차마 그렇게는 말할 수도 없었다.

“…… 그건 살려달라고 외치는 거예요. 정말로 죽고 싶어서 그러는 게 아니라.”

“널 부른 건, 적어도 일가붙이면 사기는 치지 않겠거니 해서 부른 거다.”

“정말 그게 다예요?”

원일은 대답하지 않았다. 소매 끝과 손가락을 구겨 쥔 듯한 그 손등 위로 힘줄이 튀어나와 있었다. 제 동생은 그리 모질게 내쳤으면서 제 자식 일에는 저렇게 고통스러워하는 것을 보면서도, 고소하다거나, 쌤통이라거나, 어릴 때 지었던 구업을 되돌려받는 게 아니냐는 생각은 들지 않았다. 신을 받는다는 게 얼마나 괴로운 일인지 아는 사람은, 다른 사람이 그런 일을 겪을 때 감히 그런 생각을 할 수가 없다.

"나도 이런 게 말도 안 되는 일이라는 건 안다. 그래도 애가 아파서 다 죽어가는데, 병원을 몇 군데를 다녀도 병명은커녕, 혈액검사 같은 것도 전부 정상이라니, 별수 없이 그런 데라도 찾아가 보았지. 무슨 선녀, 무슨 장군, 뭐 그런 이름 붙여놓고 앉아서 헛소리나 툭툭 내뱉는 주제에 제 입으로들 만신이라고. 야, 만신은 무속인을 높여 부르는 말이라는데, 만신은 무슨 만신이야? 딱 봐도 사기꾼 같은 놈들이."

"…… 정말로 사기라고 생각했으면, 혹시나 하는 마음이 한 점도 없었다면 나한테 확인해 볼 생각도 안 했겠죠."

연희는 고개를 돌렸다. 뭐가 문제였을까? 신줄을 타고나는 것 자체가 문제라면 문제겠지만, 자신의 잘못은 없었을까? 혹시 잘못된 마음이, 어른들 사이의 해묵은 감정들이 죄 없는 아이에게 화살이 되어 날아간 일은 없었을까?

자동차 사고로 부모님이 돌아가시고 두 오빠들도 목숨을 잃은 가운데, 연희는 기적적으로 살아남았다. 갈비뼈와 한쪽

팔과 두 다리가 부러지고 며칠 동안 깨어나지 못했지만, 그만하면 천운이라고 할만했다. 그렇게 정신을 차렸을 때 엄마와 아빠와, 연희에게 수시로 장난을 치고 쥐어박으면서도 막냇동생을 퍽 예뻐해 주던 둘째 오빠와 셋째 오빠는 이 세상 사람이 아니었다. 그리고 친할머니는 졸지에 가족을 잃고 혼자만 살아남은 연희를 두고 악다구니를 해댔다. 여우 새끼라고, 여우 새끼가 제 아비와 오라비를 다 잡아먹었다고.

"오빠 말도 틀리진 않았어요. 사기꾼도 있고, 자기 깜냥에 비해 자기를 좀 부풀리려고 제 입으로 무슨 만신, 무슨 만신 하는 이들도 있기야 하죠. 굿값을 터무니없이 받는 무당도 있고, 별것도 아닌 일에 내림굿을 안 받으면 당장 죽는다며 그렇지 않아도 혼란스럽고 괴로울 사람을 거의 벼랑 끝까지 몰아세우는 무당도 당연히 있지요. 왜 없겠어? 신가물이라고 다들 신을 받는 것도 아니고, 그 사람들이 다들 크고 대단한 신을 받아서 산천에 제사 지내며 무당 노릇 하고 살아야 하는 것도 아닌데, 잠깐 지나가던 조상신이나 잡귀에 씌인 사람까지 내림굿을 해야 한다며 설치다가 남의 인생 평생 고생길로 몰아넣는 얼치기들도 있고. 오빠가 의심하는 거, 당연하고 잘하는 일이지. 그건 맞아요."

왜 여우 새끼라는 말을 들었는지는, 이모를 만나고서야 알았다. 엄마와 닮았고 엄마보다 젊었지만 나이를 짐작할 수 없는 얼굴을 하고 찾아온 이모는 통영 근처에서 꽤나 유명한 무당이라고 했다. 연희를 데려가라고 이모에게 연락한 것도 할머니였으면서도, 할머니는 마지막까지 연희에게 손가락질을 해대고, 연희를 데리고 집을 나서는 이모를 향해 굵은 소금을 뿌리며 욕설을 퍼부었다. 무당네 자손이 집에 들어오더니 남편이며 자식이며 다 잡아먹었다고, 여우 새끼 같은 무당 핏줄이 어디 안 가서 제 아비와 오라비를 다 빨아먹고 혼자 살아남았다고. 큰오빠인 원일은 할머니를 말리지도, 연희를 붙잡지도 않았다. 그는 정말로 여우 누이가 온 가족을 다 잡아먹었다는 이야기를 들은 이야기 속 오라비처럼, 차가운 눈으로 연희를 바라보기만 했다.

십칠 년 전에 딱 한 번 통화하면서 연락처를 교환하고 원일의 전화번호를 주소록에 등록했다. 그리고 몇 년이 지난 뒤, 연희는 원일의 메신저 프로필에서 이름도 모르는 조카아이의 얼굴을 유치원 졸업식 사진으로 처음 보았다. 토실토실하고 건강해 보이는, 자신의 어릴 때 모습과도 제법 닮은 구석이 있는 일고여덟 살쯤 된 아이의 얼굴을 들여다보다, 한순간이지만 그런 생각을 했다. 이 어린아이가 혹시나 신을 받거나 해도, 오빠는 여전히 이 아이를 보물처럼 사랑해 줄까?

"그런데 오빠가 나한테 원하는 대답은 그 무속인들이 사기꾼이냐 아니냐가 아니죠. 오빠가 바라는 답은 그냥 그거지. 이 애는 신가물이 아니다. 이 애가 앓는 것은 무병 따위가 아니고, 그냥 현대 의학으로 어떻게든 할 수 있는 일이다."

"당연하지! 세상천지에 대체 누가, 제 새끼 무당 되는 꼴을 보고 싶겠냐. 제대로 된 부모라면 누구도 그렇게는 생각 못 해."

혹시라도 그런 생각을 했던 것이 아이에게는 해가 되고, 신에게는 빌미가 된 것은 아니었을까? 신의 세계에서 인간이 신의 그릇으로 태어나는 것은 벌도 저주도 아니건만, 그 숙명을 받잡는 인간에게는 한없이 괴롭고 외로운 일이다 보니, 연희는 자꾸만 그때 그 찰나의 생각이 마음에 걸렸다.

"오빠가 어떻게 생각하든, 그게 문제가 아니에요. 이 애가 아픈 건 오빠가 납득할 수 있는 방식으로는 해결하지 못하니까."

"내 자식보고, 너처럼 무당이 되라고? 굿해서 먹고살면서?"

"내가 개인 사업자이긴 한데, 굿하고 점사 봐서 먹고사는 거 아니에요. 그냥 작은 도자기 공방 같은 거 하고 있지."

"도자기 공방 이야기가 왜 나와?"

"신을 받는다고 반드시 무당이 되어야 하는 건 아니라고요."

한때 떠올렸던 그 생각이 마음에 걸리는 만큼, 연희는 어떻게든 조카가 이 일로 좌절하지 않기를 바랐다. 제게 깃든 대신에게 발목을 잡혀 주저앉는 일이 없기를 바랐다. 큰 위인의 신령이나 산천의 큰 신령에 감응하여 무업을 이어 나라의 운명을 걱정하며 산천에 기도하며 살아야 하는 팔자도 없진 않겠으나, 대부분은 감응하는 신이라는 것이 잡귀나 조상신이다. 그런 신들은 굳이 신내림까지 하지 않아도 되는 경우도 많다. 혹여 신가물이 큰 무당이 될 그릇이거나 지핀 신이 강하다 해도, 본인의 의지 여하에 따라 꼭 무당이 되지 않더라도 달리 살아갈 길은 얼마든지 있었다.

"…… 무당이 되진 않아도 된다고?"

"그렇다고 아무 조치를 안 해도 된다거나, 그냥 감기처럼 앓고 지나가는 거라는 식으로 말할 수는 없어요. 이 애에게 꽤 크고 영검한 신이 지핀 것은 맞으니까. 그냥 지나가는 신이면 모르겠지만, 좌정하시겠다 하면 이 애가 무당이 되든 안 되든 아마 굿 정도는 해드려야겠지."

세상에는 무당이 되기 위해 내리는 굿이 있는가 하면, 무당이 되지 않으려 신을 누르는 굿도 있으며, 지나가는 신이 잠시

지핀 것이라면 굳이 내림굿을 하지 않아도 되는 경우도 있다. 결국 잘 모르는 사람이 갑자기 이런 일을 당하고 급한 마음에 여기저기 물어보다가 양심 없이 대뜸 내림굿부터 하자는 무속인을 잘못 만나 별다른 대책도 세우지 못한 채 신을 받아버리는 것이 문제일 뿐이다. 그런 점에서 원일의 판단은 적확했다고도 할 수 있다. 이런 문제에 대해 잘 알지만 어지간해서는 사기 치지 않을 것 같은, 신뢰할 수 있는 전문가를 찾는 것. 굿을 하지 않는 연희는 자신이 그 전문가의 범주에는 들지는 않지만, 적어도 이런 일을 아주 잘 아는 사람들과 연결고리 정도는 되어줄 수 있다고 생각했다.

"그러면 굿을 하고 나면, 아무 일도 없었던 것처럼 살 수는 있는 거냐?"

"뭐, 나만 해도 도자기도 만들어 빚고, 섬에 놀러 온 사람들 대상으로 도자기 빚기 체험도 하고, 민박도 하고……. 그래도 산신을 모시는 몸인 것은 맞으니까 남들 눈 안 보이는 윗방에 신당을 작게 차려서 달에 두 번 제사를 지내긴 하죠. 섬을 아주 떠나진 못하고, 제삿날에는 섬에 돌아가야 하고. 그래도 그 정도면 어떻게든 별일 없이 살 수 있지 않아요?"

신을 받았어도 연희처럼, 신에 따라서는 밥상 하나만 한 규

모부터 사람 눈에 안 띄는 작은 방 한 칸까지 신당만 작게 차려 놓고 한 달에 한두 번 간단한 제사를 올릴 뿐 평범하게 사는 이들도 얼마든지 있다. 연예인이나 예술가 팔자가 무당 팔자와 비슷하다는 말도 있듯이, 신가물인 사람 중에는 무대에 서는 일을 하는 것으로 신을 받을 운명을 대신하기도 한다. 음악을 하는 아이라고 했으니, 어쩌면 조카아이도 그런 식으로 해결을 볼 수 있을지도 모른다. 하지만 원일은 영 못마땅한지 낯을 찌푸리며 중얼거렸다.

"그게 어떻게 별일 없이 사는 거라고."

"그냥 지병이다 생각하고 혈압약 먹듯이 신을 관리하는 거면 못 할 것도 아니죠. 작은 신이면 그렇게 넘어가기도 수월한데, 나는 거기 산신이 지피시는 바람에 우리 이모도, 신어머니도 고생을 많이 하셨어요. 무턱대고 신을 받을 게 아니라 방법이야 있을 테니 길을 찾아보자는 거지, 신경 안 쓰고 손 놓아버려도 된다는 말은 아니고."

"……."

"오늘 처음 봤어도 피붙이의 일인데, 나도 남 일인 듯 박정하게 굴 생각은 없어요. 무슨 신이 어떻게 지폈는지, 어떻게 해야 무당이 안 되고도 살 수 있는지 생각도 해보고, 알아보기도 하고, 신어머니께도 부탁도 드려보고 하겠지만. 근데 오빠가 지금 내게 듣고 싶은 대답은 해줄 수 없다는 거예요. 오빠 딸이 무속이나 귀신과는 아무 상관없다, 약 먹고 푹 쉬면 나을 거라는 확답 같은 건."

설령 피가 이어진 조카가 아니더라도, 부모 사랑 듬뿍 받으며 자라서 한창 대학에 다닐 나이의 젊은 아가씨다. 이런 일에 대뜸 내림굿부터 하자고 드는 얼치기도 아니고, 남의 등을 치지 않고는 밥 벌어먹지 못하는 못나고 이악한 사람도 아닌데, 시간을 들이고 수고를 들여 어떻게든 조금이라도 도와주고 싶은 것이야 인지상정이다. 아이를 좀 깨워놓고, 어떻게 해야 이 애가 자기 인생을 꾸려나가게 해주면서도 신을 달랠 수 있는지 시간을 좀 들여서 살펴본다면 답이 없진 않을 것이다. 물론 원일이 이쪽 이야기를 차분히 들어볼 마음이 있을 때나 가능한 이야기지만.

"그래서 지금 필요한 게 뭐냐?"

"시간."

"얼마나."

"봐야 알죠. 일단 정신이 들면 내가 좀 살펴보고, 그리고 알 만한 분도 모셔 오고. 굿은, 소문날까 걱정할 필요도 없어요.

굿당에 데려가서 하면 되니까."

설령 쉽지 않은 상태라고 해도, 이것도 사람 일이고 방법이야 찾아보기 나름이다. 만약에, 만에 하나라도, 나 역시도 원해서 선택한 일은 아니었다는 것을 믿어주었다면. 부모형제의 죽음도, 신내림을 받은 것도 자신의 뜻은 아니었다는 것을 알아주었다면. 그때 울면서 매달리는 어린 손을 그렇게 모질게 내치지만 않았더라면, 그랬다면 연희는 원일이 굳이 부탁하지 않더라도, 그 아이를 어떻게든 평범하게 살게 해주겠노라고 주저 없이 말했을 거다. 설령 자신이 어떤 식으로든 무리하게 되더라도, 그 애를 도와주겠다고. 그 말이 선뜻 나오지 않는 것은, 그날의 기억 때문이다. 자신의 큰오빠인 원일이 한때 자신에게 얼마나 비정했는지를 알기 때문이다.

"그렇게 마음이 급했어요? 평생 안 볼 것 같던 나한테까지 와달라고 굳이 연락할 만큼?"

"…… 자식 일이니까."

묻고 싶었다. 지금도 나를 여우 새끼라고 생각하는지. 엄마와 아빠와 둘째, 셋째 오빠 모두, 그날 그 사고로 목숨을 잃은 것이 내 탓이라고 생각하는지. 할머니 말씀대로 저 계집아이가 온 집안 식구를 다 잡아먹었다고 생각하는지. 혹시라도 이

일조차도 나 때문이라고 생각하는 것은 아닌지. 차마 그 질문을 하지 못한 채, 연희는 손바닥에 얼굴을 묻고 한숨을 쉬는 원일의 옆모습을 물끄러미 바라보았다.

"…… 연아, 다. 신연아."

"응?"

"애 이름 말이다. 우리 애 이름."

원일은 고개를 들며 한숨처럼 딸의 이름을 말했다. 하지만 그는, 연희가 연아라는 이름을 입속에서 굴리듯 몇 번 중얼거리는 것을 보더니 바로 고개를 홱 돌렸다.

"애 엄마가 김연아 선수 팬이라서 그렇게 지은 거다."

"뭐래."

"너와는 상관없다고."

"그런 가당치도 않은 생각은 하지도 않았거든요."

괴담 하나

그런 것은 받을 수 없어요

주홍은 날카로운 핸드폰 벨 소리에 자기도 모르게 어깨를 움츠렸다. 계속 긴장이 이어진 탓인지, 아니면 겨우 잠든 아이를 안고 있어서인지, 핸드폰 벨 소리만 들어도 신경이 북 뜯겨져 나가는 것 같았다. 주홍은 품에 안겨 있는 어린것을 들여다보며 서둘러 전화부터 끊었다. 딸아이는 이제 태어나고 두 달, 생후 8주가 되었다. 눕혀만 놓아도 울고, 잠이 올 때가 되었는데도 마치 밀려드는 잠과 싸우듯이 앵하고 울어버리다가 자기도 지쳤는지 겨우 잠이 든 상태였다. 주홍은 조심조심 아기를 안은 채 아기띠를 풀었다. 살며시 침대 위로 아이를 내려놓는데 야속하게도 또다시 벨 소리가 울리기 시작했다.

엄마 뱃속에서 나온 지 두 달도 안 된 아기에게 있어서 핸드폰 벨 소리나 메신저의 알림음, 현관의 초인종 소리 같은 일상적인 소리들이란 전부 낯설고 두려운 자극일 뿐이다. 좀 더 자란 뒤에는 그런 소리에 익숙해지거나 그런 일상적인 소리들을 두려워하지 않아도 된다는 것을 배우겠지만, 아직까지는 최대한 감싸고 보호해 주지 않으면 안 된다. 지금의 핸드폰 벨 소리도 볼륨을 최대한 낮춰놓았지만, 아기를 재우는 일에 온 신경이 다 쏠려 있는 주홍에게는 더할 수 없이 시끄럽게 느껴졌다. 겨우 잠든 아기가 또다시 잠에서 깨어 울음을 터뜨릴까 봐, 주홍은 몸을 날리듯 핸드폰을 집어들고 다시 전화를 끊고, 벨 소리를 아예 무음으로 변경했다. 그런데 이번에는 화면에 메시지가 줄줄이 떠오르기 시작했다.

-신영 주홍아, 잘 지내?

-신영 아기는 태어났어? 잘 크고 있지?

다른 사람의 메시지였다면 볼 것도 없이 핸드폰을 엎어놓았을 것이다. 전화도 받지 않고 메신저도 확인하지 않은 채로, 겨우 잠든 아기의 곁에 누워 잠깐이라도 눈을 붙였을 것이다.

연락한 사람이 신영만 아니었다면.

"…… 언니, 괜찮아요? 무슨 일이에요?"

최신영 팀장은 주홍이 다니던 회사의 상사였는데, 후배들을 챙기는 것을 좋아해서, 팀장님보다는 언니라는 말이 더 어울리는 사람이었다. 워낙 밝고 명랑한 사람이라 인생에 구김살 하나 없을 것 같던 신영은 작년 여름, 남편이 암에 걸렸는데 간병할 사람이 없다는 말과 함께 회사를 그만두었다. 건강검진을 받다가 뒤늦게 발견된 데다, 암 중에서도 예후가 워낙 안 좋은 쪽이어서 남은 시간이 얼마 없을 것만 같다고. 그러니 조금이라도 더 함께 시간을 보내야 한다면서.

그 뒤로 신영은, 때때로 남편의 상태가 악화되거나 하면 주홍에게 연락을 했다. 지금도, 이렇게 피곤해서 죽을 것 같은데도 메신저를 보자마자 신영에게 전화를 건 것도, 혹시나 신영에게 무슨 일이라도 생긴 것은 아닌가, 그의 남편이 위독해진 것은 아닌가 하는 걱정 때문이었다. 나중에 알게 된 일이지만 신영은 사실 부모님도 일찍 돌아가셨고, 남편 쪽으로도 시부모님은 물론 형제자매도 없다고 했다. 주홍은 아직 부모님 상을 치르기엔 이른 나이였고, 장례식을 치를 때 어떤 일들을 해야 하는지도 잘 몰랐지만, 신영 부부에게 나쁜 일이 생겼을 때 누군가 신영을 도와줄 만한 사람이 있는지 신경이 쓰였다.

"아, 주홍아! 잘 지내지?"

하지만 의외로 신영의 목소리는 밝았다. 지난번에 수술한 게 잘되었던 것일까? 그게 아니면 새로 바꾼 항암제가 잘 듣기라도 하는 것일까? 어느 쪽이든 남편에게 조금이라도 차도가 있는 듯한 목소리였다.

"전화를 확 끊어버리길래, 내가 한참 연락 못 했다고 서운해서 삐졌나 했잖아."

"그런 것 아니에요. 애가 좀 전에 잠들어서. 저기, 남편분 건강은 좀 어떠세요? 괜찮아지셨어요?"

"늘 그렇지 뭐. 그나저나 아기는? 한창 귀엽지?"

솔직히 말해서, 육아 때문에 정신도 없고, 제대로 잠도 못 잔 상황에서 연락받자마자 전화를 걸었던 것은 상대가 어려운 상황에 처한 신영이기 때문이었다. 하지만 당장 다급한 상황이 아니라면, 오늘은 미안하지만 길게 전화를 하긴 어려울 것 같았다. 마지막으로 네 시간 연속으로 잠을 자본 것이 언제였는지 기억도 나지 않았다. 할 수만 있다면 간만에 아기가 손가락을 쩝쩝 빨며 푹 잠들었을 때 단 5분, 10분이라도 눈을 붙여야 했다. 주홍은 잠든 아기를 흘끔거리며 조심스럽게 말했다.

"귀엽죠. 귀여워요. 근데 언니, 저 가서 좀 자야 할 것 같아요."

"잔다고? 지금이 몇 신데? 대낮이잖아?"

"알아요. 근데 아기가 밤낮도 바뀌었고, 또 두 시간마다 깨서 모유든 분유든 먹어야 하다 보니 잠을 제대로 잘 수가 없어요. 신생아 때는 아기를 혼자 둘 수도 없고요. 그러다 보니 정말 잠을 못 자서 제가……."

"넌 그래도 남편이랑 교대할 수 있잖아!"

갑자기 가시 돋친 말이 날아왔다. 주홍은 이게 무슨 일인가 싶어서 눈을 깜빡거렸다.

"아니면, 가정적인 척은 혼자 다 하더니 남편이 애를 안 봐줘?"

그렇지 않았다. 하지만 혹시라도 이야기를 하다가 남편이 육아나 가사에 적극적이라거나 자신에게 잘해준다는 이야기를 하면 신영이 낙심할 것 같아서, 평소에 연락할 때에도 남편 이야기는 일부러 피하고 있었다. 그런데 굳이 그 이야기를 먼저 꺼내는 것도 그렇고, 아무 말도 안 했는데 갑자기 트집을 잡으며 남의 남편을 비난하고 싶어 하는 것처럼 느껴지기도 해서, 주홍은 신영의 마음을 상하게 하지 않으면서 아이 아빠가 무책임한 사람이 아니라고 말하기 위해 있는 힘을 다해 머리를 짜내야 했다.

“그게, 주말 낮 동안이랑 평일에도 퇴근해서 잠들 때까지 몇 시간은 아기를 봐주고 있어요. 그래도 출근할 사람보고 밤새 애를 안고 있으라고 할 수도 없고……. 또 한 사람이 아기를 보고 있으면 다른 사람은 살림도 해야 하잖아요.”

“넌 그래도 분업이 되니까 좋겠네. 난 정말 누구도 도와줄 사람이 없어서 죽겠어.”

신영은 자기는 모르겠다고, 어떻게 해야 하는 거냐며 흐느끼기 시작했다. 신영이 울 때마다 주홍은 누군가 자신의 뒤통수를 붙잡고 그대로 물속으로 처박는 듯이 숨이 막혔다. 주홍은 이러다가 과로로 죽지 않을까 생각하며 자기도 모르게 손으로 가슴 위쪽을 짚으며 길게 한숨을 내쉬었다. 하지만 울고 있는 신영을 내버려둘 수도 없었다.

“언니, 형부는요. 조금이라도 괜찮아진 거예요?”

“몰라, 모르겠어. 의사는 이제 정말 얼마 안 남았다는 말만 하고…….”

“지난번 수술은요.”

“내가 말 안 했어? 열었다가 그냥 닫았어. 가망이 없대.”

“아…….”

"대체 내가 뭘 그렇게 잘못했는데!"

신영은 마치 주홍의 탓이라도 되는 듯이 소리를 지르더니, 마치 뱃속을 잡아 뜯어내는 듯한 소리를 내며 고통스럽게 울었다. 가슴이 벌렁거리며 마구 뛰어서 숨이 제대로 쉬어지지 않았지만, 주홍은 어떻게든 신영을 위로하려 애썼다. 다른 병원에 가보면 방법이 있을지 모른다고, 지금까지 잘 견뎠으니 어쩌면 다음에도 잘 견딜지도 모른다고, 언니를 위해 기도하겠다고. 그런 말들이 지금의 신영에게는 위로조차 되지 않을 허망한 소리일지도 모른다고 생각했지만, 그래도 그런 위로라도 건네는 게 도리라고 생각했다. 단 한 사람뿐인 가족을 잃게 생긴 사람인데, 죽어가는 가족을 돌보는 것은, 갓난아기를 돌보는 것과 비교할 수도 없을 만큼 고통스러울 텐데.

하지만 마음 한구석에서는 자꾸만 불만이 삐죽 고개를 들었다. 왜 나한테 이러는데? 마지막으로 네 시간 이상 통잠을 자본 게 언제였는지 기억도 나지 않고, 하루 종일 아이를 달래다가 배에 난 땀띠가 덧나서 시커멓게 딱지가 올라오고, 지금도 잠이 쏟아져서 죽을 것 같은 나한테 대체 왜 이러는 건데? 눈물이 찔끔찔끔 솟았다. 주홍은 간만에 침대에 얌전히 누워 달게 자고 있는 아기를 쳐다보았다. 졸음이 쏟아지다 못해 심장이 요란한 소리를 내며 쿵쿵 뛰는 것이 느껴졌다. 이러다 죽는 게 아닐까 생각하며 시계의 초침만 쳐다보는데, 전화 저편에서는 신영이 30분이 넘도록 통곡을 하고 있었다.

그리고 뜨끈뜨끈해진 핸드폰을 마침내 겨우 내려놓았을 때, 침대 쪽에서 아기 울음소리가 들리기 시작했다.

한순간이었지만 죽고 싶었다.

"고맙긴 뭘. 내가 너 보러 여기까지 나온 게 아니에요. 요 앞에 외근 나왔다가 잠깐 들른 거지."

우울하다거나 죽고 싶다거나, 잠을 못 자서 살 수가 없다고 푸념을 한 것은 아니었다. 그저 가까운 사람들끼리 연락하려고 만든 SNS의 비공개 계정에다, 요즘은 너무 행복해서 그런지 자꾸 눈물이 나는 것 같다고 적었을 뿐이었다. 하지만 그날 오후, 보미는 미팅이 예상보다 일찍 끝났다며 아이스 아메리카노와 크림과 칩을 잔뜩 얹은 카페라테, 소금빵, 마카롱, 에 그 샐러드를 끼운 큼직한 크루아상 같은 것들을 바리바리 싸 들고 나타났다.

"아메리카노는 내 거고, 네 건 저거야. 카페라테 디카페인. 너 마라샹궈나 떡볶이 같은 거 좋아하는 것도 아는데, 모유수유 한다고 하니 못 먹을 것 같아서 그건 뺐어. 애기 이유식 먹기 시작하면 언제 마라샹궈 먹으러 가자. 휴직 중에 여의치 않으면 복직하고 먹으러 가든가."

주홍은 자기 집 식탁 위에 보미가 한가득 꺼내놓는 것들을 보며, 마치 소공녀 세라의 초라한 다락방에 차려진 진수성찬 같다는 생각을 했다. 직장 동료라고는 해도, 가족도 아닌 사람이 자신을 생각해서 이렇게 두 손 가득 먹을 것을 들고 나타났다는 게 믿어지지 않았다.

"아니, 어떻게 알고 이렇게 신경을 썼어?"

그런 데다 보미는, 주홍이 좋아하던 간식들 중에서도 카페인이나 알코올이 들거나 맵고 짠 것, 향신료가 강한 것들은 꼼꼼히 따져서, 모유 수유 중에 먹을 수 있는 것들로만 챙겨서 사 왔다. 외근 나왔다가 잠깐 들른 것이라고 말했지만, 이건 어지간한 마음씀씀이로 할 수 있는 일이 아니었다.

"어떻게 알긴. 우리 언니도 입덧 끝나고 애 낳고 나면 뭐든지 먹을 수 있는 줄 알았는데, 모유 수유하는 동안에는 못 먹는 게 또 있다잖아. 전에 언니가 좋아한다고 매운 떡볶이 사 갔다가 젖 매워진다고 얼마나 잔소리를 들었는지."

"아, 나도. 전에 우리 조카 태어났을 때, 새언니가 좋아하던 것들 싸 들고 갔더니 못 먹는다는 거야. 조카 태어나기 얼마 전에도 새언니 좋아하는 달달한 것 잔뜩 들고 갔더니, 혈당 때문에 단것을 못 먹는다고 그래서 오빠만 좋은 일 시켰고."

"그러게. 본인이 임신을 했든가 가족 중에 누가 아이를 낳아 봐야 알게 되지. 그냥은 모르겠더라."

보미는 마치 제 집인 것처럼 욕실에서 손은 물론 발까지 씻고 나오더니, 침대 옆에 걸려 있던 아기띠를 가져다가 메고 주홍에게 손을 내밀었다.

"그거 잠깐인데 애라도 내려놓고 편하게 먹어. 야, 안심해. 내가 이래 봬도 우리 집 공인, 조카 전용 꿀잠 베개야."

보미는 주홍의 아이를 능숙하게 안아서 아기띠에 집어넣고, 두툼한 기저귀에 감싸인 엉덩이를 투닥거리기 시작했다. 주홍은 미안하고 황송해서 어쩔 줄 몰라 하다가, 서둘러 카페라테를 마시고, 간식들을 집어먹기 시작했다.

"우리 엄마가 늘 그래. 애 볼래, 밭맬래 하면 다들 밭매러 간다고. 혼자서 애 보는 게 쉬운 일이 아니라고 맨날 그러신다? 사람이 너무 힘들면 우울증도 오고 그러잖아. 행복해서 눈물이 나는 것도 있지만. 울 것 같으면 달달한 거라도 좀 먹고 그래. 어쨌든 좀 더 있으면 통잠도 잘 거고, 더 있으면 어린이집도 보낼 거잖아. 뭐, 네가 더 알아서 잘하겠지만."

"응……."

"아, 현관에 숯이 있더라. 금줄 걸었었나 봐?"

주홍의 얼굴이 확 달아올랐다. 아기를 나쁜 기운으로부터 보호한다며, 아기를 데리고 조리원에서 집으로 오기 전에 양가 어머니들이 걸어놓고 가신 것이었다. 성당 다니시는 분들이 이런 건 또 왜 그렇게 살뜰하게 챙기시는지. 걱정해 주시는 것은 감사하지만, 그런 풍습을 미신이라고 생각하는 사람 입장에서는 이만저만 난감한 일이 아니었다. 삼칠일이 지나면 걷어도 된다고 하셔서 실제로 금줄을 걸어놓은 기간은 일주일도 되지 않았지만, 사실은 그런 걸 어떻게 처리해야 할지, 그냥 걷어서 버려도 좋을지 몰라서 걷어낸 후에도 한참을 어쩔 줄 몰라 하던 중이었다.

"응, 난 그런 건 미신 같은데, 엄마도 어머님도 간단하게라도 걸어두라고 하셔서. 문 밖에 걸긴 좀 그렇고 중문 있는 데

며칠 걸어놓았어."

"잘했어. 어른들이 금줄이나 삼칠일 챙기시는 게 그냥 미신을 따르는 게 아니라, 아기와 산모의 건강을 지키자고 생긴 풍습이잖아? 사람이 들어오다가 그걸 보면 손이라도 한 번 더 씻고, 한 번 조심할 것 두 번 조심하고 그러잖아? 우리 언니네는 금줄에 썼던 숯을 예쁘게 담아서 거기다 풍란 심었어. 숯부작이라고. 왜, 너도 그런 거 본 적은 있지?"

보미는 마치 제 아이인 듯 자연스럽게 아이를 흔들고 토닥거려 재우면서, 자기 조카가 태어났을 때의 일들을 신이 나서 이야기했다. 현관에 말아둔 숯을 볼 때마다 이걸 어쩌나 하고 마음이 무거웠는데, 보미의 이야기를 듣다 보니 한결 마음이 편해졌다.

"참, 회사 생각은 안 나? 우리 언니는 육아휴직 중에, 애 때문에 우울증이 온 건 아니고 회사 갔더니 자기 책상이 없어져 있으면 어떻게 하느냐고 정서불안이 되어있었어."

"그러게. 사실 나도 그 생각 안 했던 건 아닌데."

"걱정 마. 네 책상은 무사하니까. 무사하다 못해, 너 좀 빨리 복직했으면 좋겠다더라."

보미는 그동안 회사에서 무슨 일이 있었는지를, 양념 같은 과장을 약간 섞어가며 들려주었다. 누가 승진을 했고 누가 회사를 그만두었는지, 또 주홍이 복직할 내년 초에는 회사 상황이 어떻게 돌아갈 것인지 같은 이야기들을. 휴직하고 몇 달째 회사에 못 가는 주홍에게는, 몹시 궁금했지만 먼저 직장 사람들에게 연락해서 물어보긴 어려웠던 이야기들이었다.

"바빴겠다. 정신없었지? 너도 퇴근하고 쉬어야 하는데."

"바쁘긴 한데, 바쁘다는 건 회사가 잘 돌아간다는 뜻이니까. 나도 연락 좀 자주 하고 싶었는데, 자기 전에 SNS나 겨우 들여다보고 자고 그러다 보니까. 밤에는 애기 깰까 봐 연락을 못 하겠고."

"아 참, 엊그제 신영 언니가 연락했었어."

신영이라는 이름을 듣자마자, 보미는 바로 낯을 찌푸렸다.

"설마, 그 신영 언니라는 게, 최신영 팀장이야?"

"으, 응."

"이 사람이 미쳤나. 설마 너한테도 돈 빌려달래?"

보미는 무시무시한 표정을 지었다. 품에 아이를 안고 있지 않았다면 벌써 소리부터 지르고도 남았을 것 같은 얼굴이었다.

"아냐, 아냐. 그런 건 아니고……. 전화해서 많이 속상해하시더라고. 남편분 수술이 잘 안 되었는지, 그 이야기를 하면서 조금 울다가 끊었어. 그런데 돈이라니, 무슨."

"야, 말도 마. 그 인간이 우리 사무실을 아주……. 아, 정말 어디부터 설명해야 해, 이거."

보미는 고개를 이리저리 돌리며 한숨을 쉬다가, 남은 아메리카노를 한여름에 맥주 들이켜듯이 단숨에 마셔버린 뒤에야 겨우 마음을 가라앉히고 말했다.

"회사는 잘 돌아가. 너 하던 프로젝트도 잘 돌아가고. 우리 회사 자체는 정말 내년까지 걱정이 없다. 바쁘긴 해도 모든 일이 매끄럽게 돌아가니까 아주 평화롭기까지 했어. 이미 퇴사하신 최신영 그 인간이, 우리 회사 여직원들 한 명 한 명 개인적으로 연락해서 돈을 빌리고 있었다는 게 알려지기 전까지는 말이지. 남편 병원비가 모자란다면서 여기서 백, 저기서 이백, 좀 친한 척하던 사람에게는 팔백까지도 빌려갔다는데."

"아니, 잠깐만. 그래도 신영 언니가 남의 돈 떼어먹을 사람은 아니잖아. 법 없이도 살 것 같은 사람이었는데."

"그래. 언젠가 갚아주면 좋겠는데 언제 갚을지는 우리도 모르지."

보미가 한숨을 푹 쉬었다. 눈치로 봐서, 보미도 신영에게 돈을 빌려주었던 모양이었다.

"한두 명도 아니고, 차용증을 쓴 것도 아니고."

"하지만 계좌 이체를 했을 것 아냐. 돈이 오간 기록은 있을 텐데……."

"야, 말도 마라. 최신영 그 인간이 얼마나 잔대가리를 굴렸는지……. 한번은 이사님이 메일을 보냈어. 피해자가 한두 명이 아닌 것 같으니까 공동으로 대응할 방법을 찾아보자면서, 최신영 팀장에게 돈 빌려줬던 사람들, 전부 모여보라고 했거든. 근데 전부 현금으로 받았더라고. 메신저로 돈 빌려달라고 말한 적도 없어. 전부 전화로 만날 약속 잡고, 직접 만나서 빌린 거야. 증거가 없어."

"몇십만 원도 아니고, 몇백만 원을 현금으로 건네줬다고? 다들 그렇게 돈이 많았어?"

씁쓸한 얼굴로, 보미가 손을 쥐었다 폈다 하며 중얼거렸다.

"그게, 하나같이 그래. 최신영 팀장이 연락해서 정말 미안해서 죽을 것 같은 얼굴로 말을 하는 거야. 돈 좀 빌려줘라. 근데 현금으로 빌려주면 좋겠다. 계좌 이체로 받으면 깔끔하지만 그게 쉽지가 않다. 병원비로 빚을 너무 많이 져서 통장이 압류당했다. 아예 빌려줄 마음이 없었으면 모를까, 빌려주겠다고 마음을 먹은 이상 그런 말을 들으면 또, 사람이 넘어가잖냐. 근데 그게 한둘이 아니었던 거고."

신영과 그 남편에게는 다른 가족이 없었다. 두 사람뿐인 부부였다. 같은 회사에 근무했던 사람들은 대충 아는 이야기였다. 그런데 한 사람이 중병에 걸려 입원을 했고, 다른 사람은 간병을 위해 일을 그만두었다. 월급쟁이 살림이라는 게 뻔한데, 몇 달이면 통장이 바닥나고 빚을 지게 되리라는 것은 누구라도 예상할 수 있는 일이었다. 주홍은 만약 신영이 자신에게 그런 식으로 통사정을 했다면 어땠을까 생각했다. 만약 그랬다면, 육아휴직 중에는 수당이 나오긴 해도 월급보다는 한참 적다 보니 살림은 빠듯했지만, 어떻게 비상금을 헐어서라도 단 몇십만 원이라도 도와주고 싶었을 것이다. 백만 원을 귀 맞춰서 주지 못하는 것을 미안하다고 생각하면서.

"…… 정말 그렇게 말했다면, 현금으로 건넸어도 이상하지 않겠네."

"그렇지?"

"응, 나 같아도 그랬을 것 같아."

주홍이 아는 신영은 남에게 아쉬운 소리 하는 사람이 아니었다. 다만 사람이 불운이 겹치다 보면, 본의 아니게 이런 일도 생기는 것일지도 모른다. 돈을 빌려준 사람들도, 번거로움을 무릅쓰고 현금으로 찾아서 빌려줄 만큼 다들 걱정하고 있었을 텐데. 신영이 나쁜 짓을 하려고 한 것은 아니지만, 이건 양쪽 모두가 안쓰럽고 딱한 상황이었다.

하지만 회사에서는 어쩌다가 이 일을 문제 삼게 된 걸까?

"이사님은 어쩌다가 이 일을 알게 되신 거야?"

빈 카페라테 잔을 내려놓고, 보미에게서 다시 아기를 받아 안으며 주홍은 조심스럽게 물었다. 보미는 생각만 해도 진저리가 난다는 듯 고개를 저었다.

"회사에 찾아왔었어."

"누가? 빚쟁이가?"

"아니, 최신영 팀장이. 와서 돈 좀 달라더라. 자기 너무 급하다면서."

"…… 회사에?"

보미는 뭔가 하고 싶은 말이 많은 듯 입술을 달싹이다가, 아이에게 들려주기도 싫은지 나직하게 중얼거렸다.

"그야말로 쳐들어왔어. 경찰에서 데려갔고……. 그런 얼굴 하지 마. 회사에서 아무나 붙잡고 돈 좀 달라고, 안 되면 빌려라도 달라고, 사정사정을 하는 것도 아니고 아주 떼를 쓰고 위협을 하더니, 회사에 불을 지르겠다고 했어. 그 상황인데, 아무리 아는 사람이라도 뭘 어떻게 봐줘?"

"세상에……."

이건 예상 밖의 일이었다. 회사에 와서 사람들을 붙잡고 사정사정하는 것까지야, 사람이 얼마나 다급하고 간절하면 그런 짓을 할까 생각하겠지만. 불을 지르려 했다는 건 완전히 이야기가 달랐다. 그건 범죄니까.

심장이 마구 뛰었다. 몰래 남의 물건을 훔치거나 하면 이런 기분이 들까.

"그래도 이사님도 사람이 오죽하면 그러겠느냐고, 경찰에 다가는 선처해 달라고 하셨어. 두 번 다시 회사 근처에 얼씬거리지 말라고 하고."

"다행이네."

"다행은 무슨 다행. 그러고 나서 보니까, 최 팀장에게 돈 빌려준 사람이 이게 한둘이 아니었던 거지……. 말도 마. 나도 빌려줬었어."

주홍은 자기도 모르게 식탁을 돌아보았다. 보미는 이유 없이 남을 헐뜯는 사람이 아니다. 오히려 너무 행복해서 눈물이 난다는, 그 흔한 문장을 SNS에 적은 것을 보고도 바리바리 간식거리를 싸 들고 나타나서, 우울증 조심하라며, 회사에서는 너를 기다리고 있다는 이야기를 굳이 해주는, 사려 깊고 다른 사람을 걱정하고 배려하는 사람이다. 신영이 형편이 어렵다고, 제발 도와달라고 말했을 때에도 사실은 그랬겠지. 고통스러운 표정으로 고개를 돌리고 있는 보미에게, 대체 신영에게 얼마나 빌려준 거냐는 질문은 차마 할 수 없었다.

"…… 그리고 회사에 쳐들어왔던 그날 이후로는 이제 연락도 안 돼."

아기 낳은 엄마들 사이에는 백일의 기적이라는 말이 있다. 아무리 까다로운 아기라도 세상에 태어난 지 백일쯤 되면 한결 무던해지더라는 이야기다. 아이 돌보는 일이 너무 힘들다 보니 어떻게든 백일만 참으면, 이백일만 참으면 어떻게든 좀 익숙해질 거라고 위로하는 말이 아닐까 생각했지만, 의외로 그 말이 맞았다. 태어난 지 두 달 반이 지나자 아기는 먹는 양이 눈에 띄게 늘었고, 배불리 먹고 나면 한 번에 서너 시간을 푹 자기도 했다.

아이의 백일이 다가오자, 주홍은 조금 더 행복해졌다. 낮에는 몰라도 밤에는 드디어 연속 네 시간을 잘 수 있게 되었다. 시간만 맞으면, 밤잠이 없고 새벽잠이 많은 남편이 퇴근하고 아이를 돌보는 동안에 대여섯 시간을 푹 자고 일어나는 것도 가능했다. 올빼미형 인간과 아침형 인간이 결혼해서 살다 보니 불편한 점도 있다고 생각했는데, 갓난아기를 돌보는 데는 이쪽이 더 유리한 것 같기도 했다. 잠을 제대로 자고 일어나 아이를 보면 더 사랑스러웠고, 앵 하고 우는 소리도 애가 배가 고프구나, 기저귀가 젖었구나, 얼른 커서 울지 말고 말로 하면 더 좋을텐데 하며 하나하나 구분할 수 있게 되었다.

아이의 백일이 다가오자 양가 가족들도 저마다의 방식으로 축하 인사를 건넸다. 친정 부모님은 아이의 이름으로 성당 제대에 꽃을 봉헌했다며 사진을 보내주셨고, 시부모님은 아이의 이름으로 기부를 하셨다. 백일잔치는 생략하고 양가 가족들이 한정식집 같은 데 모여 식사라도 하자고 했더니, 새언니는 이왕이면 세팅이 되어있는 기성품 백일상 앞에서 가족들이 사진도 찍으면 좋지 않으냐며 행사 공간이 마련된 식당들을 찾아서 리스트를 보내주었고, 시동생은 첫 조카의 백일 떡은, 이웃과 회사에 돌릴 몫까지 전부 책임지겠다며, 모래내시장에서 30년째 떡집을 하고 계신 친구 부모님께 특별히 부탁드렸다고 했다.

출산으로 지친 몸은 조금씩 회복되고 있었지만, 출산 후 과로한 채로 신경을 곤두세우며 아이를 돌보느라 지친 마음은 빨리 제 궤도로 돌아오지 않아 불안했는데, 주홍은 모두가 아이를 사랑해주는 것만 같은 다정한 세계에서 겨우 조금씩 마음을 추스를 수 있었다. 아이를 낳고 처음으로, 지금의 상황에 안심할 수 있을 것 같았다.

신영에게서 또다시 전화가 온 것은, 바로 이런 시기였다.

"잘 지냈어?"

처음에는 뭐라고 말을 해야 할지 몰라서 머뭇거렸다. 그리고 곧, 주홍은 그 짧은 머뭇거림에 신영이 마음 상했을까 봐 얼른 변명했다.

"아, 그게, 기저귀 갈고 있었어요. 언니는요? 형부는 괜찮으세요?"

"언니도 바쁘시죠? 형부는요?"

"넌 무슨, 그 사람 어떻게 되기만 기다리는 사람처럼 그래."

또 시작이구나 싶어서 주홍은 자기도 모르게 어깨를 움츠렸다. 지난번처럼 멋대로 울음을 터뜨리고 멋대로 이쪽을 헤집어놓으려고.

"무슨 말을 그렇게 해요. 걱정이 되니까 그러죠."

보미가 한 이야기도 생각났다. 한 사람당 백만 원이 넘게 현금으로 빌리고, 증거도 남기지 않고는 연락을 끊어버렸다고. 주홍은 자신과 신영의 관계가 돈 백만 원과 바꾸고 지워버릴 수 있는 것이라고는 생각하지 않았지만, 과연 신영도 그렇게 생각할까? 혹시라도 아직 돈을 안 빌린 지인들을 찾아서 주소록을 죽 내리다가 뒤늦게 주홍을 발견하고 연락한 것은 아닐까? 그렇게 생각하자 마음속에서는, 신영 언니가 일부러 그럴 사람은 아니라고, 얼마나 절박하면 그러겠느냐고 자신을 탓하는 소리가 들려오는 것 같았다.

"지난번에는 저도 전화 제대로 못 해서 서운했어요. 그때는 애가 정말 안 자서 너무 힘들었는데. 이제 백일쯤 되니까 좀 나아지네요."

너무 절박해서 앞뒤 안 가리고 행동했을 뿐, 이 상황이 지나가면 자신이 무슨 짓을 했는지 생각할 사람이었다. 미안하다고 말하고 돈을 돌려주려고 노력할 사람이었다. 주홍이 아는 신영은 그랬다.

"좋겠다. 넌 그래도 희망이 있네. 난 정말, 더 나아질 희망이 없어서 죽겠다. 더 나빠지지만 않으면 다행이지."

하지만 오늘도 신영은 당혹스러울 정도로 낯선 사람처럼 굴었다. 가시 돋친 말을 툭툭 내뱉으며 주홍의 말 한마디 한마디를 조롱하거나 트집을 잡으려 들었다. 상황이 너무 힘들고 안 좋아서 그렇겠거니 생각하면서도, 주홍은 억울했다. 주홍이 아기를 낳기 전에도 신영은 며칠 뒤 자기 남편의 수술이 있다는 말만 했을 뿐, 건강하게 아이를 만나라는 흔한 인사 한마디 해주지 않았고, 아기가 태어났을 때에도 축하한다는 작은 이모티콘 하나 보내지 않았다.

그러더니 아이가 태어나서 두 달이나 지난 뒤에 연락을 해서는, 아기의 안부를 꼬투리 삼아 시비를 걸다가 엉엉 울어댔다. 그리고 한 달이 지난 지금도 또 그런 식이다. 마치 일부러 화풀이라도 하려는 것처럼.

"아, 근데 나 백일 선물 준비했다?"

"예?"

"곧 아기 백일이잖아. 메신저 프로필에 그렇게 자랑하듯이 걸어놓았으면서."

이번엔 또 무슨 소리를 하려는 걸까? 무슨 트집으로 아기 백일에 초를 치고 싶은 걸까? 그런 생각을 먼저 해버리는 자신이 조금 싫어질 것 같았다.

"설마 내가, 우리 주홍이가 아기를 낳았는데. 백일 선물도 안 해주고 지나갈 것 같았어?"

그리고 그 죄책감에 무게추를 한 개 더 얹듯이, 전화 저편에서 신영이 웃었다. 주홍이 알고 있던, 정이 깊고 주변 사람들을 잘 챙기는 최신영, 그 사람다운 웃음소리였다.

"하지만 언니, 우리 아기 백일을 챙겨주시는 건 감사하지만……."

하지만 뭔가 이상했다. 돌잔치라면 모를까, 요즘 세상에 아기의 백일이란 부모, 기껏해야 조부모나 신경 쓰는 가족 행사일 뿐이다. 그런데 형편도 어려운 사람이 굳이 아기 선물이라니.

"괜찮아요. 그보다는 병원비며 뭐며, 언니도 힘드실 텐데……."

그것도 병원비가 모자라서 빚을 지고 있다면서. 회사 사람들에게 돈을 빌리고는 연락도 아주 끊어버렸다면서.

"…… 너 무슨 이야기 들었어?"

"무슨 이야기요? 언니가 부담스러우실까 봐 그러죠."

"안 부담스러워. 나를 뭘로 보니, 너도 참."

대체 무슨 여유가 있어서 백일 선물을 챙겨준다는 걸까?

"너 설마, 비싼 거 기대했어? 야, 선물이라는 건 정성이 들어가야 선물이지. 내가 취미로 뜨개질을 하거든. 그래서 아기들 안고 자기 좋은 크기로 인형을 하나 떴어. 하늘색이랑 크림색이 섞인 토끼 인형. 완전 귀여워."

잊지 않고 기억해 준 것, 우리 아이를 위해 손수 뜨개질을 해서 인형을 만들어주는 정성, 무엇 하나 고맙지 않을 수가 없지만, 반갑지 않았다. 솜사탕처럼 달콤하고 부드러운 그 말이, 마치 삐죽삐죽한 가시가 돋친 것처럼 목에 걸려 넘어가지 않는 것 같았다.

"내가 너희 집 근처까지 가면 딱 좋은데, 요즘 그 사람 상태가 너무 안 좋아서, 언제 무슨 일이 생길지도 모르고. 그렇지, 내일 여기 병원으로 오지 않을래? 여기 1층 병원 카페가 생각보다 괜찮더라. 역시 큰 병원이라 그런지."

"예? 하지만 내일은 평일이라서 아이를 맡길 데가……."

"뭘 그래? 애기도 데려와. 이모가 우리 애기 얼굴도 한 번 봐야지. 안 그래?"

왜 만나자는 걸까? 돈이라도 빌려달라는 걸까? 그냥 좋게 거절하면 화를 낼까? 주홍이 이러지도 저러지도 못하고 우물쭈물하는 동안 신영은 멋대로 약속을 잡고, 내일 꼭 만나자고 두 번 세 번 다짐을 한 뒤 전화를 끊었다.

"이걸 어떡하지?"

만나야 하는 걸까? 그것도 아이까지 데리고서? 예전 같으면 신영을 두고 이런 생각을 하진 않았겠지만, 지난번 일도 있고, 보미의 이야기도 신경이 쓰였다. 신영 언니를 의심하다니, 내가 이상해진 걸까? 누군가를 지키고 보호하는 입장이 되면, 사람은 이렇게 쉽게 타인을 적대하게 될 수도 있는 걸까? 주홍은 아기를 끌어안은 채 아기의 정수리에서 나는 젖 냄새와 쿰쿰한 땀 냄새를 들이마시면서, 대체 어디서부터 잘못된 걸까 생각했다.

"어우, 애기 귀엽다. 안아봐도 돼?"

질문이 채 끝나기도 전에 손이 먼저 다가와 아기의 보드라운 뺨을 조물거렸다. 요즘 수족구 유행하는데. 아무리 아는 사람이라도 밖에서, 그것도 병원에서 이렇게 아기를 만지는 건 신경 쓰이는데. 주홍은 자기도 모르게 긴장해서 아기를 꽉 안고 몸을 뒤로 뺐다.

"어우, 얘 좀 봐. 요즘 엄마들, 허락 안 받고 아기 만지는 것 싫어한다는 말은 들었지만. 그래도 우리 사이에 그럴 줄은 몰랐다, 야."

주홍은 신영의 얼굴을 빤히 쳐다보았다. 중환자도 면역력이 약해지고 단순한 감기 따위도 조심해야 하는 상황인 것은 알지만, 세상에 태어난 지 얼마 안 되는 아기들도 면역력이 약한 것은 마찬가지다. 아기 엄마들이 왜, 낯선 사람들이 아기 만지는 걸 싫어하는데. 그렇지 않아도 아기들 걸핏하면 열나고 자주 아픈데, 무슨 병에 걸렸을지도 모르고, 손이나 씻었는지도 알 수 없는 사람들이 귀엽다고 만져놓고는, 정작 아기가 아픈 것은 아무도 책임져 주지 않으니까 그런 거다. 지금 환자를 돌보고 있으니까 그런 것쯤은 뻔히 알 만한 사람이, 자기 사정 때문에 온갖 환자 다 드나드는 병원에 애 데리고 오라고 했으면서, 집요할 정도로 자꾸 아기에게 손을 대려 하다니.

"…… 요즘 애들 수족구 돌아서 조심해야 해요. 그래서 마스크도 씌웠잖아요."

"그래도 그렇지."

"형부도 요즘, 감기 같은 것도 조심해야 하잖아요. 애들은 정말 감기를 달고 살아요. 이럴 때는 서로 조심해야죠."

주홍은 신영의 손을 밀어내며, 아기띠 커버를 당겨서 아기의 머리와 얼굴을 덮었다. 사람을 불러놓고, 자신이 아니라 아기만 자꾸 쳐다보는 것 같은 신영의 시선조차도 신경이 쓰였다.

"다음에는 주말에, 애는 좀 맡겨놓고서 편한 데서 뵈어요. 저도 언니랑 느긋하게 이야기하고 싶었는데."

"이야기야 하면 되지. 여기 카페 괜찮다니까? 당직 서는 의사들 때문인지, 커피가 한 잔만 마셔도 잠이 싹 달아날 만큼 진해. 아주 제대로야."

모유수유를 하는 아기 엄마는, 아직 커피를 마시지 못한다. 엄마가 먹는 것이 젖에 그대로 반영이 되는지, 매운 것을 먹으면 아기가 젖을 먹다가 울거나 토하고, 커피를 마시면 잠을 깊이 자지 못한다. 그런 것을 하나하나 알아달라고 하려는 건 아니었지만, 괜히 나왔다는 생각이 들었다. 신영의 말 한마디 한마디가, 어긋난 톱니바퀴를 억지로 힘으로 돌리는 것처럼 주홍의 신경을 긁어댔다. 이런 생각을 하려고 여기까지 온 게 아닌데. 아기를 뒷좌석에 태우고 운전해서 여기까지 오는 것도 여간 신경 쓰이는 일이 아니지만, 그래도 신영의 얼굴을 보고, 백일을 기억하고 챙겨줘서 고맙다고 인사도 하고, 신영의 남편의 쾌유를 빌려고 온 것이었는데. 어째서 자꾸만 이렇게 뭔가가 어긋나는 것일까?

"…… 아니에요. 오늘은 저랑 이야기하실 시간에 언니도 어디 가서 좀 쉬시는 게 낫겠어요. 저도 그렇고. 아기 데리고 운전할 때는 아기는 뒷좌석에 카시트 설치해서 둬야 하는데. 아직은 혼자 두면 울다 보니 운전하는 게 보통 일이 아니거든요. 그래서……."

말을 하는데, 신영이 뭔가를 쇼핑백에서 꺼내 주홍의 품으로 밀어넣었다. 토끼 인형이었다. 코바늘 뜨기로 만들었다는, 길쭉하고 못생긴 토끼 인형. 정성껏 뜨기야 했겠지만 실 자체가 낡고 보풀이 인 데다 회색과 크림색과 하늘색이 섞여 있어서 예쁘다고는 말할 수 없었다. 아마도 연습으로 뜬 것 같은데, 아이 엄마가 태어날 아기를 위해 처음 뜨개질을 배워서 태교 삼아 직접 뜬 인형이라면 모를까, 선물로 주고받기에는 많이 어설픈 물건이었다. 꼬질꼬질하고 못생긴 것이 직접 떴다는 것 말고는 좋게 봐줄 만한 구석이 전혀 없었지만, 그래도 어려운 형편에 뭐라도 선물해 주고 싶어서 만들었겠구나 싶어서 고맙다고 말하려는데, 신영이 아기띠를 확 잡아당겼다.

"그럼 어서 가져가, 어서."

신영은 아기띠를 있는 힘껏 잡아당기며, 아기와 주홍이 서로 몸을 맞대고 꼭 끌어안은 그 틈새로 인형을 밀어넣었다. 주홍의 가슴과 아이의 몸 사이로 다급한 손길이 밀고 들어와 몸을 더듬어대자 주홍은 기겁을 하고 뒤로 물러섰고, 아기도 불쾌한 울음을 터뜨렸다. 그러자 신영은 반사적으로 아기의 울음을 틀어막으려는 듯, 그 꼬질꼬질한 인형으로 아기의 얼굴을 눌렀다.

"지금 무슨 짓이야! 애기 목 다치게 무슨 짓이냐고!"

주홍은 아기를 감싸안으며 고래고래 소리를 쳤다.

"그, 그런 거 아니야."

신영은 쩔쩔매며 사과를 하는 듯 보였지만, 그 와중에도 인형만은 아기의 품에 안겨주고 말겠다는 듯, 우는 아이의 팔을 집요하게 붙잡아 그 품에 인형을 밀어넣으려 들었다.

"나는 그냥, 애가 우니까 인형을 안고 있으면 좋아할 것 같아서……."

"애가 싫어하잖아! 하지 마! 저리 치워!"

"맞아요. 이런 물건은 치워야지."

그리고 누군가가 그 인형을 머리 위로 확 낚아챘다.

"이런 걸 애한테 주려고 했어요? 정말 나쁜 사람이네."

주홍은 아기를 제 품에 숨기듯 안으며, 인형을 들어올린 사람을 쳐다보았다. 검정에 가까운 짙은 잿빛 치마에 얇고 기장이 긴 검정색 카디건을 걸쳤고, 계절과 상관없이 얇고 가벼워 보이는 회색 머플러를 목에 감은 묘한 느낌의 여자였다. 그 여자는 토끼 인형을 들여다보다가, 이걸 대체 어쩌면 좋은가 싶은 표정으로 허탈하게 웃었다.

"대체 누구예요? 이런 흉한 것을 알려준 게."

"뭐예요."

신영은 여자가 낚아챈 인형을 다시 붙잡으며 떨리는 목소리로 물었다.

"그냥 갈 길 가세요. 왜 남의 일에 끼어들어요. 끼어들기는."

"아니, 좀 전에 아기를 다치게 할 뻔했잖아요. 인형으로 이렇게 눌러서, 목이 뒤로 꺾일 뻔했는데."

"아기 엄마랑 아는 사이예요. 제발 그냥 좀 가라니까요?"

"정말 그래요?"

여자는 주홍을 돌아보았다. 그는 창백하고 수수한 얼굴에, 마치 수묵화 구석에 찍힌 낙관처럼 선명하게 붉은 입술 끝을 당겨 올리듯이 웃었다.

"별일 아닌 게 맞아요? 제가 안 도와드려도 괜찮으시겠어요?"

주홍의 입술이 달싹거렸다. 도와달라고, 그 말이 입 밖으로 나와야 하는데 쉽게 나오지 못해서. 한 팔로 아이를, 얼굴과 머리를 감싸듯이 품에 꼭 끌어안은 채, 애원하듯이 손을 내밀어 카디건 자락을 붙잡았다. 눈물이 뚝뚝 떨어졌다. 여자는 고개를 끄덕이더니 주홍과 신영 사이로 끼어들어 가로막았다.

"도와달라고 하잖아요. 그쪽이야말로 이런 짓은 그만둬요. 세상에, 이런 흉한 업을 쌓아서야 멀쩡한 사람도 급살을 맞겠구먼."

여자는 인형의 먼지를 탁탁 털어 신영에게 돌려주었다. 하지만 신영은 무슨 일이 있어도 그 인형을 주홍과 아기에게 건네야 한다는 듯이, 애원하듯 그 더러운 인형을 내밀었다.

"제발, 이것만이라도 가져가란 말야."

그 간절한 손길을, 여자는 단호하게 가로막았다.

"안 돼."

그는 삿된 것들을 꿰뚫어 버릴 듯한 눈빛으로 신영을 노려보며, 한 팔로 주홍과 아기를 감쌌다.

"천벌을 받을 사람 같으니, 네 남편의 재액을 떠넘길 제웅을, 백일도 안 된 아기에게 떠넘기겠다고?"

여자가 엄숙하게 말하자, 신영은 겁에 질린 표정으로 여자를 올려다보았다. 여자는 주홍을 돌아보며 속삭였다.

"누가 나쁜 것을 주려고 하면, 받지 말아요. 좋은 것도 나쁜 것도, 내가 받지 않으면 그건 나한테 오지 않아요. 그 사람에게 돌아가는 거지."

여자는 그런 말을 중얼거리며, 주홍을 감싸안은 채 출입구로 향했다. 주홍이 바들바들 떨며 여자를 쳐다보자, 여자는 조금 전 신영을 대할 때와는 아주 다른 사람 같은, 상냥하고 부드러운 목소리로 속삭였다.

"아기 엄마 얼굴이 너무 안 좋네. 일단 어디든 들어가서 앉아야겠어요. 아니면 집에 데려다줄까요? 지금 많이 놀라고 힘들 테니까, 아기 엄마 편하실 대로 하세요."

"대체 이게 무슨 일이야!"

집에 가야 했지만 도저히 운전을 할 수 있는 상태가 아니었다. 손이 덜덜 떨리고 식은땀이 나고 자꾸만 눈물이 나는 것이, 스스로 생각하기에도 눈 뜨고 못 봐줄 상태였다. 오늘 처음 만난, 연희라고 하는 여자가 집까지 데려다주겠다고 한 것도 아마 그래서였겠지만, 아무리 그래도 그렇지 초면에 그런 도움까지 받는 건 너무 염치없는 짓이었다.

다행히 휴직 중인 회사가 여기서 차로 10분, 15분 정도 거리였다. 주홍은 겨우 보미에게 전화를 걸고, 연희의 도움을 받아 회사까지 갔다. 회사 주차장 앞에서 보미가 기다리고 있었다.

"최신영 그 인간이, 애한테 무슨 짓을 했다고? 애가 다칠 뻔했다니 무슨 소리야! 그 사람이 뭐라고 하든 절대로 그 인형을 받지 말라는 건 또 무슨 이야기고?"

보미는 주홍을 여기까지 데려다준 연희에게 몇 번이나 감사하다고 고개를 숙이고, 조금 전 회사 옆 커피숍에서 사온 콜드브루 커피 큰 병과 쿠키 한 상자를 내밀었다. 자기가 해야 한다고 생각한 일을 다 한 뒤, 보미는 분하고 속상하고 아기에게 미안해서 차 안에서 눈물만 뚝뚝 떨어뜨리고 있던 주홍을 데리고 커피숍으로 향했다.

"인형으로 애를 누르다니, 제정신이냐고, 숨 막히는 것도 그렇지만, 백일도 안 된 애들 목이 얼마나 약한데 그런 짓을!"

"실수…… 한 거라고 믿고 싶어."

"실수? 야, 넌 사람이 너무 착해서 큰일이야. 내가 경고했지? 최신영 그 인간!"

보미가 질린 듯이 고개를 저었다. 보미도 어지간해선 남의 험담 같은 것을 하지 않는데도, 굳이 찾아와서 신영의 이야기를 해주었던 것은 분명 경고의 의미였다. 그런 경고를 들었는데도 신영이 부른다고 무리해서 나갔다가, 이런 일을 당하고 말았다. 아기에게까지 그렇게 기를 쓰고 덤벼드는 사람인 줄도 모르고.

"그래. 알아. 그래도 실수라고 믿고 싶은 거지. 그런데…… 사실은 실수라는 생각이 안 들어."

주홍은 연희의 말을 떠올렸다. 남편의 재액을 떠넘길 제웅이라고 했다. 그런 흉한 것을 백일도 안 된 아기에게 떠넘기려 했다고. 제웅이 뭔지는 안다. 지푸라기를 엮어 사람 모양으로 만든 인형인데, 사극 같은 데서 사람을 저주한다고 제웅을 만들어서 활로 쏘거나 못을 박아서 파묻는 장면을 본 적도 있었다. 하지만 그런 말을 현실에서 듣게 될 줄은 꿈에도 몰랐다.

"신영 언니가 인형으로 애를 눌러서 목이 이렇게 꺾일 뻔했는데, 아까 그분 있잖아. 그분이 막아줬어. 그런데도 신영 언니가 자꾸만 그 인형을 우리 애한테 주려고 하다가, 그분이 뭐라고 말씀을 하시니까 놀라서 딱 굳어버리는 거야."

"뭐라고 하셨길래."

"언니 남편의 재액을 떠넘길 제웅이라고. 이런 짓을 하면 멀쩡한 사람도 급살 맞는다고."

"…… 야, 야. 잠깐만. 내가 말을 제대로 들은 게 맞아? 제웅?"

보미는 앓는 소리를 내며 이마를 손으로 짚었다.

"그러니까 최신영 그 인간이, 자기 남편 대신 너희 애를 잡아가라고 저주를 했다는 거잖아. 아, 이런. 그래서 아까 그분이 나한테 그러셨구나. 네가 마음이 약해 보여서 걱정되는데, 혹시라도 마음이 약해져서 그 인형을 받거나 하면 안 되니까, 절대로 못 받게 하라고 신신당부하셨는데."

"그런 말씀도 하셨어?"

"어, 아까 쿠키 세트 드릴 때. 야, 그 제웅이라는 게 뭐야. 그거 그냥 저주 인형이 아니야. 옛날에는 병 걸리거나 액년에 든 사람이 거기 제웅에다 돈 넣어서 버렸잖아. 주워 가는 사람이 제웅과 함께 액운도 가져가고, 그 대신 속에 든 돈도 가져가라고."

"설마 그러겠어. 지금이 시대가 어느 시댄데."

"하나뿐인 가족이 병으로 죽어가서 오늘내일하는 사람이야. 미신에 홀랑 넘어가 눈이 뒤집혔어도 이상할 게 없다고. 그런 데다 뭐? 어디 가서 돈 주고 사 온 것도 아니고, 자기가 직접 떴다고? 대체 어떻게 생긴 인형이야?"

생각할수록 못생긴 인형이었다. 테디베어처럼, 팔다리 달린 사람 같은 형태에 귀만 길쭉한 인형. 회색과 하늘색, 크림색이 섞인 낡고 보풀이 잔뜩 인 실로 뜬 것 같은. 주홍은 조심스럽게 그 인형에 대해 묘사했고, 보미는 고개를 갸웃거렸다.

"회색에 하늘색이랑 크림색? 너, 폰 좀 줘 봐."

"폰은 왜?"

"그거 알아? 그 인간이 돈 빌려가 놓고서 메신저는 싹 차단해 버렸어. 그런 거 보면 신기하다니까. 어떻게 너하고는 연락이 되는지……. 아, 찾았다."

보미는 주홍의 메신저에서 신영의 메신저 계정 프로필을 열더니, 한참 옛날의 프로필 사진 한 장을 찾아냈다. 원피스 차림의 신영이 하늘색 바탕에 회색과 크림색 줄무늬가 들어간 카디건을 입고 있는 남자와 팔짱을 끼고 있는 사진 이었다.

"이 카디건, 전에 최신영이 자기가 남편에게 선물한 거라고 자랑하던 거야. 그 인간, 자기 남편 옷을 풀어서 인형을 뜬 것 같은데?"

등줄기가 오싹했다. 보미가 걱정해서 하는 말인 줄은 알지만, 설마 그럴까, 무슨 악감정이라도 품은 게 아니고서야 설마 그렇게 할까 싶은 생각이 들었다.

"자기 남편에게 닥친 불운을 이 애한테 떠넘기려는 걸 수도 있고, 아예 남편을 찾아온 저승사자가 헛갈려서 이 어린애를 잡아가게 하는 걸 수도 있겠지만. 아까 너 도와주신 그분도 그랬다며. 남편의 재액을 떠넘기려 했다고. 그분이 최신영 남편이 말기 암인 걸 어떻게 알고 그런 말을 지어내겠어. 정말 그분한테는 그런 게 보였던 거겠지."

그때 갑자기 주홍의 전화벨이 울리기 시작했다. 신영이었다. 주홍이 발신인을 보고 부들부들 떨자, 보미가 스피커 폰을 켜고 바로 녹음 버튼도 눌렀다. 스피커를 켜자마자 신영의 절박한 목소리가 쏟아져 나왔다.

"주홍아! 아까 정말 오해한 거야. 내가 주변에 아기가 없어서 어떻게 해야 할지 몰랐는데……. 그래도 이 인형, 내가 정말 정성 들여 뜬 것 맞아! 내가 너희 집 앞으로 갈게. 잠깐 얼굴 보고, 인형만 건네주고 갈게. 응?"

그것은 놓고 간 물건을 가져가라거나, 아까 일은 오해라고 말하는 목소리가 아니었다. 지옥으로 끌려 들어가는 듯한, 고통스럽게 울부짖는 목소리였다.

"네가 받아줘야 해! 제발!"

"언니."

주홍은 마지막으로 한 번이라고 생각하며 조심스럽게 단어를 골라 입을 열었다.

"아까 그분이 그랬잖아. 제웅이라고. 난 언니가 그럴 사람이라고 생각하지 않지만, 혹시 정말 그래? 언니 남편의 액운을, 우리 아기한테 넘겨주고 싶었던 거야?"

사랑하는 사람이 죽어가니까, 지푸라기 잡는 심정으로 무슨 짓이라도 해보고 싶었던 걸까? 이 순간에도 그렇게 해석하고 있는 자신이 지긋지긋했다. 아무리 절박하고 간절해도, 사람이 해도 될 일이 있고 해선 안 되는 일이 있는 법이다. 이번 일이 그랬다.

"주홍아, 그거, 그거 그냥 미신이야! 미신이라는 건, 믿는 사람한테만 통하는 거라잖아. 어차피 너는 미신 같은 것 안 믿잖아. 그냥 받아도 너하고는 아무 상관없는 거잖아."

아무리 그래도 그렇지.

갓 태어난 아기는 한순간이라도 어른이 눈을 떼면, 언제 무슨 일이 일어날지 모를 만큼 연약한 존재다. 삼칠일이 지날 때까지 금줄로 감고 삼신에 빌고 성당 제단에 꽃을 올리며 아이의 무탈을 빌어야 할 만큼 약하디약한 아기에게, 자기 남편의 액운을 떠넘기겠다고 그런 짓을 하다니.

"언니, 난 그런 것 받고 싶지 않아."

신영을 좋아했다. 좋은 사람이라고 믿었다. 그래서 보미가 경고를 했는데도 걱정을 했고, 연락을 받았고, 만나러 나갔다. 지금 그런 행동을 할 만큼 절박한 상황이라고, 어쩔 수 없었을 것이라 믿었다. 하지만 그런 마음은.

"언니도, 내가 걱정하는 것, 사람들이 언니 걱정하고 배려하는 마음, 하나도 받지 않았잖아. 그러니까 나도, 언니가 주는 건 안 받을 거야. 가져가. 돌아가. 다시 나한테 연락하지 마."

저 사람에게는 닿지 않았다.

닿지 않았으니까, 사람들에게 돈을 빌린 뒤 연락을 끊고, 남의 아기에게 그런 흉한 것들을 떠넘기려 한 거다. 뺨이 보드랍고 따뜻한, 온갖 삿된 것으로부터 감싸고 보호해야 하는 약하고 귀한 아기에게.

주홍은 화가 나지 않았다. 그저 누군가의 부고조차 받고 싶지 않다는 것이 이런 마음이었구나 하고 생각했다. 울부짖는 소리를 잘라내듯이 전화를 끊었다. 전화를 차단하고, 메신저도 차단을 했다. 문득 그가 집에 놀러 온 적이 없어서, 집 주소를 몰라서 다행이라는 생각이 들었다. 안 그랬으면 아마도 집까지 쫓아와서 그 인형을 들이밀려 했을 테니까.

슬프지만 슬프지 않았다. 신영에게 마음을 쓴다고 썼지만 그에게는 닿지 않았던 이 다정한 마음들은, 다시 돌아와 여전히 자신의 손안에 남을 테니까.

그가 남편의 카디건을 풀어 한 코 한 코 소중하게 떠서 만든 인형에 담긴 액운이, 다시 그의 곁에 돌아갔듯이.

그런 흉한 마음이 되돌아가면 어떻게 되는 걸까.

궁금했지만, 그 뒷이야기는 알고 싶지도 않았다.

연희 이야기 2

- 갑자기 서울 올 일이 좀 생겼어요. 며칠은 여기 있어야 할 것 같은데, 혹시 저녁때 찾아뵈어도 괜찮으실까요.

오전 열 시에 날아든 메시지는 적당히 예의 바르고 적당히 간단했다. 서울에서 사량도까지가 당일로 왕복할 거리는 아니니, 저녁때 보자는 말은 자고 가리라는 말이다.

"번거로운 녀석 같으니."

금선은 대답 대신 'ㅇ' 하고 한 글자만 찍어 보냈다. 예나 지금이나 눈치를 보며 말을 길게 늘이곤 했지만, 금선에게 있어 그 아이는 서로 긴 말이 필요하지 않은 사이였다. 배 아파 낳지 않아도, 자식이라는 것이 원래 그런 것이 아닐까 싶기도 했다.

연희의 입장에서 금선을 말한다면, 금선은 돌아가신 이모의 친구쯤 될 것이다. 이모의 친구면 남이나 다름없는 사람 아니냐고 누군가 묻는다면, 아마도 연희는, 제 어머니는 일찍 돌아가셨고 자신은 막내 이모 슬하에서 자랐으니 이모의 친구란 자신에게는 엄마 친구와 비슷한 느낌이라고 말할 것이다. 어쩌면 자기 또래의 여자들이 어릴 때 엄마 친구들을 종종 이모라고 불렀듯이, 자신도 금선을 이모라고 부르면서 자랐다고 말할지도 모른다.

금선의 입장에서 말하자면 이 관계는 조금 더 복잡했다. 금선은 무당이었다. 신가물로 태어난 아이에게 신이 지피고, 이게 잠시 지나가는 신이 아니라 받아서 모셔야 할 큰 신이라는 것이 확실해지면, 신을 받을 아이는 내림굿을 받고, 내림굿을 해준 무당을 신어머니로 모시게 된다. 그렇게 무업은 신어머니에게서 신딸로, 배 아파 낳은 것은 아니라도 신을 통해 이어진 인연으로 내려오는 법이었다.

연희의 이모인 애란은 신어머니의 또 다른 신딸이었다. 처음 내림굿을 받고, 무당이 되기 위해 필요한 것들을 배우기 위해 신어머니를 모시고 지낼 적에, 그 신당에는 애란도 있었다.

금선과는 한 살 터울인 데다 서로 마음이 맞아 친동기간처럼 가깝게 지내던 사이였다. 친언니가 죽었다고, 어린 조카를 데려오게 되었다고 애란이 말했을 때, 금선은 한동안 애란의 집에 머물렀다. 엄마 잃고, 갑자기 집에서도 쫓겨나 애란에게 보내진 어린 연희를 함께 돌봤다. 핏줄로 이어진 가족은 아니어도 그들은 방울 소리와 북소리로 이어진 자매였고, 연희는 금선에게도 조카처럼 늘 마음이 쓰이는 아이였다.

연희가 자라면서 자꾸만 이 세상 것들이 아닌 것을 보게 되었을 때에도, 금선은 애란에게 달려갔다. 이미 알고 있는 일이라도, 제 자식, 제 조카에게는 닥치지 않았으면 하고 바라게 되는 그런 일들을 두고, 두 사람은 몇 날 며칠을 머리를 맞대고 고민했다. 그리고 그 고통의 시간 끝에, 연희는 탯줄 대신 길게 늘어뜨린 흰 베로 이어져 금선의 신딸이 되었다.

"불효자식 같으니."

제 손으로 그 아이에게 내림굿을 해주고 신딸 삼았으면서도, 금선은 때때로 혀를 차며 그때의 일을 떠올리곤 했다. 애란이 너를 어떻게 키웠는데, 너를 부모형제 잡아먹은 여우 새끼라며 내쳤다는 그 할망구에게서 데리고 나오면서, 너만큼은 엄마와 이모 몫을 합친 것보다 더 잘 살게 해주겠다고 하늘에 맹세를 하고 또 했던 것을 내가 아는데. 신을 받은 것이 그 애의 잘못도 아니고, 그 애가 선택할 수 있던 것도 아니었음을 뻔히 알면서도, 그때 하늘이 무너진 것처럼 오열하던 애란을 생각하면 지금도 속이 쓰렸다.

그래도 그 애가 온다는데 뭐라도 준비를 해야겠다. 계절에 한 번씩은 얼굴을 보고, 올 때마다 하루이틀은 이 집에서 묵어가는 바람에 귀찮으니 오지 말라고 말은 하면서도, 막상 보고 돌아서면 그 녀석 또 언제 오나 싶어져서 메신저를 켜고 자꾸 아무 소리라도 하게 된다. 무슨 일이라도 있어서 이렇게 또 갑작스레 온다고 하면 말은 번거롭다고 해도 몸은 먼저 움직여 그 애 먹일 것들을 장만하는 것이 금선의 낙이었다. 오늘도 그랬다. 전화가 왔을 때, 다행히도 골목 앞까지 오는 야채 트럭이 아직은 판을 벌여놓았을 시각이라 얼른 뛰어나가 장을 보고, 점심 무렵에는 고기를 사러 갔다. 신들 중에는 입맛이 까다로워, 비린 것, 누린 것은 상에 올리지도 못하는 분도 계신데, 그나마 그 애가 모시는 분은 입맛 하나는 순해서 다행이었다.

"언제쯤 오려나."

금선은 장바구니를 돌고 동네를 한 바퀴 느긋하게 돌아보았다. 낡은 구도심 쪽으로는 오래된 전통시장이 크게 자리하고, 새로 조성되고 있는 신도시 쪽으로는 꽤 크고 화려한 마트도 있어 어느 쪽으로든 장 보러 다니는 재미가 있는 곳이었다. 금선은 시장에서 과일이며 고기를 사다가 미리 양념해서 재워두고, 마트에 가서 어디 새로 나온 주전부리가 없나 두루두루 살폈다. 연희는 부지런한 아이였다. 서울 쪽 올 일이 있으면 늘 전날 밤에 섬에서 나와, 새벽같이 열차를 타고 와서는, 오후 서너 시쯤이면 어지간한 일들은 얼추 마무리를 짓고서 금선이 사는 동네로 오곤 했다. 오늘도 그렇겠거니 하고 기다리는데, 오후 다섯 시가 다 되도록 연희는 소식이 없었다. 정리할 것들을 정리해서 냉장고에 두었고, 주방이며 거실이며 정리해 놓고 TV 앞에 앉았지만 여전히 메신저는 조용했다. 로봇청소기가 방바닥을 쓸고 닦는 가운데, 금선은 케이블 TV로 옛날 드라마를 한참 보다가 꾸벅거리기 시작했다. 그러다가 해가 뉘엿뉘엿 질 무렵에야 메신저 알림음에 깜짝 놀라 눈을 떴다.

- 일 끝났어요. 원래는 한 시간쯤 일찍 도착할 줄 알았는데 중간에 다른 일이 생겨서요.
- 40분쯤 뒤에 도착할 거예요. 뭐 드시고 싶으신 것 있으세요? 사 갈까요?

오후 일곱 시에 날아든 메시지를 들여다보며 금선은 혀를 찼다. 시간도 시간이며, 뒷목이 저릿하게 당기는 것이 감이 좋지 않았다. 신딸의 일을, 금선의 대신 할머니가 미리 알려주시는 것이렷다. 큰 신을 몸주 삼아 내림굿은 받았으며 신당은 차렸으되 굿은 하지 않는다는, 이 반편이 같은 녀석이 또 오지랖 넓게 남의 일에 참견하고 다니다가 또 무슨 사고를 친 모양이었다.

"아이고, 이 모자란 것이."

문이 열리자마자 굵은 소금이 날아들었다. 연희는 서서 눈을 반쯤 내리깐 채 말없이 소금 몇 줌을 뒤집어쓰다가, 머리카락과 옷에 묻은 소금을 탁탁 털어냈다. 어두운 잿빛 치마며 검정 카디건에 회색 머플러까지, 입고 있는 것이 죄다 어둡고 칙칙한 색이다 보니 그 위에 하얗게 도드라져 보이는 굵은 소금은 마치 때를 잊고 내린 눈발처럼 보였다.

"갑자기 올라올 일 있다더니, 넌 또 무슨 흉한 것을 묻혀 왔어."

"별것 아니에요."

"별게 아니기는, 누가 흉하게 방자하던 게 묻어 왔구만."

문 열리자마자 소금 벼락을 맞는 것도 하루이틀 일은 아니라, 연희는 대수롭지 않게 소금을 탁탁 털고 금선에게 커피와 쿠키세트를 건넨 뒤, 현관에 놓인 작은 빗자루로 현관에 떨어진 소금까지 집 밖으로 쓸어내고는 안으로 들어왔다.

"누가 죽어가는 제 식구 좀 살려보겠다고, 제웅을 만들어서 남에게 액을 떠넘기려고 하더라고요."

"남이사 그러거나 말거나, 제 입으로 무당도 아니라고 떠들고 다니는 것이 그런 일에는 웬 참견인데."

"차라리 그걸 아무나 집어가라고 어디 두고 도망가는 거였으면 그런가 보다 했겠죠."

연희는 소금을 다 털어내고 집으로 들어와 익숙하게 제 집인 듯 자리를 차지하고 앉으며 말했다.

"그걸 받을 사람을 딱 정해서, 그것도 이제 백일이나 되었을까 싶은 갓난아기에게 떠넘기려고 하잖아요. 어른 하나를 병으로 쓰러뜨릴 만한 재액인데, 그걸 그런 악의를 갖고 떠넘기는 걸 그냥 받았다간 애가 죽을 수도 있는데."

"갓난아기에게? 대체 어떻게?"

"병자의 옷을 풀어서 인형을 떠다가 안기려고 했어요. 아기가 자지러지게 우니까 억지로, 힘으로라도 아기에게 안겨놓으려고 하고. 그걸 어떻게 그냥 두고 와요."

금선은 차 도구가 담긴 쟁반을 탁자 위에 내려놓으며 혀를 찼다. 뜨거운 물이 전기 포트에서 보글보글 끓었다. 평범한 사람이라면 이 집이 만신 댁일 거라고는 상상도 하지 못할, 조용하고 한가로운 거실에서 금선은 따뜻하게 데운 다관에 찻잎을 조금 넣고 뜨거운 물을 부었다.

"뭘 모르고 하는 짓 같긴 했지만, 무슨 수를 써서라도 아기에게 그 인형을 안기려고 아득바득 매달리는 꼴을 보니까 두고 볼 수가 없었어요."

"그건 거의 산 제물이지. 확실하게 그 액을 쓰고 대신 죽어버릴 것을 고르려니까 그렇게 어리고 약한 것을 골랐을 테고. 그건 그냥 내 횡액을 덜자고 하는 짓이 아니라, 아주 남에게 잘못되라고 방자를 하는 짓이 아니냐."

연희는 대답하지 않았다. 머릿속에 생각이 마구 들끓는지 멍한 얼굴로 해가 저물어가는 창 밖만 내다보는 것이 딱해서,

곧 저녁상을 봐야 하는 줄 알면서도 금선은 찬장에서 사탕수수로 만든 알사탕이며 구운 땅콩이며 호두살 같은 군것질거리를 더 내왔다. 그래도 꼼짝을 않는 것을 보고 답답해서 속을 끓이다가, 결국 못 참고 알사탕을 까서 그 입에 밀어넣으니 그제야 이쪽을 본다. 금선은 연희의 이마에 딱밤을 먹이며 혀를 찼다.

"거, 네가 신경 쓸 것 없다. 너는 어린아이를 구했으니 잘한 일이고, 그 사람은……."

"대체 인간들이 왜 그러는 걸까요? 제 식구 살려보겠다고 남의 생목숨을 끊었다가, 대체 무슨 업보를 받으려고."

"업보? 흥, 옛날 같으면 사람들이 그런 걸 무당에게 물어보고 했지. 무당들도 그런 방자는 하면 안 된다고 막기도 했고. 사람들도 어쩌다 방법하는 걸 들어도, 그런 걸 잘못 저지르면 그 재앙이 고스란히 자기에게 되돌아온다는 걸 알고는 있었어. 요즘은 말을 해줘도 믿지를 않지."

"악의는 가득한데 수법은 영 허술한 것이, 인터넷 같은 데서 보고 저질렀을 거예요."

"그렇겠지."

"뭘 보고 그런 걸 믿나 모르겠어요. 맞는 말이 거의 없는 것은 둘째치고, 자기 몸을 보호할 방법은 없이 일단 저지르는 방법만 알려주잖아요. 아무리 절박해도 그게 무슨 짓인 줄 알고 따라 해요? 뒷감당도 못 할 거면서."

"절박하면 눈에 뵈는 게 없긴 하지……. 그래도 사람이 본바탕에 든 게 있으면, 자기만 살자고 남을 해코지하면 안 된다, 해선 안 될 짓을 하면 응당 벌을 받는다, 그 정도 생각은 하는 것이다. 그 뻔한 말조차 듣기 싫어하는 세상이 되었으니, 원."

대답을 하면서도 금선은 마음이 착잡했다. 아홉 살 어린 나이에 가족과 함께 차를 타고 나섰다가, 사고를 당해 코앞에서 부모와 두 오빠를 잃었던 아이였다. 기박하기로도 그렇게 기박할 수 없는 그 사고 이후로, 누구라도 원망하지 않고는 견딜 수 없었을 제 친할머니와 큰오빠에게 모질게 내쳐져 사랑도로 가야만 했던 아이였다. 그런 아이가, 사람이 잔뜩 악에 받쳐서, 저에게 별 원한도 없는 애먼 사람을 해코지하는 꼴을 눈앞에서 보고 돌아서며 또 무슨 생각을 했을꼬. 눈앞에 있는 아이가 부모 잃은 아홉 살, 눈물을 흘리며 첫 공수를 내리던 열아홉 살이 아니라, 이제 나이를 먹을 만큼 먹고, 세상 돌아가는 이치도 알 만큼 아는 서른아홉이라는 것을 잘 알면서도 금선의 눈에는 여전히 그가 열몇 살 난 어린 계집아이 같기만 해서, 혹시라도 속으로 울고 있는 건 아닐까 했다. 울음을 삭이느라 속이 상해 다 뭉그러질 지경인 건 아닐까 싶어서, 금선은 말없이 연희의 손등에 제 손을 포개고 어린애 달래듯이 토닥거렸다.

신가물로 태어난 아이라고 해서 태어날 때부터 눈에 띄게 남다른 것은 아니다. 다른 아이들과 마찬가지로 고만고만하게 자라다가, 대충 철이 들고 음양을 알 무렵부터 남이 보지 못하는 것을 보고, 남이 듣지 못하는 것을 듣게 되는 법이다. 그렇다고 신가물로 난 아이들이 모두 무당이 되는 것도 아니다. 남들이 못 느끼는 것을 보고 들어도, 그조차도 한때일 뿐인 아이들이 세상에는 더 많았다. 어차피 인간에게 씌는 신들 중 대부분은 그 사람과 인연이 있는 허주, 그러니까 잡귀 잡신이었다. 일가친척 중 어려서 죽은 아기며 결혼 못 하고 젊어서 죽은 이들, 기껏해야 제 자손들 잘 먹고 잘 사는 문제 말고는 관심도 없는 조상신이니. 그런 것들은 그냥 내버려두어도 크게 해를 끼치지도 못하는 법이다. 오히려 그런 허주가 씐것을 두고 내림굿을 해야 한다며, 멀쩡하던 아이에게 제대로 신의 세계와의 통로를 뚫어놓아 평생을 고생시키는 선무당들이 문제라면 문제일까.

하지만 연희는 달랐다. 어릴 때부터 슬슬 허깨비들을 보며 자주 앓다가, 철들 무렵에는 큰 교통사고를 당했다. 본인도 죽다 살아났지만, 그 일로 부모와 두 오빠를 잃고, 할머니와 큰오빠에게는 내쳐져 이모인 애란이 살고 있는 머나먼 사량도로 가게 되었다. 거기까지만 해도 기박한 팔자라 하겠는데, 그만 덜컥 무병이 들어버렸다. 그리고 그와 같은 증상에 대해 누구보다도 잘 안다고 할 수 있는, 무당인 애란은 조카의 무병에 손가락 하나 까딱하지 않았다. 정신도 못 차리고 말도 하지 못하고, 화장실도 제 발로 걸어서 가지 못하고 엉금엉금 기어서 가야 할 만큼 심하게 앓는데도, 그는 그저 연희를 중간중간 내과에 데려가 수면유도제며 신경안정제 따위를 지어 먹일 뿐, 신내림을 하거나 신을 누르기 위한 어떤 조치도 하지 않았다. 마치 그런 방법이 세상에 있다는 것을 아예 모르는 사람처럼.

"너 지금 뭐 하냐? 어쩌려고 그래?"

그리고 금선이 사량도에 도착한 것도 바로 그 무렵이었다.

"이러다 애가 숨이 넘어가겠다고, 네가 모시는 대신 선녀님까지 걱정하는 소리가 여기까지 들리는데도, 애를 그냥 내버려둘 셈이야?"

"너는 우리 선녀님 걱정은 하지 말고 너희 장군님이나 잘 모시렴. 평소에는 여긴 비늘 달린 것은 뭐든 맛있다고, 너처럼 비늘 달린 것에 환장을 한 아이는 멸치만 뜯어 먹어도 밥 한 그릇게 눈 감추듯 해치울 거라고, 그렇게 오라 오라 해도 안 오던 것이, 이 꼬맹이가 좀 병치레한다고 그렇게 득달같이 달려오고."

애란은 별일 아니라는 듯, 오히려 자기가 부를 때는 안 오고 이런 일에만 달려오는 게 서운하다는 듯 쌀쌀맞게 굴었다. 금선은 저것이 정신이 나갔나, 제 조카를 기어이 잡으려고 작정을 했나 싶어서 애란을 밀치듯 하고는 연희가 누운 데로 들어가 보았다. 연희는 눈을 허옇게 까뒤집은 채 온몸을 사시나무 떨듯이 덜덜 떨고 있었다.

"그냥 병치레가 아니잖아. 아주 애를 잡겠네, 애를 잡겠어."

"안 죽어."

"안 죽기는, 무병 앓는 거 그냥 넘겼다가 애먼 주변 사람들까지 잡는 거 어디 처음 봐? 그리고 아무리 훌륭한 그릇이라도 몸뚱아리는 사람 몸인데, 애가 저렇게 앓는 걸 그냥 내버려

뒀다가 탈이라도 나면 어쩌려고? 너희 선녀님이 저러다가 사람 잡겠다고 지금도 우리 장군님 붙들고 울고 있는데, 넌 그 목소리는 들리지도 않아?"

"들려. 지금도 시끄러워 죽겠다."

"네 조카 잡을 거냐고!"

"야, 백금선."

애란이 정색을 하며 금선을 돌아보았다.

"너야말로 피붙이가 없어서 그렇게 태연한 거야, 뭐야. 하나밖에 없는 조카한테, 세상에 물려줄 게 없어서 무당 팔자를 물려주라고?"

금선은 입을 떡 벌린 채 애란을 바라보았다. 애란은 누운 채로 온몸을 떨고 뒤틀며 숨을 가쁘게 쌕쌕거리는 연희를 조금은 딱하고 안쓰럽다는 듯이 내려다보았다.

"봐라. 우리만 해도, 우리가 태어나길 무당 그릇으로 태어났어도, 사람이 무당 되기에 얼마나 적절치 못한 시기에 태어났는지. 예전에도 무당은 팔천이라고, 여덟 가지 천한 직업 중 하나라고들 했다만, 그래도 사람들이 하늘 무서운 줄도 알았고, 하늘에 빌 일이 있으면 무당이 사람과 하늘 사이에서 다리를 놓는 줄은 알았다. 그런데 뭐냐? 새마을 운동이니, 조국 근대

화니 하면서, 도시를 만들고 공장을 짓는다며 있는 당집도 부숴 땔감으로도 못 쓰게 만들고, 몇백 년을 자라나며 사람들의 소망을 담아 수도 없이 많은 천이 휘감기고, 그 휘감긴 천 사이사이 귀신들이 쉬어 가던 당산나무도 무서운 줄 모르고 베어 넘기고. 그래도 동네를 지켜온 당산나무에 그렇게 모질게 그러는 게 아니라고 누군가 말하면, 교회의 목사라는 놈들이 공무원 손 붙들고 와서, 언제까지 미개하게 나무귀신이나 섬기고 있을 거냐고 손가락질을 하고, 그런 것을 자르고 부수는 날에는 목사 꽁무니 따라온 교회 아이들이 좋다고 쫓아 나와, 귀신 들린 것이니 싹 쓸어서 태워버리라는 그런 시절이 아니니? 이런 시절에, 사람이 신가물로 태어났다고 해서 꼭 무당이 되어야 한다는 것도, 너무 말 같지도 않은 폭거가 아니니?"

금선은 애란이 무슨 말을 하는지 이해했다. 동갑내기에 앞서거니 뒤서거니 하며 비슷한 시기에 신을 받고서, 같은 신어머니를 모시며 무업을 배운 두 사람이었다. 1980년대가 지나면서야 지역을 대표하는 풍어제며 산신제가 무형문화재로 지정되고, 이를 전수받은 큰 만신들이 인간문화재 대접을 받게 되기도 했지만, 이들이 한창 무업을 배우던 그 무렵에만 해도 굿은 미신이라 해서 어디 밝은 대낮에 떳떳하게 판을 벌일

만한 일이 아니었고, 무당을 두고도 귀신 붙은 것 아니냐고 꺼려하거나, 미신으로 사람들을 혹세무민하는 사이비 취급을 하는 것이 보통이었다. 애란이 아주 정색하며 진저리를 치는 것도, 어찌 보면 당연한 일이었다.

"이 짓이 뭐가 좋다고 대물림씩이나 해. 무당 팔자 개 팔자인 것을."

"그렇게 싫으면, 너나 네 선녀님이랑 어떻게든 쇼부를 칠 것이지."

애란은 대답하지 않았다. 어쨌든 말은 저렇게 해도, 애란이 제 손으로 무업을 그만둘 리 없다는 것은 금선도 알았다. 그렇게 진저리를 치고 있어도, 애란의 몸주인 선녀와 애란은 여러 겁의 전생으로 이어진 숙연이어서 그렇게 쉽사리 끊어낼 만한 관계도 아니었다. 그런 것을 보면 만신과 그에 깃들어 있는 대신의 관계란, 딸과 어머니의 관계와도 비슷한 것일지도 모르겠다. 그렇게 의지하면서도 미워하고, 사랑하면서도 원망하는 그런 관계는. 금선은 돌아가신 제 친어머니와, 역시 세상 떠난 신어머니를, 그리고 두 어머니를 보내고도 계속 곁에 남아 자신의 의지가 되어주는 장군신을 떠올리며 애란의 고집스런 표정을 바라보았다. 무슨 생각으로 저런 고집을 부리는지야 짐작하고도 남지만, 그게 어디 사람 뜻대로 될 일이어야지.

"그러다가 애가 잘못되면 어쩌려고 그래. 애는 살려놓고 봐야지."

"괜찮아, 안 죽어. 어차피 별 볼 일 없는 그릇이면 건드리는 것도 잡귀 잡신일 뿐인데, 우리 선녀님 그늘에 그런 게 들어와봤자 얼마 못 버텨. 본격적으로 대신이 내리신다 해도, 어중간한 그릇이면 버티고 또 버티면 어쩔 수 없는 것이지. 대신들께서 보시기에 아까울 정도로 그릇이 커서 어떻게든 무당을 만들어야겠다 하시면, 그런 몸을 함부로 해치지는 않을 거야. 한두 번 거역한다고 애가 잘못되진 않아."

"그래, 애는 무사하다고 치자. 그런데 근데 그 동티를 어쩌려고 그래! 그 칼이 누구에게 날아들지 뻔히 알면서!"

"내가 받겠지. 그런데 뭐?"

"대신을 화나게 해서 동티가 날지도 모르는데, 그런데 뭐 하고 넘길 일이야?"

"아무리 말 안 듣는 무당이라도, 남의 신이 어떻게 한다는데야. 설마 우리 선녀님이 손가락 하나 까딱 안 하시려고? 능력 있으신 양반인데, 내 한 목숨 정도야 지켜주시겠지."

금선이 올 때까지 이미 몇 주를 그렇게 악에 받쳐 버티던 애란이었다. 연희가 죽으면 죽었지 무당은 시키지 않겠노라고, 제 목을 걸고 신에게 대들다시피 하던 애란은, 금선이 사량도로 온 그날 밤부터 다시 한번 무병을 앓듯이 중하게도 앓았다. 금선은 손님방에 제 짐을 풀기가 무섭게, 눈을 까뒤집으며 벌벌 떠는 두 사람을 돌봐야 했다. 하나가 정신이 돌아오면 다른 하나가 까부라지고, 다시 한쪽을 깨워놓으면 다른 쪽이 숨이 넘어갈 듯 굴었다. 그렇게 열흘 가까이를, 금선은 잠깐 눈을 붙일 때조차도 바닥에 등 한 번 못 붙인 채 이모와 조카, 두 사람을 들여다보느라 바빴다. 이러다가 끝내 줄초상이 나겠구나, 이 지경이 되어서야 애란의 선녀 대신께서도 이 목숨들을 구하지 못하시겠구나 싶어 통곡을 하다가, 옛이야기에 나오는 효녀나 열부 흉내라도 내어보자 하여 무명지를 칼로 베어 애란의 입에, 다시 연희의 입에도 피를 흘려 넣었다. 그리고 그날 밤, 사량도 옥녀봉이 무너지는 게 아닌가 싶게 천둥번개가 치고 비가 쏟아지는 가운데, 연희가 홀연히 눈을 떴다.

"선녀님이 떠나셨어요."

며칠째 씻지도 못하고 앓기만 하느라 사람 꼴이 아니었던 연희는, 자리에 일어나 앉자마자 제 목소리가 아닌 목소리로 신의 이야기를 했다.

"신의 그릇이라도 인간의 몸이라, 우리 이모가 더는 견디지 못할 거라고. 이모의 눈을 닫게 하고 선녀님은 떠나셨어요. 이제 더는 대신님들의 목소리가 들리지 않을 거래요."

"…… 연희야?"

"괜찮을 거예요. 이모를 살리려고 하신 거니까. 금선 이모, 이제 애란 이모는 해주실 수 없으니까. 이제 금선 이모가 저를 도와주셔야 해요."

내림굿을 하기도 전에, 연희는 신의 목소리로 첫 공수를 주고 있었다. 큰 신병을 앓고 평범한 사람의 삶을 버려 무당이 되었던 애란이, 이제 더는 무당일 수 없다는 이야기를 하며 연희는 울었다. 앓고 일어난 애란이 더는 앞을 보지 못하게 되고, 연희의 말대로 더는 신들의 목소리를 듣지 못하게 되었다는 사실을 알게 된 금선도 고통스럽게 울었다. 그리고 울면서도 일어나 해야 할 일을 했다. 신을 받은 아이가 허주에 들지 않도록, 온전한 무당이 되도록 내림굿을 준비했다. 제 배 아파 딸을 낳듯 마음을 다해 준비해서 신딸을 맞아들였다.

"…… 어쩌겠어, 이렇게 온 힘을 다해도 막지 못했는데."

그리고 그 굿판의 뒷전에서, 선녀 대신을 잃고 시각도 거의 잃어버린 애란은 우두커니 앉은 채 굿판을 바라보다, 때때로 중얼거렸다. 운명은 인력으로 어찌할 수 없다는 듯이. 거역해 본들 소용없다는 듯이. 자신은 그 사실을 너무 늦게 깨달아버렸다는 듯이.

"오빠가 좀 보자고 했어요."

밥을 먹다 말고, 연희는 별일 아니라는 듯이 제 오라비 이야기를 했다. 금선은 먹던 밥이 명치에 얹히는 것 같아 물잔부터 찾으면서도, 제 짐작이 맞나 싶어 확인하듯 물었다.

"그치가 어쩐 일로?"

"조카가 무병을 앓는 것 같다고."

"별꼴이 반쪽이로구나. 싹퉁바가지 없는 놈 같으니."

험악하게 말하면서도, 금선은 내심 올 것이 왔다고 생각했다.

"자기 동생더러는 여우 새끼 같다고, 부모형제 다 잡아먹었다고 별 악담을 다 하고, 무당 따위와 아는 척도 하고 싶지 않다, 형제라고 아는 척하지 말라며 내치던 놈이. 이제 와서 자기

급하니까 너를 찾아?"

"…… 그렇게 되었네요."

"사내대장부가 되어서는, 너는 내 형제도 무엇도 아니다 하고 한번 의절을 했으면, 하늘이 무너져도 제가 한 말은 지켜야지. 그렇게 모질게 내쳐놓고 이제 와서 제 새끼 아프니까 도와 달라고? 어쩌면 그리 못나고 용렬한 놈이 다 있나?"

"애가 자살 기도까지 하고 누워 있으니까요. 오늘 잠깐 보고 왔어요. 아니, 그런데 어머니는."

"내가 뭐?"

"저한테 그 악담을 하던 할머니한테는, 자식 손자 다 잃어 불쌍하다더니. 어째 할머니가 하는 말을 그대로 들었을 뿐인 오빠를 더 못난 사람 취급을 하시고."

"그거야 당연하지 않으냐? 그 사고가 났을 때 그놈은 스무 살이 넘지 않았어? 너보다 열두 살 많아서 띠동갑이라 했으니, 스물하나였겠구먼. 할머니는 자식이며 손주 잃고 넋이 나가서 그런 헛소리를 하나 보다 해도, 어떻게 스물한 살이나 먹은 애가 제 동생한테 똑같은 소리를 하고 있어?"

"…… 효자니까요."

"에라, 그거 효자, 어디다 쓴다고. 그래서 애는?"

"신병이 맞는 것 같아요. 오빠는 별로 인정하고 싶지 않은 모양이지만."

"그래서, 어쩌려고?"

"…… 자세한 거야 좀 두고 봐야죠. 일단 정신이라도 돌아와야 이야기도 해보고, 살펴도 보고."

"그래서 그다음은, 어떻게 할 거냐고?"

연희는 대답하지 않았다. 그는 대신 사흘 굶고 거지꼴이 다 되어서 월매 집에 나타난 이 도령이라도 되는 양, 밥그릇을 싹싹 비울 기세로 밥을 먹었다. 먹고 난 그릇들을 정리하고, 상을 치우고, 설거지까지 대충 해놓고 나서, 커피 물을 끓였다. 금선은 제 몫의 노란색 커피믹스를 꺼내다가, 연희가 가져온 커피와 쿠키를 꺼냈다.

"그래서 나를 보자고 한 건 그 조카 때문이구먼?"

"에이, 그것만은 아니죠. 내가 어머니 뵈러 온 거지."

"웃기고 있네. 나를 보러 오는 거였으면, 이미 며칠 전부터 이번엔 뭐 먹으러 갈까요, 어디 좋은 데를 가볼까요 하면서 시끄럽게 굴었을 것이."

"이번에는 뭐, 겸사겸사니까요."

커피 한 잔 씩에 쿠키 한 접시를 사이에 놓고, 금선은 연희와 나란히 앉았다. TV에서는 안경을 쓰고 근엄한 척하는 남자들이 앉아서 세상일에 대해 이러쿵저러쿵 떠들어대고 있었다. 금선은 때때로, 연희의 오라비가 어떤 놈일지 생각해 보곤 했다. 연희보다는 열두 살이 많아 띠동갑이라 했으니 지금 쉰하나쯤 되었을까. 명문 대학교 법대를 졸업했다 하니, 저런 시사 프로그램에 나와서 세상일에 대해서라면 모르는 것이 없다는 듯 으스대는 사내들과 비슷한 구석도 많을 것이다. 아집 덩어리에 독선적이고, 자기가 세상에서 제일 잘난 줄 알았겠지. 그리고 마침내, 세상에는 제가 마음먹은 대로 되지도 않고, 제가 아는 지식의 범위를 한참 벗어난 데다, 제 명예나 권력으로도 어떻게 손써볼 수 없다는 것을 알게 된 뒤에야 떠올렸을 게다. 제가 내친 누이, 제가 버린 누이, 부모를 잡아먹고 형제를 잡아먹고, 그것도 모자라 무당이 되어 온갖 잡귀를 거느리고 다닌다고 할 말 못 할 말을 가리지 않고 쏟아부어 쫓아낸, 가엾고도 가여운 바리데기 같은 제 누이를.

"연희야."

"예."

"그 교통사고에서 너만 살아난 건, 그런 것과는 관계없다."

"……."

"내가 벌써 같은 이야기를 스무 번도 넘게 한 것 같지만, 그건 그냥 사고였다. 네가 신가물이었던 것과도 상관없어. 애초에 그런 사고를 겪고 혼자만 살아남은, 아홉 살밖에 안 된 막냇손녀에게 그런 험한 말을 한 네 할머니가 잘못한 것이야. 그래, 갑자기 자식 손자 다 잃고도, 어디 하늘을 원망하고 대거리할 용기조차 없었겠지. 그러다가 하나 남은 귀한 손자까지 잘못될까 싶어서, 그래서 풀어낼 데 없는 그 원통함을 네게 다 쏟아버렸겠지. 그 마음을 모르는 건 아니더라도, 그래서는 안 되는 거였다. 하지만 너는, 그 일이 네 팔자와는 상관없다는 걸 알고도 남지 않니?"

"그 이야기는 왜 또 하고 그러세요. 다 아는 이야기를."

"네 조카아이를 어찌하려고?"

"모르겠어요. 내림굿을 하거나……. 근데 아시잖아요. 저는 굿은 안 하는 거."

"그래, 그랬지."

"내버려둘 수야 없죠. 사람이, 살아야지. 근데 애는 이쪽 세계는 전혀 모르고……. 깨워서 이야기 안 해 봐도 보면 아는 게 있잖아요. 그냥 집에서 예쁨받고, 사랑받고 자랐고, 하고 싶은 것은 뭐든지 해볼 수 있었고, 좋은 대학 나오고 예쁘게 곱게, 그렇게 자란 앤데. 그런 애한테 어떻게 말을 해야 할지. 어떻게든 가급적 무당은 되지 않는 방향을 찾아봐야겠지만……."

금선은 한숨을 쉬었다. 그리 생각할 것 같아서 일부러 옛이야기를 들추어낸 것인데. 이 모자란 신딸은 여전히 아비에게 버림받은 바리공주가 했던 그 모든 일들을 다시 감당하려 든다. 어리석고도 어리석게도.

"모자란 것."

금선은 고개를 돌리며 퉁명스럽게 굴었다. 그 조카아이가 순리대로 신을 받아야 하는데 신 내려줄 신어미가 없어서 곤란하다고 부탁한다면, 그런 일이야 연희의 오라비에게 굿값 받고 해주면 그만이다. 이번 생에 두 번 다시 볼 일 없을 줄 알았던 오라비가 왜 내게 이런 일을 시키느냐고, 내가 왜 이런 꼴을 보아야 하느냐고 손을 내민다면, 금선은 기꺼이 그 뻘밭에 맨발로 들어가 이 아이를 건져낼 것이다. 만에 하나 애란이 예전에 그랬던 것처럼 연희가 제 조카를 구하겠다고 제 몸을 던져 막겠다 해도……. 하지만 도와달라고 애원하며 매달려도 도와줄까 말까인데, 저렇게 제 속으로만 혼자 끙끙 앓는 데야 도와주고 막아줄 방도가 없다. 손잡아 이 길로 끄집어낸 인연

이야 있겠으나, 언제까지고 어린아이 보듯 안쓰럽게 여기는 것도, 애틋하게 여겨 가슴앓이하는 것도 이 아이에게는 득이 되지 않을 터였다. 아니, 애초에 자꾸만 마음속에서 아이라고 부르는 것부터가 틀려먹었을지도 모른다. 본인이야 굿 같은 것은 하지 않는다, 신을 받았을 뿐 무당은 아니라고 말하고 있지만, 금선의 눈에 연희는 늘 저와 같은 길을 걷는 사람이었으니까.

괴담 둘

고독한 학부모방

구두를 신지 말 걸 그랬다. 평소에 출근할 때 신던 검정 운동화면 되었을 텐데. 평소처럼 바지 정장을 입었으면 괜찮았을 걸 그랬다. 그래도 여기 신도시로 이사하고, 아이를 전학시키던 날 이후로는 학교에 처음 가는 건데, 선생님께, 아이 친구들에게, 그리고 다른 학부모들에게 조금이라도 번듯하게 보이고 싶었다. 구두에 스타킹, 감색 원피스에 갖고 있는 것 중에서 제일 좋은 재킷, 그리고 결혼반지와 핸드백. 아무리 까다롭고 남의 말 하기 좋아하는 사람 앞에 서더라도 어지간해선 트집을 잡히기 어려운, 마치 정상성의 화신 같은 보수적인 차림새로 갖춰 입고 나왔건만.

차를 끌고 왔어야 했다. 좀 더 일찍 나왔어야 했다. 조금 전까지 민원 전화를 받느라 제때 일어나지 못했던 예진은 있는 힘을 다해 달렸지만, 자주 신지 않아 발에 익숙하지 않은 구두 때문에 제대로 뛸 수도 없었다. 아침에 일부러 평소보다 한 시간 일찍 일어나 컬을 넣은 머리카락이 바람에 마구 휘날려 엉망이 되고 있었다. 속이 상해서 울고 싶었다.

휴가를 낼 수 있었다면 좋았을 텐데. 단 반나절이라도.

전에 살던 곳에서는 그럴 수 있었다. 수도권이라고 해도 경기도의 변두리, 신도시도 아닌 조성된 지 30년이 넘은 동네에는 아이들이 그렇게 많지 않았다. 시청 근처, 그야말로 그 지역의 번화가를 끼고 있는 동네였는데도 그랬다. 한 학년은 서너 반이었고 한 반은 기껏해야 스무 명에서 스물두 명이었다. 같은 사무실에는 근처의 같은 단지에 사는 사람들이 몇이나 있었지만 초등학교 저학년 학부모는 단둘뿐이었다. 덕분에 아이의 방학 때라든가 돌봄교실이 운영되지 않아 급히 휴가를 내야 할 때 이런저런 배려를 받을 수도 있었다. 아이 엄마라는 입장이 회사에서 환영받는 것은 아니었고, 더러는 대놓고 싫은 소리를 하는 상사도 있었지만, 그럼에도 불구하고 관공서에서는 아이를 키우는 부모가 학교 행사나 아이가 병원에 가야 할 때 돌봄휴가를 쓸 수 있었다. 그냥 쓸 수도 있다 정도가 아니라 쓰는 것을 장려하고 있었다. 높으신 분들이 출생률이나 관내 어린이 인구에 대해 한마디 하면 다들 어마뜨거라 하고 몸을 사렸고, 초등학생 이하 자녀를 둔 직원이 자녀돌봄휴가를 적극적으로 쓰는지의 여부가 상사의 고과에도 반영이 될 정도였다. 그러다 보니 어지간해서는 아이의 학교 행사에 얼굴도장 찍는 정도는 무리가 아니었다.

하지만 올해 초 이사 온 신도시는 달랐다. 원도심의 인근 분지에 자리 잡은 이 신도시는 착공된 지 10년 남짓 지났고, 이제 제법 살 만한 도시의 모습을 갖추고 있었다. 처음 청사진이 나올 때부터 아이 키우기 좋은 도시를 만들겠다더니, 아파트 단지들이 초등학교를 감싸고 있고 단지마다 시설 좋은 놀이터와 어린이집들을 갖추어 놓았다. 시청과 관공서들이 모인 블록에서 가까운 아파트 단지에는 공무원들이 많이 살았는데, 대부분은 맞벌이였고, 부부 공무원이었다. 여기라고 한 집에 서넛씩 아이를 낳진 않았지만 결혼을 하면 적어도 한 명 이상 아이를 낳았다. 대부분 그랬다. 처음에는 허허벌판이었다는 이곳은, 이제 문자 그대로 아이를 키우기 좋은 도시, 아이들이 행복한 도시, 그래서 다른 어떤 지역보다도 아이들이 많이 태어나는 도시로 자리매김했다.

그리고 지금 이 순간만은, 바로 그게 문제였다.

전에 살던 지역에서는 아이가 어리면, 다소 고과는 잘 나오지 않더라도 야근이 거의 없는 부서를 지원해서 갈 수 있었다. 지금은 집에 초등학생 아이가 있는 직원이 한둘이 아니다 보니 아이가 있다고 그런 편의를 봐주는 법은 없었다. 그뿐만 아니라 학교 행사에 참석하는 것도 경쟁이 치열했다. 특히 기관 근처의 대형 아파트 단지에 사는 사람들의 경우, 학교에서 무슨 행사만 있어도 서로 돌봄휴가를 쓰기 위해 눈치작전을 벌여야 했다. 그나마 요즘은 소풍이며 운동회 같은 큰 행사들을 전교생이 다 모여서 하는 게 아니라 한 학년씩, 혹은 두 학년씩 묶어서 진행하다 보니 어느 정도 분산이 되기도 했고, 예전처럼 무슨 행사가 있을 때마다 으레 엄마가 도시락을 싸 들고 따라와야 하는 것도 아니다 보니 좀 나았지만, 학부모 참관수업만큼은 이야기가 달랐다. 참관수업은 아이 보호자가 참석하는 것을 전제로 하는 행사인 데다, 평소에는 학교에 오지 못하던 엄마 아빠들이 학교에 오는 날이다 보니 아이들도 들뜨고, 학교 분위기도 어수선해지곤 했다. 아이가 둘 이상인 집에서 여러 날에 걸쳐 휴가를 쓰기도 어려우니, 시간대를 나누어서 하루에 끝내는 게 최선이었다.

"다들 이 날짜에 쓰고 싶어 하는데, 하루 다는 못 내지."

그리고 지금은 바로 그 점이 문제였다. 학부모 참관수업 날, 휴가를 쓰고 싶어 하는 사람이 한둘이 아니라는 것. 적어도 반나절 휴가를 받을 수 있었다면 좋았겠지만, 굴러온 돌은 몸을 사려야 했다. 올해 이 지역으로 발령받고 이사하고 아이를 전학시켜 아직 물정을 모르던 예진으로서는 두 시간 외출을 결재받는 것이 고작이었다. 그래도 상황 봐서 조금 일찍 나갈 수는 있으리라고, 일단 와서 출근 체크는 하고 가라고 계장이 좋게 말해주긴 했지만. 같은 과에도 초등학생 학부모가 두세 자리 건너 한 명씩 있는 상황에서 시간 맞춰 빠져나오기는 쉽지 않았다.

"택시!"

원래는 직장 동료들 중 같은 학교 학부모인 사람들과 함께 차로 이동할 생각이었다. 학교까지 거리는 멀지 않았지만 걸어가기엔 시간이 빠듯하니까, 차라리 학교 앞 단지에 사는 사람 차로 다 같이 이동하고 차는 단지에 주차해 두면 된다고 다들 말했다. 하지만 막상 나갈 시각 직전에 민원 전화가 걸려왔다. 화가 난 민원인을 달래어 이야기를 들어보니 그 민원인이 요구하는 내용은 예진의 업무는 아니었다. 하지만 아침부터 이 부서 저 부서로 전화가 계속 돌아갔으니 민원인도 화가 머리끝까지 치민 상태였다. 자신의 잘못은 아닌 일로 돌아가신 부모님까지 욕을 먹고도 겨우겨우 달래서 관련 부서로 전화를 넘겼을 때는, 같이 가기로 했던 사람들은 모두 먼저 출발한 뒤였다. 어쩔 수 없었다. 다들 자기 아이의 학부모 참관수업에는 늦고 싶지 않을 테니까. 전화를 끊자마자 옷매무새를 바로 할 틈도 없이 청사 밖으로 뛰어나오는데, 막 보행 신호가 들어왔다. 그리고 횡단보도 뒤쪽에 빈 택시가 한 대 멈추어 섰다. 젖 먹던 힘까지 다해 달려가 택시 뒷좌석에 몸을 밀어넣으며 학교 이름을 댔다.

"거, 기본요금 거리도 안 되는 걸."

택시기사는 투덜거렸다. 못 들은 척하며 결제할 준비부터 했다.

"신호 걸린 동안 결제부터 해주세요."

"거 되게 급하시네. 어디 불이라도 났어요?"

택시기사는 남의 속도 모르고 웃었다. 웃든지 말든지, 마음대로 하라지. 대꾸도 안 하고 학교 앞에서 내렸다. 겨우겨우 3학년 교실에 도착했을 때, 수업은 이미 반 정도 진행된 뒤였다.

예진은 교실 안으로는 차마 들어가지도 못하고, 교실 뒷문 밖에서 기웃거렸다. 늦게 온 사람이 예진 혼자만은 아니었는지, 뒷문 앞에서 서성이는 학부모들이 몇 명 더 있었다.

그래도 끝나기 전에 도착해서 다행이다.

예진은 혹시라도 숨소리가 들릴세라, 가쁜 숨을 애써 참으며 교실 안을 들여다보았다. 서른 명 정도가 앉아 있는 교실에서, 예진의 아이는 앞에서 두 번째 줄에 앉아 있었다. 엄마가 아직 안 온 줄 아는 건지, 아이는 조금 불안한 표정을 지으며 꼼지락거리다가도 선생님의 질문에 손을 들고 엄마 마음에 뿌듯하고 넘치도록 또랑또랑하게 대답했다.

고생스러웠지만 이사하길 잘 했어.

예진은 아이의 뒤통수를 바라보며 살짝 손을 흔들었다. 아이는 자리에 앉다가 그제야 예진의 모습을 발견하고 활짝 웃었다. 그때 폰이 진동했다.

- 자기 왔어?

예진은 주위를 둘러보았다. 같은 사무실에서 근무하는 화영이 안쪽의 학부모들 사이에서 슬쩍 손을 들어 보였다.

"좋겠다. 자기네 애 공부 잘한다며."

정신을 차려보니, 예진은 같은 반 학부모인 화영은 물론, 반은 다르지만 같은 학년 학부모인 다른 팀 직원들 세 명까지, 도합 네 사람에게 둘러싸인 채 카페에서 커피를 마시고 있었다.

"우리 승빈이가 맨날 그러던데. 새로 전학 온 애가 공부 되게 잘한다고."

"아, 아뇨……. 잘하긴요."

화영은 붙임성이 좋고 모두와 친하게 지내는 사람이었다. 그는 사무실의 분위기가 처져 있으면 간식을 먹자고 제안하고, 누군가 상사에게 혼나서 시무룩해져 있으면 말 한마디라도 다정하게 건네주며 분위기를 띄우는 등 사무실의 왕언니 노릇을 톡톡히 했다. 원래 오늘도, 시간 맞으면 참관수업 같이 가자고 먼저 말해준 것도 화영이었다. 그러니까 이렇게까지 긴장할 필요는 없을 텐데도, 내 아이와 같은 학교, 같은 학년에 다니는 아이들의 엄마라고 생각하니 신경이 쓰였다. 화영의 아이와는 반까지 같았고, 다른 사람들의 아이들도 초등학교 졸업할 때까지, 또 졸업한 뒤에도 요 근처 중학교로 진학한다고 치면 살면서 한두 번씩은 같은 반이 될 것이다. 잘은 모르지만 고등학교 때도, 학교는 달라져도 학원은 같은 데 다닐 수도 있는 것이고, 또 이런 학군지에서는 어릴 때 보던 같은 반 친구들이 커서도 계속 겯고트는 경쟁 상대가 된다고 하니, 어쩌면 그 이후로도 계속 아이들이 얼굴 보고 지낼 수도 있다.

"그냥…… 저희 애가 그냥 나서는 거 좋아해서 그래요. 왜, 애들 어릴 때는 저요, 저요 하고 손만 잘 들어도 공부 잘하는 줄 알잖아요."

그러니 밉보이지 말자. 잘난 척하지 말자. 이 사람들 앞에서, 무슨 사소한 말실수라도 해서 아이의 학교생활을 망치는 일은 없어야 하니까. 그런 생각을 하고 있으니 뱃속이 따끔거렸다. 신경성 위염의 전조 증상처럼. 등을 똑바로 펴고, 짐짓 여유 있는 척을 했지만 신경이 바짝 곤두섰다. 화영은 그런 예진의 속도 모르고, 언제나처럼 친근한 표정을 지으며 예진의 팔꿈치를 툭툭 건드렸다.

"그림 잘 그려서 얼마 전에 상 받았다는 애가 자기네 애 아니야?"

"그런 이야기도 해요?"

"당연히 하지. 우리 아들이지만, 승빈이는 너무 속이 없어서 큰일이야. 친구들이 상 받고 그러면, 다음에는 나도 저 상을 받아봐야지 하고 분발하면 좋겠는데. 집에 쪼르르 뛰어와서는 친구 누가 칭찬받았다, 전학 온 친구 누구가 미술 상 받았다, 그런 소리나 하고 있으니, 원……."

화영이 사무실에서 종종 이야기하던 '우리 집 막내', 그렇게 예뻐하는 개구쟁이 아들 이야기였다. 이름이 승빈이라고 하는구나. 학기 초에 아이에게서 들어본 적이 있는 이름이었다.

"여기 애들 다들 유치원 때 미술 놀이 다니고 했는데, 전학 온 친구가 상을 받았다니까 엄마들이 다들 긴장 탔잖아. 학원 어디 보내? 미술 과외 같은 거 시켜?"

"아니에요. 그냥…… 뭐 그리고 만들고 하는 거 좋아해서 방과후 미술 시키는 게 다예요."

"어머, 하긴 미술은 학원까지 보내기엔 좀 효율이 떨어지긴 한다. 자기가 현명하네."

"저희 애도 집에서 승빈이 이야기 했던 것 같아요. 장기자랑 때 바이올린 연주했다고……."

화영의 심기를 건드릴까 싶어 조심조심 말하는데, 화영이 갑자기 웃음을 터뜨렸다.

"걔는 승현이야. 우리 승빈이 유치원 동창."

"죄송합니다."

"죄송하긴 무슨. 집에 와서 애들이 학교 이야기 똑바로 하는 게 얼마나 있다고. 승현이는 엄마가 음악 선생이야. 그러니까 잘하지. 우리 승빈이는 애가 조용해. 장기자랑 때도 남들 노래하고 춤추고 악기나 태권도 하는데 자기는 종이접기 모듈 조립한 거 들고 가서 보여줬었어."

"그래도 언니. 승빈이 수학 잘하잖아요. 원래 애들은 수학 잘하면 공부는 다 잘하는 거야."

윤미가 한마디 했다. 옆 사무실에 근무하는, 세련된 인상의 직원이었다. 복도에서 오며 가며 인사는 했지만, 이렇게 모여서 이야기를 하는 것은 처음이었는데, 차갑고 화려한 느낌과는 달리 말은 수더분하게 잘하는 사람이었다.

"잘하긴, 승빈이 정도 하는 애들은 널렸지. 선행을 그렇게 지성껏 하는 것도 아닌데."

"언니, 선행도 중요하지만 심화도 중요한 거예요. 승빈이는 심화를 하잖아."

그건 그렇고, 여기서 이렇게 모여서 시간 보내도 되는 걸까?

예진은 조금 초조해졌다. 외출을 받아서 나온 건데, 복귀 시간이 다 되도록 커피를 마시고 있자니 가시방석에 앉은 기분이었다. 슬슬 사무실로 돌아가자고 말을 해야 하나 싶어서 눈치를 보는데, 화영의 의자 옆쪽에서 진동벨 소리가 났다. 화영과, 옆 사무실에 근무하는 은주가 얼른 일어나 커다란 쟁반 두 개를 가져왔다. 두 사람이 내려놓는 쟁반에는 한 사람당 한 접시씩 예쁘게 세팅된 브런치가 담겨 있었다.

"여기 브런치가 좀 유명해. 이런 건 먹고 가야지."

"하지만 외출 시간이……."

"뭐야, 점심시간 다 되었잖아. 어차피 지금 가도 사무실 들어가자마자 점심 먹어야 하는데. 우리 회사 상사들, 그렇게까지 꽉 막힌 사람들 아니야."

화영이 눈을 찡긋해 보이며 웃었다. 예진은 그제서야 불안한 마음으로 제 앞에 놓인 접시를 내려다보았다. 작은 팬케이크와 와플, 과일 샐러드, 동그랗게 떠서 올린 리코타 치즈와 견과류, 그리고 따로 담겨 나온 작은 그릇에 담긴 수프를 보니 입에 침이 고였다. 생각해 보니 아이 챙겨서 학교 보내느라 아침은 당연히 못 먹었고, 회사 와서도 서둘러 일하던 것 정리하고 참관수업에 가려고 서두르다 보니 커피 한잔 마시지 못했다.

"자기 진짜 모범생이었나 보다. 계장님한테 아까 카톡으로 이야기했어. 선생님 말씀이 좀 길어지셔서 조금 늦는다고, 늦은 김에 점심 먹고 들어간다고. 됐지?"

"…… 감사합니다."

"여기 이 동네 아줌마들한테 유명한 데야. 위쪽으로 학원들 줄줄이 있잖아? 애들 학원 보내놓고 차 한잔하고, 또 정보 교환하고."

예진이 화영과 이야기하는 사이, 일행들은 다들 너 나 할 것 없이 음식 사진을 찍는 데 열중했다. 은주는 특히 이리저리 각도를 바꿔가며 사진을 여러 장 공들여 찍더니, SNS에 올리기에 어떤 사진이 제일 괜찮은지 모두에게 의견을 묻기도 했다.

"자기는 SNS 안 해?"

"사진을 잘 못 찍어서요. 어디다 올릴 만큼 뭔가 번듯하게 하는 것도 없고."

여기 엄마들과 어울리려면 SNS도 해야 하는 건가 싶어 눈치를 보는데, 화영이 웃으며 예진도 최근에 읽었던 책 제목을 언급했다.

"그래, 그런 게 좋지. 요즘은 SNS 하다가 집중력을 도둑맞았다고들 그러잖아?"

조금 뜻밖이었다. 사무실에서는 늘 TV에서 본 이야기나 연예인 이야기들을 하고 있었는데. 사실은 책도 열심히 읽고, 아이들 교육 문제에도 관심이 많은 사람인 거겠지 싶었다. 그런데다 여기 모인 엄마들이 얼마나 애들 교육에 대해 관심도 많고 아는 것도 많은지.

"언니, 엄마들 SNS가 어디 엄마 혼자 쓰는 건가요? 엄마의 SNS가 아이 포트폴리오가 되는 시대에."

"포트폴리오요?"

"아, 부럽다. 예진 씨 애는 정말 엄마 걱정 하나도 안 시키나 보네."

"그런 게 아니고요……."

"요즘은 엄마들이 바짝 신경 쓰고 준비해야 한다고요. 벌써 3학년인데. 블로그나 SNS 같은 데다가 애가 그림이나 만들기 한 것, 책 읽은 것, 상 받은 것, 어디 놀러 간 것 같은 걸 미리미리 날짜순으로 모아놓으면 좋아요. 영재원 보낼 때도 도움 되고, 나중에 좋은 학교 보내거나 생기부 쓸 때도 찾아보기 좋고."

"그러게. 이쪽으로 이사 온 것 보면 그쪽도 생각했을 것 같은데. 자기는 지망하는 데 있어?"

"아직 잘 모르겠어요. 정말로 잘 몰라서 그래요."

"학원에서 그런 거 상담 안 받아봤어?"

네 사람의, 여덟 개의 눈동자가 예진을 빤히 쳐다보았다. 그럴 리는 없겠지만, 그 눈빛들은 마치 뭐라도 하나 캐내지 않으면 보내주지 않겠다는 듯 느껴졌다.

"그냥 방과후 다 채워서 하고 태권도 가요."

"어휴, 애를 그렇게 놀려서 어떻게 해. 학원에 보내야지."

"아냐, 요즘은 엄마표로 자기주도학습 하는 집도 많으니까. 그런 거야?"

"아니, 그런 건 아니고요……. 아직 이 동네를 잘 몰라서."

"모르면 우리한테 물어보지 그랬어. 우리 사무실 사람들, 다들 이 동네에서 아이들 키우는데."

"초등학교 때부터 딱 잡고 가르쳐야 해. 그래야 애들이 공부를 하지."

"일단 학원들 레벨 테스트라도 받아보지 그랬어? 응? 해봤어?"

걱정스러운 시선과, 이렇게 뭘 몰라서 어떡하나 하는 듯한 우려의 목소리가 동시에 쏟아졌다.

"그게…… 지금 당장은 그럴 형편도 좀 아니고요."

"자기야, 요즘 다들 어려워. 누군 먹고살기 넉넉해서 애들 공부시키니?"

"아무리 먹고살기 어려워도 그러는 거 아니야. 자기 애가 똑똑하면 뭐 해. 부모가 뒷받침을 해줘야지. 지금이야 노는 게 제일 좋은 나이니까 그렇다고 치고, 몇 년 지나면 애가 자기 원망한다. 왜 그때 다그쳐서 학원 안 보내줬느냐, 왜 공부 안 시켜줬느냐고. 그러면 좋아?"

"그리고 다들 쥐꼬리만 한 월급이라고 그래도 말이야, 우린 그래도 노후에 연금이라도 나오잖아. 옛날부터 맞벌이 공무원이면 중소기업 사장이랬어. 그렇게 대뜸 형편이 어렵다고 그러면 밖에 나가서 욕 먹어."

그것도 그렇다. 맞는 말이다. 하지만 이런 반응 속에서, 그래도 우리는 얘보다는 낫지 하는 작은 우월감들이 느껴졌다면 그건 자격지심이었을까? 예진은 진땀을 흘리며 고개를 끄덕였다. 아까부터 따끔거리던 뱃속에서 본격적으로 뜨끔거리는 느낌이 들기 시작했다.

예진은 평범하다면 평범한 사람이었다. 넉넉할 것 없는 가정에서 삼 남매 중 둘째 딸로 태어나 위로는 언니, 밑으로는 남동생에게 치이며 자라서, 적당한 대학에 들어갔다가 어지간하면 정년까지 일할 수 있는 것 하나만 보고 시험 봐서 말단 공무원으로 취직했다가, 같은 직장 다니는 사람과 적당히 결혼한, 어디로 봐도 특이할 것 없는 인생이었다. 남편도 비슷했다. 이 직장 다니면 큰 성공은 못 하겠지만 은퇴한 뒤에도 연금이 나오니 평생 입에 풀칠은 할 수 있을 거라는 이야기를 주고받다가 사귀다 결혼했고, 남들처럼 아이를 낳았다.

하지만 아이는 달랐다. 키도 작고 목 가누기도, 앉기도, 옹알이도, 걸음마도 늦어서 남들보다 늦되는 건 아닌가, 뭔가 문제가 있는 것은 아닌가 늘 걱정했는데, 어느 순간 앞으로 튀어나가듯 또래 친구들을 앞서나가기 시작했다. 한글을 읽고 덧셈 뺄셈을 하더니, 가르쳐주지 않았는데 혼자서 숫자를 묶어 세기 시작했다. 그리고 그 남다름을 예진보다 먼저 발견한 것은 아이가 다니던 유치원의 원장이었다.

"신도시 쪽으로는 안 가세요?"

유치원 신발장에서 하나둘씩 이름표들이 사라지던 어느 날이었다. 그렇지 않아도 이러다가 유치원이 폐원을 하는 건 아닌가 하는 걱정이 들었는데, 그런 말까지 들으니 겁이 덜컥 났다.

"선생님, 설마 문 닫으시는 거예요? 안 되는데……."

"글쎄요. 지금은 아니라도 이렇게 애들 숫자가 줄어들면 몇 년 뒤에는 정말 폐원을 해야 할 지도 모르겠네요. 최근 3, 4년 동안에 이 근처에서도 유치원 두 곳이 더 없어졌어요. 우리 유치원도 원래는 그리 갔어야 할 아이들까지 오는 덕분에 숫자가 유지되어 온 건데, 이젠 신도시 입주 시작해서 다들 그리 가 버리니 마음이 좀 그렇네요."

유치원장은 수심이 가득한 얼굴로 중얼거리다가, 예진을 돌아보았다.

"그래도 아직은 괜찮아요. 지금 다니는 애들 졸업할 때까지는 안 닫으니까 걱정 마시고요."

"저희도 신도시는 안 갈 것 같아요. 여기 온 것도 재작년이고, 사실 형편도 안 되고."

"그래도요, 한번 생각은 해보세요. 저도 아이들 키워봐서 하는 말이지만, 아이의 장래를 생각하면 좋은 지역에서 가르치는 것도 무시 못 해요. 사실 이 동네도 아이들 착하고 바르게 키우긴 참 좋죠. 학교도 깨끗하고 아이들도 예의 바르고. 우리도 아이들 데리고 산으로 공원으로 데리고 다니면서 잘 키우려고 노력해요. 하지만 그래도 또, 애가 자질이 있으면 좀 더 욕심을 내볼 수도 있으니까요."

"자질이 있어요?"

머릿속에서 종이 울리는 것 같았다.

나 혼자만, 우리 아이가 좀 남다른 것 같다고 생각하는 게 아니다. 유치원 원장님도 그렇게 말씀하고 계신다. 지금, 동네 아이들이 다들 신도시로 이사를 가서 큰일이라고 말씀하시다 말고 이사를 권할 만큼. 그 사실이 예진의 가슴을 뛰게 했다.

"뭐, 요즘은 강남 같은 데 살던 사람들도, 아이가 어릴 때는 일부러 시골에서 자라게 하기도 한다잖아요. 하지만 초등학교에 들어가면 사교육도 시켜야 하고. 또 잘하는 친구들과 어울려서 경쟁해야 아이가 더 경쟁심을 갖고 잘하게 되기도 해요. 이제 여섯 살 되는 거니까, 초등학교 저학년 때까지는 지금처럼 뛰어놀게 하더라도, 장기적으로는 학군지로 가는 것도 생각해 보세요."

전문가가 그렇게 말하는 거라면, 우리 아이는 정말 좀 남다른 거라고 믿어도 되지 않을까? 두근거리는 마음으로 집에 돌아와, 아이에게 간식을 꺼내주고는 소파에 앉아 검색을 시작했다. 학습지, 영어 유치원, 유아 지능검사부터 시작해서 아이 키우는 사람들이 궁금해하는 온갖 것들을. 그런 것들을 찾아보고, 또 한 줄 한 줄 읽는 동안 아이는 혼자 종이를 접다가, 유치원에서 배운 노래를 부르며 그림을 그리기 시작했다. 그 모습을 보는데 갑자기 부아가 치밀었다. 아무리 피곤하고 힘들어도 아이가 아무 걱정 없이 뒹굴거리며 노는 모습을 보면 조금은 행복해지곤 했는데, 오늘은 그 태평한 모습을 보고 있으니 마음이 초조해졌다. 이렇게 내버려둬도 되는 걸까? 뭐라도 시켜야 하는 게 아닐까? 그런 생각을 하고 있으려니 무언가 발가락 끝을 깨무는 듯한 따끔거리는 느낌이 들었다. 모기에라도 물렸나 하고 발을 내려다보았지만 날벌레 같은 것은 보이지 않았다. 하지만 그 따끔거리는 느낌은, 마치 스멀스멀 기어 올라오듯 발등과 발목을 타고 자꾸만 종아리로 올라왔다. 그 불쾌한 느낌을 지우려, 예진은 발끝으로 종아리를 몇 번 문지르다가 아예 자리에서 일어나 왔다 갔다 했다.

"무슨 일이야?"

그리고 여덟 시가 다 되었을 무렵 남편이 문을 열고 들어왔다. 월급날이라고, 손에는 집 근처 지하철역 앞에 있는 호프집에서 사 온 뼈 없는 후라이드치킨도 들려 있었다. 예진은 치킨 봉지를 빼앗듯이 받아 식탁에 올려놓으며 진지하게 말했다.

"당장은 아니더라도, 아이 장래 생각하면 신도시나 학군지 쪽으로 가야 할 것 같아."

남편은 당황했다. 결혼할 때 대출을 잔뜩 끼고 얻었던 전셋집에서 겨우 벗어나, 변두리일지언정 이제 겨우 내 집 마련에 성공하고 아직 2년도 안 된 상황이었다. 게다가 이 집도, 아직 절반은 은행 것이라고 해도 과언이 아니었다. 하지만 예진은 진지했다.

"오늘 원장님이 그러셨어. 우리 애, 아무래도 공부시켜야 할 것 같다고."

"정말로?"

"정말이야. 우리가 보기에 그냥 또래 친구들보다 좀 잘하는 것 같긴 했지만, 그냥 우리 눈에만 잘하는 걸 수도 있어서 별 내색 안 했잖아. 하지만 원장님은 이 동네 애들 자라는 걸 다 봐오셨잖아. 그런 분이 아이 장래를 걱정해서 그런 말씀을 하시니까, 이대로 가만히 있는 건 애한테 못할 짓이 아닌가 싶어서."

"원장님이 그런 말씀을 하셨단 말이지?"

남편의 표정도 진지해졌다. 두 사람은 얼른 저녁을 먹고, 아이를 재우고는 머리를 맞대고 앉았다. 집에 돈은 얼마나 있는지, 빚은 얼마나 되는지, 이 집을 얼마에 샀는데 지금은 얼마인지, 그리고 신도시 아파트는 얼마나 하는지 같은 이야기들을, 부동산과 가계부 앱을 넘겨보며 밤늦게까지 계속했다.

"우린 정말 아는 게 없구나."

남편이 마침내 한탄했다. 돈 이야기를 하다 하다, 남들 다 한다는 청약이라든가 미분양이라든가 경매 같은 이야기까지 나온 직후였다.

"부모님께 물려받은 건 빚뿐이고, 돈을 모으는 법도 투자를 하는 법도 아무것도 보고 들은 게 없으니, 이젠 이걸 자식한테까지 물려줄 뻔했네."

"나도 마찬가지야. 회사에서 사람들이 주식 뭐 하냐, 투자 뭐 하냐, 그런 이야기 할 때도 그냥 남의 이야기인가 하고 넘어갔었어. 당장 얼마라도 돈이 있어야 투자도 하지, 빚 내서 뭘 할 수도 없는 거고."

"그건 잘했어. 괜히 투자한다고 대출 받았다가 손해 보고 빚만 잔뜩 남은 사람도 한둘이 아니더라."

"…… 근데 우리, 앞으로는 어떡하지?"

마주 보고 다시 한숨을 쉬었다. 청약통장은 있었지만, 그것만으로는 아무것도 할 수 없다. 아무리 신도시라 해도 분양하자마자 학교부터 학원가까지 모든 것이 다 갖추어져 있기를 바랄 수는 없고, 이미 자리를 잡은 곳들은 개발 초창기에 들어선 단지 주변 학교들이었다. 그리고 그런 곳들은 분양이 되자마자 프리미엄이 붙어, 지금은 분양가에서 몇 억은 더 올랐다고 했다.

"그런 데로 이사하려면…… 대체 돈이 얼마나 있어야 하는 거야? 우리가 돈 모으는 동안 또, 집값은 천정부지로 오를 텐데."

남편이 집을 휘 둘러보았다. 예진도 착잡한 표정으로 주방 쪽을 들여다보았다.

천신만고 끝에 마련한 내 집이었다. 구도심에 자리 잡은, 지어진 지 40년 가까이 된 단지였다. 구석구석 세월의 흐름이 느껴지는 부분도 있었지만, 화단마다 나무가 뿌리를 내려 무성한 잎을 틔우고, 한여름에는 단지 전체가 커다란 공원처럼 느껴지는 곳이었다. 이사한 날은 가슴이 두근거려 한숨도 자지 못했고, 첫 한 해 동안 계절의 흐름을 만끽하며 이곳에서 오래오래 살자, 할머니 할아버지가 되어서도 이 동네에서 살면 좋겠다고 남편과 이야기했던 것이 불과 2년 전의 일이었다.

하지만 지금은 갑자기 착잡하고 답답해져 약이 바짝바짝 오르기까지 한다. 어렸을 때 TV에서 보았던, 순간의 선택이 10년을 좌우한다던 가전제품 광고처럼, 서둘러서 내 집을 마련하고 싶은 욕심에 서두르다가 아이의 장래를 그르칠 뻔했다는 생각마저 들기 시작했다.

"…… 그땐 그랬었는데."

그로부터 4년이 지나, 예진은 마침내 신도시 입성에 성공했다. 이사가 결정되자마자 예진도 집 가까운 곳으로 전입을 신청했다. 신도시가 확장되며 공무원이 많이 필요한 시기여서 운 좋게도 바로 이동이 결정되었다. 신도시로 온다고 해서 모든 일이 다 잘 풀릴 거라고 기대하진 않았지만, 적어도 아이를 비슷한 출발점에 세울 수 있을 거라고는 생각했다.

하지만 여전히 자신과 남편은 물정 모르는 촌뜨기들일 뿐이었다.

"몇 신데 아직도 메신저를 해. 누구야?"

"익명방."

"당신 그런 것도 해? 그거 이상한 거 아니야?"

"이상하긴 뭐가 이상해. 당신도 봐. '고독한 학부모방'이라고."

예진은 남편에게 핸드폰을 내밀었다. 자정이 다 된 시각인데도 이 익명 채팅방은 활발했다. 조금 전에도 누군가는 이 근처 학원 정보를, 또 다른 이는 경시대회 준비반 소식을 올렸다. 교육청에서 주관한다는 독후감 대회에 대해 묻는 사람도 있었다.

"이상한 채팅방 아니야. 여기 신도시 생길 때부터 여기 근처에서 애들이 공부 좀 하고 엄마아빠 신원이 확실한 사람들만 모여 있던 채팅방인데, 지금도 기존에 여기서 놀던 사람들이 저학년 학부모들 중에 믿을 만한 사람만 한두 명씩 불러들여서 이어지는 데야. 나도 몰랐는데, 이 동네 학부모들은 다들 들어오고 싶어 하는 채팅방이더라고."

"그런 데를 어떻게 알고 들어갔어."

"같은 사무실에 계신 분이 알려줬지. 알고 보니까 같은 반 아이 엄마더라고."

예진이 오늘 학부모 참관수업에 대해, 화영과 다른 엄마들에 대해, 그리고 이 채팅방에 대해 설명하는 동안에도, 이 작은 신도시의 학부모들은 아이의 장래에 대해 수많은 이야기들을 나누고 또 고민하고 있었다. 아무것도 모르는 채 뒤처진 것은 자신들뿐이었다. 평생을 그냥 평범하게, 어리숙하게만 살다가, 이제는 아이의 장래가 걸린 문제인데도 남의 일인 양 손 놓고 있었다니. 가슴이 답답해서 울고 싶었다.

카톡, 카톡, 카톡 하고 알림음이 울릴 때마다, 작은 개미가 발가락 끝을, 손가락 사이를, 귓바퀴 뒤쪽을 깨물, 깨물, 깨물어 뜯다가 아예 매달려 갉작이는 듯한 느낌이 났다.

그날 이후 예진은, 같이 브런치를 먹으러 갔던 네 사람과 어울려 다니기 시작했다. 모두 같은 단지에 살고, 같은 학교 같은 학년에 아이들이 다니고 있는 데다, 네 사람 모두 같은 직장이었으니 이야깃거리가 떨어질 날이 없었다. 아침에는 구내식당에 딸려있는 테이크아웃 카페에서 커피를 주문해다가 모여서 마시고, 점심때는 함께 어울려 식사를 했다. 화영은 모임의 리더처럼 사람들을 끌고 다녔고, 가끔은 주말에도 얼굴을 보기 위해 아이들 대상의 문화센터 프로그램들을 예약하고,

그 김에 따라나서서 근처에서 차를 마시고 노는 시간을 만들었다.

"애들 데리고 박물관 가면 애들도 지루하고 엄마들도 지루하잖아. 마트 문화센터에서 왜 박물관 견학 프로그램 같은 걸 운영하겠어. 애들은 문화센터 선생님 따라서 박물관 한 바퀴 도는 동안, 우리는 우리대로 볼일 보면 돼."

은주는 예진보다 한 살 위였지만, 20대 직원들 못지않게 SNS에 능숙했다. 그는 아이가 태어나자마자 육아일기 블로그를 따로 만들고 해 먹인 이유식이나 아이를 데리고 놀러 간 곳들을 기록하더니, 아이가 유치원에 들어갈 무렵부터는 매일매일 유치원에서 만들어 온 것들이나 그린 그림들을 사진 찍어서 모아놓았다. 체육 활동, 가족여행, 현장학습 같은 중요한 이벤트는 카테고리를 따로 만들어서, 날짜와 행사 제목과 사진이 포함된 기록문을 남기고 있었다.

"물론 이런 블로그를 입시 담당자가 직접 보는 건 아니에요. 하지만 나중에 자기소개서, 포트폴리오 만들 때 찾아봐야지. 전공 정하면 그동안 했던 일에서 이 전공이랑 관련 있어 보이는 건 전부 찾아봐야 하거든요. 이렇게 모아놓으면 날짜랑 사진이랑 증빙도 다 있으니까."

은주는 정보력이 남달랐다. 마트의 세일이나 무료 행사나 어디에 무슨 학원이 새로 생겼다거나 하는 소식에 제일 빨랐다. 물론 하루 종일 폰으로 맘카페만 들여다보는 것도 아니었다. 무슨 일을 해도 꼼꼼하게 잘하고 아는 것도 많았다. 그냥 본인이 머리가 좋고 정보를 받아들이는 게 빠른 타입이었다. 아마도 대학도 좋은 데 나왔겠지. 엄마가 머리가 좋으니까 아이도 공부를 잘하는 게 당연할 것 같았다. 뱃속이 따끔거렸다.

"어우, 언니. 그냥 다음 학기에 배울 것 미리 풀어보는 건 선행학습도 아니야."

윤미는 본인도, 아이도 어디 가서 두각을 나타낼 만큼 똑똑한 느낌은 아니었지만, 아이들 공부라든가, 입시에 대해 확신이 있었다. 윤미의 사촌언니는 서울의 강남3구, 예전에 8학군이라 불리던 지역에서 알아주던 열성 학부모, 속칭 '돼지엄마'였다. 그는 아이들을 키우면서도 블로그와 맘카페 활동을 열심히 하며 정보력을 뽐내더니 자녀 교육에 대한 책도 몇 권 썼고, 아이들을 다 키운 지금은 입시 코칭 전문가, 그러니까 사교육 멘토로 활동하며 유튜브도 한다고 했다. 윤미는 그런 사촌언니의 위광에 힘입어, 사교육 1번가라는 대치동 사교육에 대한 자신의 정보력을 뽐내곤 했다.

"두 학기 지나는 동안 세 학기 선행하는 거라고 하지 않았어? 지금 학년이랑 그 다음 한 학기까지 선행하는 거면 여기 동네 학원도 그렇게 다르지 않은 것 같은데……."

"어떡해, 언니. 말귀 못 알아듣네. 언니, 두 학기 동안 세 학기 선행하는 건요, 1학년 때는 2학년 1학기까지 다 떼는 게 맞아요. 그리고 2학년 때는 2학년 2학기와 3학년 진도를 다 나가요. 그러면 3학년 때는 어떻게 할 것 같아요? 2학년 때 3학년 진도 다 나갔는데, 또 3학년 걸 하겠어요?"

"그러면 3학년 때는 4학년 진도랑 5학년 1학기……?"

"그렇죠. 그렇게 하면 6학년 졸업 전까지 중학교 3학년 진도까지 싹 나가는 거예요. 대치동에서 선행 좀 한다 하는 엄마들은 그게 기본이라고요."

"그게 돼?"

"안 되어도 되게 해야죠! 그 정도도 못 하면 학원 진도를 못 따라가는데."

"윤미 씨네 애도 그럼 그렇게 선행했어?"

"하고 있죠. 하는데, 애가 말귀를 못 알아들어서 큰일이죠."

속이 자꾸만 쓰라렸다. 그냥 단순히 위가 안 좋거나, 위산과다나 역류성 식도염 같은 느낌이 아니라, 뭔가 작은 벌레들이 자꾸만 속을 깨물어 뜯는 듯한 느낌이었다. 신경을 너무 써서 그런 거겠지. 예진은 손바닥으로 옆구리를 감싸며, 자신의 아이는 윤미네 아이보다 얼마나 진도가 뒤떨어져 있는지를 생각했다. 공부 잘하는 아이들이 많다는 신도시에 와서도 여전히 쪽지 시험 잘 봐 오고, 그림 잘 그렸다고 상 받아 오니까, 이만하면 괜찮다, 잘하고 있다고만 생각했다. 남의 집 아이들에 비해 이만큼이나 뒤떨어졌을 거라고는 생각하지 못했는데, 엄마가 못나서 이런 것을 제대로 알아보고 챙겨주지도 못했다니.

아이를 생각하니 가슴이 미어졌다. 예진은 자신이 특출나게 잘한다고 생각하진 않았지만, 그래도 부모가 언니나 남동생에게 신경 쓴 만큼만 자신을 챙겨줬다면 더 많은 일들을 해냈을 것이라고 생각하곤 했다. 언니에게는 개혼이 중요하다며 무리해서라도 결혼 비용을 대줬고, 남동생은 집안의 기둥이라며, 학비 같은 것은 걱정하지 말고 좋은 대학에 가라며 뒷바라지를 해줬다. 예진에게는 그러지 않았다. 가능하면 하향지원을 해서 장학금을 노리라는 말을 들었고, 남의 집 딸들은 부모에게 손 안 벌리고 자기가 벌어서 결혼하더라고 말했다. 위에서 눌리고 아래에서 치이며 예진은 언제나 부모에게 후

순위로 밀려났고, 그 과정에서 수도 없이 많은 것들을 포기해 왔다.

자신의 아이에게는 그런 서글픔을 물려주고 싶지 않았다. 아이가 자라면서, 자신의 환경과 자기 친구들이 집에서 지원받는 것을 비교하며 좌절하게 만들고 싶지 않았다. 맹모삼천이라고 일단은 공부할 분위기가 되는 동네, 교육에 관심이 많은 부모들과 영리한 아이들과 괜찮은 학원들이 많다는 신도시로 이사하는 것까지는 성공했지만, 이제 예진은 이게 다가 아니라는 것을 알았다. 배워야 할 것도, 공부해야 할 것도, 아이의 미래를 위해 지금부터 신경 써야 할 것도 한두 가지가 아니었다.

"…… 하지만 자원은 한정되어 있는 것도 맞아요."

그리고 그런 걱정들을 조심스럽게 꺼내놓았을 때, 내내 입을 다물고 있던 영경이 말했다.

"사실 그래서 저는, 초등학교 다닐 때 너무 사교육에 올인하진 않아도 되는 게 아닐까 생각해요. 일단 학원비도, 중고등학교 가면 지금보다 더 많이 드니까, 아낄 수 있을 때는 아껴도 되지 않을까 하는 거죠."

영경은 말수가 적었다. 학부모 참관수업 날에도 다른 세 사람이 쉬지 않고 이야기를 나누는 동안 구석에서 조용히 커피만 마셨다. 하지만 예진이 보기에 영경은 이 모임에서 가장 중요한 사람이었다.

영경은 결혼을 일찍 해서 첫째는 벌써 중학교 3학년, 둘째는 6학년이었고, 막내는 예진이나 다른 집 아이들과 동갑인 3학년이었다. 먼저 아이들을 키운 경험도 있지만, 아이들이 셋 다 공부를 잘했다. 특히 첫째는 어릴 때부터 두각을 나타내서, 영재반과 경시대회, 올림피아드를 두루두루 거치며 지금은 영재고 입시를 앞두고 있어서, 엄마들의 부러움을 사고 있었다. 물론 영경이 자기 아이들을 대놓고 자랑하진 않았지만, 사람들은 영경에게 아이 키우는 노하우나, 영재반 시험이나 자기소개서는 어떻게 준비해야 하는지를 물어보곤 했다. 영경은 누가 그런 것을 물어보면 조곤조곤한 말투로 필요한 내용들을 이야기해 주었지만, 딱 거기까지였다.

"첫째는 학원 같은 거 어떻게 보내셨어요?"

"글쎄요……. 이 근처에서는 다들 학원 보내는 분위기라 좀 조심스럽지만, 사실 첫째는 6학년 여름방학 때까지 공부 학원은 안 보냈어요. 둘째도 그렇고."

"왜요? 첫째 보냈던 학원이 좀 그랬어요?"

"그건 아니고. 선생님도 좋은 분이셨어요. 근데 초등학교 때는 좀 뛰어노는 게 좋은 것 같아서, 공부 학원을 꼭 보내야겠다는 생각 자체를 잘 안 했던 것 같아요. 그냥 태권도랑 피아노 보냈고. 그래서 사실 학원에 대해서는 제 이야기가 별로 도움이 안 될지도 몰라요."

예진은 영경이 부러웠다. 차나 아파트 평수, 연봉이나 직급 같은, 사람들이 조금 친해지면 서로 비교하고 경쟁하고 수군거리는 그런 것들은 부러워하거나 질투할 거리도 되지 않는다는 것을, 예진은 영경을 보면서 깨달았다. 자식들 셋이 다 공부를 잘해서 그런지 아이들 공부 문제는 인생에 있어 그렇게 큰 고민거리가 되지 않는다는 듯 초연하게 말하는 모습을 보며, 예진은 너무 부러워서 없던 미움이 다 생길 것 같았다. 그런데 그런 생각은 예진만 하는 것도 아닌 모양이었다.

어느 날인가, 영경이 집안일로 하루 휴가를 냈던 날, 예진과 다른 세 사람은 그날따라 고삐가 풀린 듯, 점심을 먹고 커피를 마시며 평소에 하지 않던 이야기들을 잔뜩 쏟아냈다. 학교에 대한 불만이며 학원 선생들에 대한 뒷담화, 어디의 태권도 관장이 가르치는 것은 평범하지만 생긴 게 진짜 잘생겼다거나 하는, 영경은 불편해하는 이야기들을.

"사람이 어떻게 몸에 좋은 것만 먹고 살겠어. 이런 이야기도 하고 그래야 살지."

"영경이는 애가 고상해서 그래. 교양 있고 고상해서."

"집에 TV도 없다잖아요."

"약간 좀 그래. 두꺼운 안경 쓴 반장 같은 그런 느낌이 있잖아. 나만 그런가?"

평소에는 영경처럼 아이를 키워야 한다, 우리도 영경처럼 해야 하는데 잘되지 않아서 속상하다고들 했지만, 영경이 자리를 비우자마자 다들 그의 까다로운 점에 대해 한마디씩 했다. 사실 예진도 그런 생각이 안 들었던 것은 아니었다. 직급도 같고 나이도 비슷한데 영경은 마치 직장 상사처럼 어렵게 느껴질 때가 있었다. 먼저 결혼했고, 먼저 아이를 낳아 키운 육아의 선배이고, 아이를 키우고 가르치다가 궁금한 것들을 물어볼 수 있는 것도 좋았지만, 그렇다고 이렇게 눈치를 볼 일이었나 싶었다. 사실 이런 것도 뒷담화라고 볼 수도 있었지만, 예진은 사람들이 영경에 대해 말하는 것이 조금 속 시원했다. 학교 다닐 때 엄격한 수학 선생님의 험담을 할 때처럼 스트레스가 풀리는 기분도 들었다.

"영경이가 잘하지. 잘하는데 좀 유난스러운 데가 있어. 왜,

태교로 수학 문제 푸는 엄마들 있다잖아."

"영경 언니 태교로 수학 했대요?"

"수학은 아니고, 그때 업무 공부도 겸해서 무슨 자격증 땄었어. 걔가 전산 회계를 그때 땄나?"

"와, 징하다."

"내가 영경이 오래 봐서 아는데, 애가 사람은 착한데 좀 독해."

"근데, 공부하는 것 치고는 학벌은 평범하지 않아요?"

"전문대 나왔을걸. 전문대 졸업하기도 전에 기능직 시험 봐서 보기보다 경력은 길어."

"나 전에 인사카드 봤는데, 방통대 나왔다고 굳이 4년제 졸업했다고 쓰던데."

"놔둬, 규정에 맞으니까 통과가 되었겠지."

뱃속 깊은 곳에서부터 실실거리는 웃음이 올라왔다. 아니, 웃음이 뭔가에 밀려서 올라오는 것 같았다. 발가락 끝을, 발뒤꿈치 끝을, 무릎 뒤쪽과 손가락 사이의 무른 살을, 뱃속을, 배꼽 안쪽을, 마치 태동이 있을 때처럼 무언가가 자꾸만 꿈틀거리면서 깨무는 듯한 기분이 들었다. 아프지는 않지만 따끔거리고, 때로는 신경줄이 긁히는 듯 간지러운 느낌이었다.

"아, 그러고 보니 요즘 벼룩인지 빈대인지가 유행이래요."

"빈대는 왜요? 누가 물렸대요?"

"인터넷에 빈대에 물렸다는 이야기는 많이 나오던데, 실제로 방역하러 가보면 근거 없는 이야기더라는 말도 있더라고요."

"아뇨. 그냥……."

그 간지러운 느낌이 다시 뱃가죽 안쪽으로 올라와 살가죽의 안쪽을 갉작거리는 것 같아, 예진은 손바닥으로 옆구리를 쓰다듬으며 웃었다.

"그냥, 그런 이야기를 자꾸 읽어서 그런지, 요즘 여기저기 근질근질한 느낌이어서요."

"농담으로라도 그런 말 하지 마, 자기야. 동네에 빈대 돈다는 이야기 나오면 집값 떨어져."

화영이 웃으며 대꾸하다가, 괜히 예진의 옷자락이며 머리카락을 툭툭 털었다. 그때 예진의 머리카락에서 작고 검은 날벌레 같은 것이 툭 하고 떨어졌다. 그게 뭔가 싶어 들여다보려는데, 벌레는 그새 사무실의 카펫 타일 사이로 사라져 버렸다.

예진은 아주 잠시 생각했다. 그건 대체 무엇이었을까?

그리고 누군가가 다시 근처 학원 이야기를 꺼내자마자, 예진은 곧 그 벌레에 대한 생각을 잊어버리고 말았다.

‘고독한 학부모방’은 고독과는 거리가 멀었다. 맞벌이가 많은 동네라서 낮에는 오히려 조용하다가, 퇴근 시간 이후에는 새벽까지 다들 쉬지 않고 이야기를 하고 있었다. 시도 때도 없이 진동이 울리는 바람에 채팅방의 알람은 꺼놓았지만, 자려고 자리에 누워도 누군가 계속 새로운 정보를 올렸을 것 같아서, 어딘가에서 자꾸 진동이 울리는 것 같아 마음이 초조했다. 작은 벌레가 단단한 무언가를 갉아 먹듯이, 아이를 임신했을 때 뱃속에서 무언가 파닥이거나 딸꾹질이 전해지던 그 느낌처럼, 갈비뼈 안쪽이 간질거리고, 이질적이고 제어할 수 없는 간지러움이 뼈를 갉아내는 듯한, 신경줄을 갉작갉작 긁어내는 듯한 그런 진동이었다.

- 우리 애 친구 중에 형이 영재고 간다는 애가 있는데
- 솔직히 그렇게 대단한지도 잘 모르겠고.

사람 사는 데는 다 비슷비슷한 법이다. 점잖은 사람이라고,

알음알음 소개로 이 방에 들어왔어도, 새벽 시간의 익명방에서는 점잖음 따위는 어디다 갖다 버렸을지 모를, 아이의 성취를 두고 벌이는 시기와 질투가 한 줄 한 줄 넘쳐났다.

- 걔네 엄마 원래는 기능직이었어.
- 대학도 못 나왔고.
- 애가 공부 좀 잘한다고 콧대 세우는 거 꼴보기 싫고
- 대학 안 나왔어?
- 2년제 졸업했는데, 나중에 방통대 다녔다고 4년제 졸업했다고 쓰더라.
- 그런 것도 대학이라고.

그날 밤에는 사람들이 '영재고에 간다는 아이의 엄마'를 집중적으로 씹어대고 있었다. 예진은 아무래도 그 엄마라는 사람이 영경인 것 같아 마음이 찜찜했다.

- 초등학교 때 학원 안 보냈다는데 그런 말을 어디까지 믿어.
- 애를 체계적으로 공부시키려면 학원을 보내야지.
- 인간이 너무 의뭉스러운 것 같아.

아는 사람이 채팅방에서 씹히고 있을 때는, 뭐라고 말을 해야 하는 걸까? 말려야 하나 고민했지만, 마음 한편에서는 솔직히 속이 후련하고 개운했다. 뭐든 다 아는 것같이 굴어서 짜증 났는데, 자기네 애들은 원래 똑똑하다는 듯이 잘난 척하더니 쌤통이다. 예진은 자기도 끼어들어 한마디 해보려고 했다. 그때 누군가가 분위기 깨는 소리를 했다.

- 여기 분위기 되게 이상하네요.
- 애들 공부 이야기 한다면서, 엄마가 기능직이니, 방통대 나왔는지를 따져요?
- 직급 높은 분의 자제가 공부 잘하시는 건 당연하고
- 하급자네 아이가 공부 잘하면 뒷담 까도 되고?

"…… 뭐야, 이 사람은?"

싫었다. 혼자 착한 척, 잘난 척하는 것이. 한편으로는 불안했다. 계속 이어지는 뒷담화를 끊고 끼어든 저 사람이, 혹시 영경 본인은 아닐까? 그렇다면 아무 말 안 하길 잘한 것 같았다. 하지만 아예 다른 사람일 수도 있다고 생각하니, 공연히 자신이 생판 모르는 남에게 야단을 맞은 것 같아 기분이 나빠졌다.

"이런 데서도 착한 척 바른 척, 어우, 꼴 보기 싫어."

어지간해선 입 밖에 내지 않는 꼬인 심사가 그대로 튀어나왔다. 그 순간 무언가 명치 끝을 세게 물어뜯는 듯한 느낌이 들었다. 뱃속이 간지러웠다. 간지러움을 참지 못하고 새어나오는 웃음소리가 마침내 목구멍을 넘어섰다고 생각한 순간, 웃음 대신 뱃속에서 이상한 것이 튀어나왔다.

"우웁!"

위장을 뒤집어 흔드는 듯한 느낌과 함께, 식도를 타고 심한 욕지기가 올라왔다. 토하려고 화장실로 달려가면서도 뭔가 크게 잘못되었다는 느낌이 들었다. 마치 식도로 아이를 낳는 것 같은 격렬한 통증과 압박감이 밀려왔다. 화장실 거울에, 가슴이 부풀어 당장에라도 무언가가 그 안에서 몸을 찢고 나올 것처럼 변해버린 자신의 모습이 비쳤다. 119를 불러야 한다고, 자고 있는 남편이라도 깨워야 한다고 생각한 바로 그 순간, 목젖을 밀어내며 길고 탄력 있는 철사, 또는 새카맣게 칠한 안테나 같은 것이 입 밖으로 튀어나왔다. 이게 뭔진 모르겠지만, 토해야 했다. 구역질을 하며 몸을 숙이는데 식도 안에서 무언가가 몸부림쳤다. 아이를 낳을 때, 아이가 첫울음을 토하면서 발버둥을 치는 듯한 바로 그런 감각이었다. 무슨 일이 벌어지고 있는 걸까? 고통스러워하며 어떻게든 목에 걸린 것을 뱉어 내려는데, 피가 튀었다. 무언가가 목 안쪽에서부터 예진의 살가죽을 찢어버렸다. 목의 동맥을 건드렸는지, 피가 화장실 거울과 천장까지 튀어올랐다. 찢겨진 안쪽에서 반들반들한 외골격 같은 것이 보였다. 목이 옆으로 반쯤 꺾이며 머리가 어깨까지 떨어졌다. 그 잘려 나간 안쪽에서 온 힘을 다해 꿈틀거리며 뭔가 기어나왔다. 검고 반들반들한, 신생아만한 크기의 벌레였다. 벌레는 머리를 틀어 예진의 입과 코로 비어져 나온 더듬이를 빼내고, 쇄골부터 턱 밑까지 너덜너덜하게 찢겨 나간 예진의 몸을 타고 앉았다. 그는 쓰러진 예진의 살가죽과 머리카락을 부지런히 먹어치우고, 드러난 뼈를 갉작거렸다. 한 입 한 입 갉아 먹을 때마다, 반들반들한 벌레는 사람 같은 모습으로 변하기 시작했다.

사방에 튄 핏자국까지 전부 핥아서 먹어치우자, 벌레는 다시 예진이 되었다. 그리고 예진의 모습을 한 벌레는 핸드폰을 집어들어 지문 인식이 잘 되는지 확인하고, 채팅방에 들어갔다. 채팅방에는 아까 누군가가 바른 말을 한 것에 대해, 비난하고 조롱하는 메시지들이 잔뜩 올라와 있었다. 예진도 몇 마디 거들었다. 사람들의 반응은 자연스러웠다. 예진은 이만하면 이곳 사람들과 어울릴 만하다고 스스로 평가하며 아이 방으로 향했다. 아이는 어릴 때부터 매일 안고 잠들어 너덜너덜해진 애착 인형을 끌어안고 곤히 잠들어 있었다.

남의 집 아이들이 공부하는 이야기를 들으면서 예진의 마음속에도 단단하고 반들반들한 결의 같은 것이 자라났다. 당장은 형편이 어렵다 해도, 하나뿐인 자식을 자신이나 남편처럼 평범하고 그저 그렇게 살게 둘 수는 없었다. 경쟁에서 밀리는 걸 뻔히 보면서도 행복한 아이로 자라기를 바랄 수는 없었다. 설령 알맹이가 달라졌다 해도 예진은 예진이었다. 그는 아이를 사랑하고, 아이가 성공하기를 바랐다. 이 우묵한 그릇 같은 신도시에서, 아이가 끝내 생존자가 되기를 바랐다. 그는 몸을 숙여 아이에게 입을 맞추었다. 그러자 예진의 입에서 깨알만 한 작은 벌레 하나가 기어나와, 아이의 귓구멍 속으로 기어들어갔다.

연희 이야기
3

금선은 자다가 눈을 떴다. 밤은 깊고 방은 어두운데, 옆에 누운 연희 쪽에서 자꾸 불빛이 어른거려 눈이 시렸다.

"피곤하지도 않아? 뭘 그렇게 들여다보고 있어."

"익명 채팅방요."

"무슨 보이스피싱 같은 거 아니야?"

"우리 어머니는 똑똑하시네. 그런 사기꾼에 당하실까 봐 걱정할 필요가 없겠어요."

"대체 뭐가 그렇게 재미나길래. 새벽같이 배 타고 나와서 서울 왔다가 여기까지 온 애가 잠도 안 자고서."

연희는 씁쓸하게 웃으며 핸드폰을 덮어놓았다.

"'고독한 학부모방'이라는 걸 보고 있었어요."

"애도 없고 학부모도 아닌 것이 그런 건 왜 봐?"

"인간 세상의 온갖 번뇌가 여기 다 있어서요."

차라리 피 안 섞인 남이었으면 덜 원망스러웠을까?

연희는 서른아홉이 된 지금도, 아홉 살이던 자신을 노려보던 원일의 눈빛을 기억한다. 마치 그 사고가, 그 죽음이, 고속도로에서 뒷차에 들이받히고 차가 빙글 돌다가 옆 차선에서 달려오던 다른 차에 다시 들이받히던 그 순간이, 엄마가 "안 돼!" 하고 비명을 지르고 아빠가 필사적으로 운전대를 붙잡고, 그러다가 앞 유리창이 박살이 나고 뒷좌석에 함께 앉아 있던 오빠들에게서 피가 튀던 그 상황이, 홀로 살아남은 연희의 탓이라는 듯 쳐다보던 그 냉랭한 표정을.

"…… 오빠가 법대 나와서 변호사가 되었다는 것까진 알았는데. 많이 성공했던데요."

지금도 때때로 그 순간의 감정을 떠올린다. 갑자기 엄마도 아빠도 두 오빠도 잃고 겨우 숨만 붙은 채 병원으로 실려가, 사랑하는 가족들의 장례식에도 가지 못한 채 며칠이 지나서야 눈을 뜬 아이가, 유일하게 남은 가족인 큰오빠에게 너 때문에 모두 죽었다는 말을 들어야 했던 순간을. 지금도 그 순간을 생각하면 자기도 모르게 눈을 질끈 감게 된다. 사람이 온 세계로부터 버림을 받으면 그런 기분이 들까?

“대법원 근처에서도 꽤 유명한 로펌의 공동 대표라던데요. 이야, 정말. 그런 사람이 그 꼿꼿한 체면에, 나한테 연락하면서도 꽤나 자존심이 상했겠구나 하는 생각이 들더라고요.”

“변호사가 돈이야 잘 벌겠지만, 뭐 그렇게 또 잘나고 대단하여서.”

“그래도요. 내가 그냥저냥 평범하게나 살았으면 모를까, 귀신 들려서 칼춤 추고 굿하는 무당 나부랭이인데. 그냥 전화를 거는 것조차도 오빠는 아주 자존심에 스크래치가 팍팍 갔을 거예요.”

마지막으로 통화했던 것은 연희가 스물두 살 때의 일이었다. 이모가 돌아가시고, 그래도 부고는 전해야 할 것 같아서 이모의 전화번호부를 뒤져 원래 살던 집에 전화를 걸었다. 받는 사람이 없어 자동응답기에 메시지를 남겼다. 이모가 돌아가셨다고, 장례식장과 발인 날짜도 알렸다. 연락은 없었다. 금선의 도움을 받아 장례식을 어떻게 마치고 혼자 빈 집에 돌아와 며칠을 정신없이 잠들었다가 눈을 떴다. 금선이 짧은 편지와 함께 두고 간 밑반찬들로 며칠 밥을 해서 먹고, 겨우 기운을 내서 집을 정리하기 시작했다. 그러면서도 내심 원일을 원망했다. 아무리 무당이 싫어도 그렇지, 친이모가 돌아가셨는데. 사람이 어떻게 이럴 수 있나 싶었다.

"…… 뭐, 그렇게 생각하면 속이 좀 시원하긴 하네요."

"네가 정말 굿이나 하면서 그런 취급을 받으면, 내가 억울하지나 않지."

"뭐, 저는 내림굿하고 여태껏 꼬박꼬박 제사 올려드린 것으로 할 일은 다 했다고 생각하고요. 산신할매 성품이 그렇게 강팍하진 않은 덕분이지만……."

원일의 전화가 걸려 온 것은 장례식을 치르고도 한 달쯤 더 지난 뒤의 일이었다. 그래도 오빠가 연락을 했구나 하고 내심 반가워한 것도 잠시, 원일의 그 차갑고 담담한 목소리에 더 상처를 받았던 것이 엊그제 일처럼 선명했다. 못 가봐서 미안하다거나, 이모 장례식은 잘 치렀느냐, 수고했다는 소리는 한마디도 없이, 원일은 새로 가족묘를 만들고, 부모님과 두 오빠들을 그쪽으로 다시 모셨다는 말뿐이었다. 요즘은 집 전화로 연락하는 시대도 아니지 않느냐며 핸드폰 번호를 교환하면서도, 다음에 연락을 한다면 아마 두 사람 중 한쪽이 먼저 죽어 장례라도 치를 때일 테니, 이번 생에서의 인연은 여기까지겠거니 하고 생각했다. 그럼에도 불구하고, 이십 년이 다 되어가도록 핸드폰 번호를 바꾸지 못했던 것은 일말의 미련 때문이었다. 언젠가 꼭 한 번은 연락이 오리라는, 믿음이라기보다는 미련이라고 불러야 할 그런 마음. 원일과 자신의 사이에 남은 것은 꼭 그만큼의 미련밖에는 없었다고 연희는 생각했다.

물론 이런 식으로 다시 만날 거라고는 꿈에도 생각하지 못했지만.

"…… 어쨌든 신기하지요. 그렇게 고집불통인 사람인데도 자식 일이 걸리면 어쩔 줄 몰라 하며 그 고집을 꺾고."

"그래서 학부모들이 떠드는 채팅방에 들어가 있었어? 부모 마음이 뭔지 몰라서?"

"처음엔 그래서 들어갔던 거긴 한데……."

연희는 다시 핸드폰을 집어들고 잠시 들여다보다 눈살을 찌푸렸다.

"자식을 사랑해서 뭐든 하려는 게 부모 마음이라지만, 자식을 걱정하는 마음에 잡아먹혀서 괴물이 되는 것도 또 부모라서……."

"흔한 이야기구나."

금선은 눈을 감으며 돌아눕다가, 이불을 젖히며 확 일어나 앉았다.

"내일 아침에 새벽같이 일어날 게 아니면, 그놈의 핸드폰은 끄든가, TV 옆에라도 두고 와라. 원, 정신 사나워서 잘 수가 있어야지."

고요한 집 안에서는 시계 초침 소리, 드문드문 냉장고 돌아가는 소리만이 들려올 뿐이었다. 연희는 여전히 잠을 이루지 못했다. 핸드폰은 TV 옆의 충전기에 꽂혀 있고, 새벽이 되려면 아직 멀었는데도.

원일은 올해로 쉰한 살이 되었다. 아빠가 돌아가셨을 때 마흔아홉 살이셨으니, 원일은 이제 아빠의 나이를 훌쩍 넘어 아빠의 삶에는 없었던 나이를 살아가고 있었다. 연희는 아빠의 나이 든 모습을 짐작해 보듯 원일의 모습을 떠올렸다. 하지만 원일의 얼굴은 이미 기억 속 아빠의 얼굴보다는, 연희가 살면서 마주쳤던 중년 남자들의 얼굴에 가까워져 있었다. 물론 평균적인 중년 남자에 비하면 좋게 말해 깔끔하고, 나쁘게 말해 예민하고 성마른 성격이 겉모습까지 드러나 있는 인상이었지만, 아빠와는 모든 면에서 달랐다.

궁금해졌다. 아홉 살에 겨우 숨만 붙어 깨어난 누이를 내쳤던 그 오빠는, 그 삼십 년 동안 한 번도 쫓겨난 아이를 걱정하지 않았는지. 그저 제 부모, 제 형제 다 잡아먹은 년이라는 할머니의 말만 곧이곧대로 믿어 의심치 않고, 제 식구 다 잡아먹은 여우 누이를 보듯이 그렇게만 여겼는지. 지금 생각해 보면 할머니의 그런 악다구니를 곧이곧대로 들을 만큼 몽매한 사람도 아니었는데, 아무리 총명해도 스물한 살은 어린 나이였던 것인지. 지금도 그저, 자신은 일가족을 잡아먹고 혼자만 살아남은 여우 누이인지, 혹은 망신스러워 두 번 다시 얼굴도 보고 싶지 않은 무당일 뿐인지. 이번에도 그저 허황된 소리라도 핏줄에게 물어보면 적어도 사기꾼에게는 걸리지 않겠거니 하는 마음으로 연락한 것인지, 그게 아니면 제 딸이 신병을 앓는다는 말을 듣고, 그때 그 아이도 이런 일을 겪었겠구나 하고 한 번쯤은 안쓰럽게 여겼던 것인지. 지금도 그저 아무 일도 없었던 것처럼 쌀쌀맞게 굴던 원일을 생각하면, 연희는 그저 명치가 콱 막히는 듯한 기분이 들었다.

그래서 더 궁금해졌다. 사람은 자식을 낳으면 그 채팅방의 학부모들처럼 이악스러워져서, 자기 아이보다 잘난 아이가 있으면 어떻게든 물어뜯으려 발버둥치게 되는 것인지, 혹은 자식을 위해서라면 자신이 그렇게 미워하고 멸시했던 사람에게라도 염치 불고하고 도와달라 손을 벌릴 수 있게 되는 것인지.

조카는 어떻게 될까?

음악을 하는 아이라는 말을 듣고, 꼭 무당이 되지 않더라도 어찌어찌 풀어버릴 방법은 있겠다고 생각했다. 무당 팔자가 예술가 팔자더라는 이야기도 있지만, 무당이 되었으면 노래와 춤을 신명 나게 뽑았을 아이들이 무당 대신 가수가 되어 무대 위를 굿판처럼 휘감기도 하고, 무당이 되었으면 기가 막히게 망자의 사연들을 읊어대며 산 사람들의 눈물을 뽑았을 아이들이 작가가 되어 신들린 듯 이야기를 써 내려가기도 하는 법이다. 그렇게 예술가의 끼를 타고나지 않았다고 해도, 반드시 무당이 되라는 법은 없다. 사실 큰무당이라 할 만한 이들 중 상당수는 예술가의 끼라고 할 만한 자질이 있어, 평소에는 얌전하다가도 적어도 굿을 할 때만은 그런 자질들이 주머니 속의 송곳처럼 불쑥불쑥 튀어나와 둘러앉은 사람들의 가슴을 치기 마련이니, 애초에 그런 자질이 전혀 없는 사람이라면 어지간히 큰 신이 지피신 게 아닌 이상 무당이 되려고 고생할 이유도 없다. 내림굿을 하든 눌림굿을 하든, 어떻게든 신을 달래고 자기 인생 살아가는 방법도 있는 것이다. 연희가 그리하듯이.

그때, 금선이 뒤척거리다 눈을 떴다.

"아직도 안 자는 거냐?"

연희는 돌아 누우며 죄송해요, 주무세요, 하고 중얼거리다가, 금선이 아예 이불을 걷고 일어나 앉자 나직하게 한숨을 쉬며 일어나 앉았다.

"…… 조카애가, 이름이 연아라고 한다는데요."

"네 이름하고 비슷해서, 괜한 기대라도 들어 그러냐? 아서라. 너한테 정이 있을 것 같았으면 진작에……."

"애가 잠들어 있는데, 손톱 발톱이 깨끗했어요. 그렇게 신병 앓다가 입원해 있는데도."

금선은 뭐라 말을 하려다 입을 다물었다. 연희의 목소리가 어둠 속에서 가늘게 떨렸다.

"사랑받고 자란 거겠죠. 아주 애지중지. 외동딸이니까 정말, 불면 날아갈세라……."

"너도 그랬을 거다. 네 어머니 아버지 살아생전에는."

"모르겠어요. 저는…… 그 사고 이전 일은 이제 기억도 희미해서 잘 생각도 나지 않아요. 솔직히 그냥 전생 같네요. 근데 그런 생각은 드는 거예요. 그렇게 예쁨받고 사랑받고 큰 아이가, 꼭 무당이 되진 않을 수도 있다고 쳐도 일단 자기가 신내림을 받아야 한다는 말을 들으면 얼마나 놀라고 당황할까 싶어서."

"제 코가 석 자인 녀석이, 쓸데없이 남 걱정은……."

연희는 소리 없이 웃었다. 방은 어두웠고, 창문은 작아 새벽빛도 제대로 들어오지 않았지만, 연희는 금선이 어떤 표정을 짓고 있는지 짐작할 수 있었다.

"있잖아요, 어머니."

연희의 신어머니인 금선은, 이모와는 친구이자 같은 신어머니를 모신 동기간이었다. 가족의 사고도 이모와의 일도 연희가 신병을 앓고 내림굿을 받기까지의 내력도, 금선은 들어서 알고 보아서 알았다. 그간의 길고 지루한 이야기를 굳이 처음부터 꺼내놓지 않아도, 금선에게는 주고받는 말 몇 마디만으로도 마음에 맺힌 이야기들을 전부 털어놓을 수 있었다.

"…… 네가 언제부터 날 그렇게 어머니라고 불렀다고."

"남들은 어머니가 한 분이고, 집안 사정이 어떻거나, 시집을 갔는데 시어머니가 워낙 좋은 사람이거나 뭐 그래야 어머니가 둘이구나 하더라는데. 저는 낳아주신 엄마 있고, 키워주신 이모도 있고, 신어머니까지 여기 계시니 어머니가 셋이나 되네요. 어머니가 셋인데 제가 세상에 무서울 건 또 뭐가 있겠어요."

"원래 대신을 모시는 사람들이 신세가 기박하여, 어머니가 둘이 되고 셋이 되는 것이지. 바리공주님도 낳기는 길대부인이 낳았지만 키우지 못하고 물에 띄워 보낸 것을, 비리공덕할미가 건져 키우지 않았니. 바리공주님이 저승으로 건너가기 전에 만난 무당의 방울을 주며 갈 길을 가르쳐준 이는 마고할미였고……."

말을 하다 말고, 금선은 창문을 돌아보며 시간을 어림했다. 창문 밖은 여전히 어둠이 짙었지만, 그 너머에는 희미하게 이른 새벽의 하늘빛이 어른거리는 듯했다.

"…… 연희야. 그건 네 탓이 아니다."

"알아요."

"네 부모형제가 그리된 것도, 네 조카가 신가물로 태어난 것도 네 탓이 아니란 말이다."

희미한 새벽빛 속에, 이불을 덮고 앉은 연희는 차마 대답을 하지 못하고 입술만 달싹거렸다. 금선은 한숨을 쉬다가 연희의 어깨를 반쯤 끌어안고 토닥거렸다. 연희의 입술 사이로 소리 없는 숨결이 몇 번 새어 나오다, 결국 흐느낌 섞인 질문이 소리가 되어 나왔다.

"하지만 이모도 신을 받으셨고, 저도 그렇잖아요. 조카까지 그렇게 되면 외가로 삼 대인데……."

"그게 뭐."

"외가로 무당부리가 있어서 그 아이가 그리된 게 아닌가, 이렇게 대를 이어 내려갈 것 같으면 독한 유전병과 뭐가 다른가, 그런 생각이 자꾸 들어서 그래요. 신을 모시는 일이라도 다른 종교와는 달리, 존경을 받는 것도 아니고, 환영을 받는 것도 아니고, 가족이며 친지들에게도 터부가 되고 치부가 되는 그런 일인데……."

"네가 굿도 아니 하고, 무당으로서는 아직도 반편이라 그런 생각을 하는 것이다. 굿하는 것을 배워서 무업을 잇는 세습무 집안이야 대대로 이 일을 물려받아 하는 것이고, 강신무들은 신어미와 신딸들로 이어지는 것이지, 꼭 핏줄로만 이어지는 게 아니야. 물론 오래오래 무당을 해오던 집안 중에는 무당부리가 있어서 한 대에 하나씩은 무당이 나오더라는 집안도 없진 않다만, 내가 알기로 너희 외가에 신가물이 나긴 많이 나서 불사며 칠성이며 모셨던 분들이야 계셨고, 네 외할머니는 작게 신내림도 받긴 하셨다지만, 무업을 시작한 것은 이모가 처음이었다. 네가 생각하는 그런 게 아니야."

"그러면 그 아이는 왜 무병을 앓고 있고, 저는 또 왜 신을 모시게 되었는데요……."

금선은 연희를 끌어안고 토닥토닥 달래며, 모자란 것, 모자란 것 하고 몇 번이나 중얼거렸다.

"무당 집안에 태어났다고 다 신가물도 아니고, 신가물로 태어났다고 다 신을 받는 것도 아니고, 신을 받는다고 다 무당이 되어야 하는 것도 아니지. 그래도 신가물로 태어난 아이가, 신이 보살피셔서 목숨을 건졌다면야, 그만한 인연이라면 응당 신을 받아 모시는 것이 도리가 아니겠니? 네 이모는 남들 즐거워하는 명절날에 친척 오라비에게 끌려가 욕을 볼 뻔했다가 겨우 도망치고는 무병을 심하게 앓았다고 들었다. 너는 그 자동차 사고로 죽을 뻔했다가 살아나지 않았니? 일가족이 전부 죽을 뻔했던 그 사고에서, 네 산신 할머니가 너 하나를 감싸 안아 목숨을 건져내었는데, 그만하면 신을 모실 인연은 차고 넘치지 않겠느냐 말이다."

"하지만 그 애는……."

연희의 뺨을 타고 소리 없는 눈물이 뚝뚝 떨어졌다. 금선은 어깨가 축축하게 젖어드는 것을 느끼며, 중간중간 염불처럼 모자란 것, 모자란 것 하고 중얼거리며 속삭였다.

"네 말대로, 그 애는 사랑받고 자랐을 테지. 그런데 이 세상이 어디, 집에서 애지중지 곱게 기른 딸이라고 하여 험한 꼴을 보지 않고 살아갈 만한 곳이냔 말이다……. 깨어나 봐야 알겠지만, 뭔가 그 애도 큰 위험을 넘겼을 것이다. 그 애를 구하신 대신께서 그 아이의 몸주가 되겠다 하신다면, 그 일을 인력으로 어찌 하겠느냐? 그러니 이 모자란 것아, 너를 탓할 일이 아닌 거다. 뚜껑이야 열어봐야 알겠지만 짐작만으로 네 탓이 아닌가, 핏줄 탓이 아닌가 걱정할 일도 아니란 말이다, 이 모자란 아이야."

그날 새벽 동 트기 직전, 당직 간호사는 여러 날 동안 의식을 잃고 있던 연아가 마치 악기를 쥔 것처럼 왼손을 둥글게 쥔 채 손가락을 꿈틀거리는 것을 발견했다.

괴담 셋

강남대로 몽유록

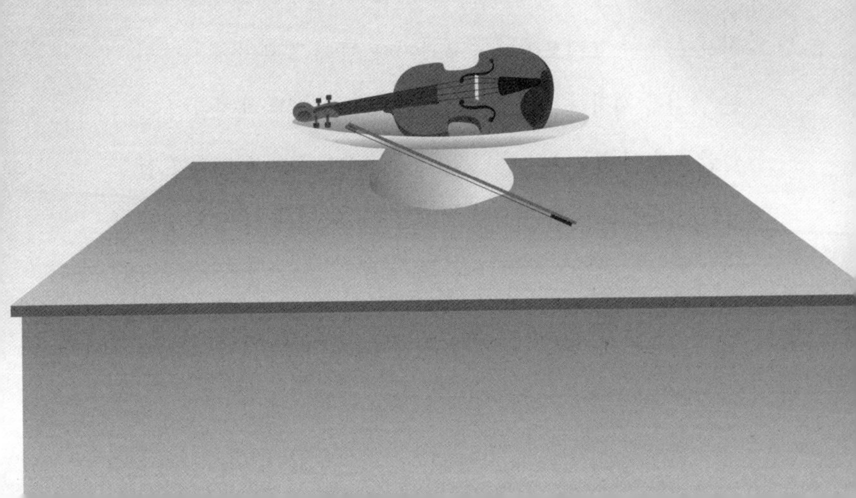

반포대로에서 우면산을 바라보면, 완만한 비탈 위쪽 산기슭 아래에 커다란 갓 같은 것이 놓인 듯한 건축물이 보인다. 예술의 전당 오페라 하우스다. 그 건물에서 왼쪽으로 보이는 한가람 미술관부터 서쪽으로 좀 더 가면 있는 국립국악원까지, 그 건너편을 흔히 서리풀 악기거리라고 부른다. 예술의 전당 바로 길 건너부터 북쪽으로, 방배역과 서울남부터미널을 직선으로 잇는 효령로까지의 구간이다. 클래식 음악에 사용되는 악기를 제작하거나 수리하는 공방들과 전문 매장들이 골목골목 숨어 있는 이곳은 음악, 그중에서도 특히 현악기를 전공하는 사람은 악기 관리를 위해서라도 계절에 한 번은 찾게 되는 곳이다. 연아도 그랬다. 쓰던 활의 말총을 갈아 끼우기 위해 서리풀 악기거리에 간 연아는 활을 맡기는 겸 악기점에 새로 들어온 80년쯤 된 모던 바이올린과 프랑스에서 만들었다는 활을 시험해 보았다.

"학생은 유튜브나 인스타 같은 거 안 해요? 하면 잘할 것 같은데."

공방 사장은 아쉽다는 듯 한마디 했다.

"요즘은 음대생 브이로그 같은 거 많이 하잖아요? 학생은 학벌도 괜찮고 외모도 어느 정도 받쳐주니, 하면 잘할 것 같은데."

"광고 주시게요?"

사실 음대생 중에 유튜브를 하는 사람도 꽤 있었고, 그런 유튜브가 입소문이 나고 구독자가 좀 모이면 악기점에서 스폰을 받아 악기를 취미로 다루는 사람들이 사용할 만한 가격대의 적당히 만듦새 좋은 악기들을 소개하며 용돈벌이를 하는 이들도 있었다. 아마 이 공방도 그런 것을 해보고 싶은 모양이었다.

"응. 이번에 수입해서 우리 상표 붙여서 나가는 거 있어. 아니면 주변에 유튜브 잘하는 친구 없어요? 그냥 하는 친구 말고, 구독자 좀 있는 친구."

"잘 모르겠어요. 저희 학교 친구들은 잘 안 하는 것 같아요."

"에이, 요즘 얼마나 많은데 그래."

공방 사장은 명함을 쥐여주며, 괜찮은 사람 있으면 꼭 여길 소개해 달라고 신신당부했다. 공방은 실력 있는 곳이었고 사장님도 매너가 좋았지만, 연아는 누군가에게 유튜브 스폰서를 소개할 일은 아마 없을 거라고 생각했다.

연아의 학교 동기나 선후배 중에도, 유튜브 채널을 만들고 스즈키나 호만 같은 기초 교재를 연주하는 영상을 올리는 이들은 있었다. 자기 PR 시대라는 말이 나온 지 어언 수십 년, 교수님의 눈에 들어 입시생 아이들을 가르치는 새끼 선생을 하는 거라면 모를까, 일반인이나 어린이 상대로 개인 교습을 하려면 요즘은 그런 유튜브 영상이라도 있어야 수강생 구하기가 수월했다. 하지만 연아는 그런 쪽의 활동은 하지 않았다. 선배 언니 중에, 그런 유튜브 활동을 하다가 스토커가 붙는 바람에, 결국 유튜브도 접고, 학교도 휴학한 사람이 있어서였다.

그 선배는 어떻게 되었을까?

연아는 생각하다가 고개를 가로저었다. 궁금하다고 어디 물어볼 수 있는 이야기도 아니고, 선배 본인도 남들이 자기 이야기 하는 것을 바라지 않을 것 같았다. 아마도 알아봤자 찜찜

하고 걱정스러워질 이야기일 가능성도 컸다. 그냥 모르는 게 나은 일, 세상에는 그런 일도 있다. 다만 생각할수록 웃기지도 않은 건 남자 선배들, 그리고 교수님들이다. 브이로그 같은 걸 찍다 보면 원래 그런 일도 생기는 법인데 본인이 주의를 안 해서, 영상 찍으면서 점잖은 향상복 같은 것을 입지 않고 대충 티셔츠 같은 것을 입고 찍어서, 귀여운 척 애교를 떨어서 그런 놈들이 붙는다며, 스토킹 피해를 입은 것도 선배 탓이라고들 말했다. 연아는 때때로 선배가 얼마나 억울했을까, 스토커도 스토커지만 저런 말을 하는 사람들이 얼마나 미웠을까 하고 생각했다.

그런 생각을 하게 된 것도, 그 비슷한 상황에 놓여 본 뒤의 일이었지만.

연아는 걷다가 문득 한숨을 쉬었다. 그냥 버스를 탈까? 여기서 집까지 가려면 조금 복잡하다. 차를 가져왔으면 서초IC로 바로 가면 되지만, 여기서 강남역까지는 지하철을 타기도 애매하다. 날씨도 좋으니까 그냥 걸어가야지 하고 생각했지만, 손에는 가방을 들고 등에는 악기 가방을 짊어진 채로 걷고 있자니 이 길이 유난히 멀게 느껴졌다. 서울교대 옆으로 해서 걷다가, 경부고속도로 아래의 굴다리를 지나가니 저쯤 가면 강남대로지 싶게 낯익은 건물들이 보였다. 조금만 더 힘내서 가자고 생각하는데 날이 점점 어두워지고 있었다.

이상했다. 아직 그렇게까지 늦은 시각도 아닌데 하늘은 점점 어두워지고, 공기도 어쩐지 차고 묵직하게 느껴졌다. 비가 온다는 말도, 일식이 있다는 이야기도 없었는데. 연아는 고개를 들고 주위를 둘러보았다. 바로 옆의 초등학교야 아이들 수업이 벌써 끝났나 보다 하더라도, 이렇게 어두워지면 으레 불빛들이 보여야 할 텐데 어두워지면 자동으로 켜지는 가로등도 꺼져 있고, 주민센터는 물론 사방을 둘러싼, 래미안이나 자이 같은 아파트 단지에도 불 켜진 창문이 한 채도 보이지 않았다. 지나가는 사람조차 없었다. 주변의 카페나 편의점도 어두워 그 안이 들여다보이지 않았고, 앞뒤 사방 골목길을 보아도 차 한 대 지나가지 않았다. 대한민국에서 가장 땅값이 비싼 곳 중 하나라는 이 부유하고 번화한 거리가 마치 인적 없는 폐허가 되기라도 한 것 같았다. 연아의 등줄기에 식은땀이 흘렀다.

빨리 여길 벗어나야 해.

중얼거리며 걸음을 서둘렀다. 아무리 그래도 저기까지만 가면, 강남대로까지만 가면 괜찮을 거다. 어둠 속에서 누군가 손을 뻗는 일도, 그림자를 밟듯이 뒤쫓아오는 일도 없을 것이

다. 주말이면 결혼식과 만화 행사로 사람들이 가득한 양재에서부터 행정법원과 말죽거리를 지나, 이름만 들어도 알 법한 대기업과 호텔과 쇼핑몰과 극장과 어학원과 대형 서점들이 끝이 없도록 줄을 잇고, 그 안쪽 골목으로도 거미줄처럼 연결되어 매 순간 들썩이고 번쩍이며, 고요하고 인적 드문 온전한 어둠이라는 것이 단 한순간도 존재하지 않을 것 같은 그 번화한 거리까지 가기만 하면. 연아는 달렸다. 달리면 달릴수록 심장 뛰는 소리가 귀를 울려왔다. 어둠을 벗어나려 미친 듯이 달리는데도, 포석을 딛는 자신의 구두 소리조차 들리지 않는, 그 가없는 고요에 두려워서 눈물이 날 것 같았다.

사람들이 웅성거리는 소리가 들려온 것은 바로 그때였다.

"여자들……?"

강남대로 조금 못 미쳐서 자리 잡은 카페의 테라스 쪽 테이블에 여자들이 여러 명 앉아 있었다. 이 어두운 세계에서 유일하게 밝고 따뜻해 보이는 그곳에서는 여자들의 노랫소리 같기도 하고, 때로는 울음소리가 같기도 한 목소리들이 들려왔다.

그중 한 사람의 목소리가 유난히 또렷하게 들려왔다.

"사람들이, 아니, 남자들이 그러더라고요. 유동인구도 많고 사방이 CCTV고, 서울 정도면 세상에서 제일 안전한 도시 아니냐고."

"지들이나 그렇겠지."

누군가가 그 말에 코웃음 쳤다. 또 다른 목소리가, 그 말 같지도 않은 이야기에 사뭇 분개한 듯 말했다.

"여자들이 밤거리 무섭다는 말만 해도, 그렇게 치안이 잘 갖춰지고 CCTV도 많아서 술 취한 채 길바닥에서 잠들어도 안전하다고 주장하는 그 서울에서, 남자들이 범죄를 저지르는 이유가 대체 뭐겠어요? 경찰에게 붙잡혀도 큰일 나지 않는다, 이런 일 저지른 뒤 붙잡혀도 자기 인생은 절대로 안 망한다, 죽은 여자만 불쌍하다는 확신이 있으니까지."

"죽은 여자가 불쌍하긴 뭐가 불쌍해. 아주 무슨 핑계를 갖다 붙여서라도 죽은 여자는 죽을만한 이유가 있어서 죽은 거다, 그래 놓고는 사람 잡은 남자에게는 앞날이 창창한 청년, 근데 독한 여자 잘못 만나서 인생 망친 불쌍한 청년이라고 둥개둥개 해주는데."

나이가 꽤 들어 보이는 목소리도 분한 듯 말했다. 연아는 까치발을 하고 테라스 위쪽을 엿보았다. 희끗희끗한 머리에, 새빨간 동백꽃이 여러 송이 그려진 화려한 원피스를 입은 젊은 할머니가 빨간 원피스를 입은 손녀를 품에 안은 채로 분통을 터뜨렸다.

“나는 말이야, 그저 우리 손주와 함께 마트에서 장을 보던 것뿐이었어. 내 딸이 일하러 나간 사이에 손주 어린이집 보냈다가, 어린이집 하원할 시간 되었길래 손잡고 마트 가서 애기 간식 좀 사던 것뿐이었다고. 그런데 갑자기 웬 놈이 나타나서 실실 웃으면서, 나도 찌르고 우리 애기도 칼로 찔렀단 말이야. 한 번도 아니야. 경비원들이 달려오고 마트 직원들이 경찰에 신고하고, 그래서 경찰들이 뛰어올 때까지 몇 번이나. 이게 말이 돼?”

할머니는 가슴을 쳤다. 가슴을 칠 때마다 사방으로 피가 튀었다. 연아는 입에서 비명이 튀어나올 것 같아, 손으로 입을 막은 채 몸을 웅크렸다. 동백꽃 무늬인 줄 알았는데, 할머니의 원피스에 묻은 붉은 얼룩은 전부 핏자국이었다. 품에 안긴 손녀 역시 산 사람 같지 않게 새하얗기만 했다.

“그럼, 애기는요? 지금 여기서 눈을 못 뜨는 걸 보면…….”

“모르겠어……. 지금 중환자실에 있는데……. 우리 애기라도 살아야 할 텐데.”

할머니는 팔다리가 축 늘어진 채 꼼짝도 하지 못하는 손녀를 품에 안은 채 흐느꼈다.

"그놈이 날 해칠 이유가 뭐가 있어. 오며 가며 생전 본 적도 없는 놈인데. 백번 양보해서 나에게 무슨 잘못이 있다고 쳐도, 이제 걸음마 하는 이 애는 무슨 잘못이 있다고 그렇게 칼을 휘둘러? 그런데 뭐라는지 알아? 심신미약이란다. 백주대낮에 마트에서 사람을 죽여 놓고도, 심신미약이라고. 그놈이 아무리 사리분별을 못 한들 이제 겨우 기저귀나 떼고 삑삑이 신발 신고 다니는 이 애기보다 사리분별을 못 할 리가 있어? 그런 놈이 고작 술 한잔 걸치고 백주대낮에 멀쩡한 사람을 이렇게 잡았는데, 그런 놈이 심신미약이라면서 풀려날지도 모른다는 게 말이 돼? 말이 되냐고!"

흐느낌은 점점 커져 오열로, 통곡으로 변해갔다. 할머니 혼자만의 울음이 아니었다. 둘러앉은 여자들 모두가 마치 상가집에서 애곡을 하듯, 돌림노래를 이어가듯 따라서 우니 비통한 울음은 점점 더 커져갔다. 그 고통스러운 울음소리가 사방으로 울려 퍼지자 하늘은 더 어두워졌다. 그리고 한참이 지나 마침내 그 울음이 조금씩 잦아들기 시작할 무렵, 앳된 목소리에 조금 웅얼거리는 듯한 말투로 누군가가 물었다.

"그 심신미약이라는 게 정확히 뭐예요. 마음도 몸도 약해져 있다는 거예요?"

"그냥 심신이라고 하면 마음 심心에 몸 신身, 마음과 몸을 같이 이르는 말인데, 심신미약이라고 할 때의 심신은 마음 심心에 정신 신神을 써요. 그러니까 정신이 없어서 뭘 구별하거나 판단할 수가 없는, 그런 상태. 우리나라 법에서는 그런 상태에서 범죄를 저지르면 형을 줄여주기도 하는데, 너무 얼토당토않은 일까지 심신미약이라고 하니까 사람들이 뭐라고 그러는 거예요."

"사람이 너무 아파서 기절하거나, 그런 상태도 심신미약이에요?"

앳된 목소리가 다시 물었다. 누가 그 말을 하나 싶어 가만히 보니 구석에 새하얀 얼굴이 동동 떠 있다. 아니, 다시 자세히 보니 까만 패딩을 후드까지 푹 뒤집어쓴 채로 웅크린 사람이었다. 기껏해야 고등학생이나 될까 싶은 앳된 얼굴인데, 하얗게 질리다 못해 입술까지 새파래진 채로 입술을 겨우 달싹거리며 이야기하고 있었다.

"아, 그러니까…… 어른들은 이런 이야기 별로 안 좋아하실 것 같은데. 제가 어쩌다 보니까 애기가 생겨버렸거든요."

"임신했다고? 아직 학생 아니야?"

할머니는 정색을 하며 끼어들었다. 학생은 기가 눌린 듯 뒤로 몸을 빼려다가, 더는 물러설 곳이 없었는지 몸을 잔뜩 웅크렸다.

"아, 학생이라도…… 생길 수도 있죠. 그리고 몰랐단 말이에요. 강영 쌤이…… 그러니까 학원에서 영어 가르치는 선생님인데 성이 강 씨거든요. 아직 대학생인데. 쌤이 임신 안 되게 자기가 잘 한다고 그랬으니까 그런 줄 알았지. 그냥 똥배 나오는 줄 알았다고요. 근데 생각해보니까 한 학기 내내 생리를 안 한 거예요. 여름방학 때도 생리를 안 해서 완전 편하다고 생각했는데 겨울이 다 되도록 생리를 안 하고."

"병원에는 가봤고?"

"몰라요. 어떻게 해야 할지 모르겠어서 강영 쌤한테 말했는데…… 강영 쌤이 자기가 어떻게든 해본다더니 학원에도 안 나오고. 엄마한테 말하면 맞아 죽을 것 같고. 그래서 학교 언니한테 물어봤어요."

"언니?"

"전에 학교에서 좀 유명하던 언니들 중에 임신했던 언니가 있었거든요. 임신한 걸 너무 늦게 알아서 지우지도 못하고, 어떻게 쉼터 들어가서 낳았다고 했거든요. 친구한테 물어보면 들킬 것 같아서, 진짜 언니 연락처 힘들게 알아봤어요. 그래서 메신저 보냈는데 역시 대답을 안 해주고. 근데 저도 그럴 것 같긴 해요. 학교 다닐 때 별로 친하지도 않았던 애가 갑자기 연락하면 이상하잖아요……."

고개를 숙인 채로 중얼거리다가, 학생은 갑자기 자리에서 일어났다. 새카만, 거의 발목까지 내려올 것 같은 긴 패딩의 지퍼를 죽 내리자, 그 안에서 피비린내가 쏟아졌다. 배는 둥글게 부풀어 있었고, 허리 아래로는 온통 피에 젖어 입고 있던 학교 생활복의 본래 빛깔을 알 수가 없을 정도였다.

"어떻게 하지도 못하고, 방학 되면 어떻게든 병원에 가봐야지 했는데……. 배 아래쪽이 막 꿈틀거리고 뭐가 막 밑으로 잡아당기는 것같이 이상하게 아프고, 물 같기도 하고 피 같기도 한 게 줄줄 나오는 거예요, 학교에서 알면 안 될 것 같아서, 배 아프다고, 배 아파서 정말 죽을 것 같다고 하고 조퇴를 했어요. 근데 정말 어디로 가야 할지 모르겠어서……. 근데 일단 생리대라도 해야 할 것 같아서 공원 화장실에 갔는데."

"병원에 갔어야지!"

"그 생각이 안 났어요, 돈도 없고. 돈이 얼마나 드는지도 모르겠고……. 근데 너무 아파서, 누가 배를 막 칼로 찌르는 것 같이 아파서 바닥에 주저앉았다가 그만 기절했는데……."

학생은 말을 잇지 못하고 흐느꼈다. 할머니가, 이건 야단도 칠 수가 없어서, 학생이 불쌍해서 어쩔 줄을 몰라 하며 탄식했다.

“거기서 애를 낳았나 보네. 친정어머니가 손잡아주고 병원에서 아이를 낳아도 그게 사는 게 사는 것 같질 않은 건데…….”

“그때가 12월이었어요. 저는 기절했다가 얼어 죽었고…… 애기도요.”

“그 추운데 한데서……. 이걸 어째. 불쌍해서 어쩔까.”

할머니는 어쩔 줄 몰라 하며 학생에게 손을 내밀었다. 추울까 봐, 손이라도 잡아주려는 것 같은 손길이었지만 학생은 누가 제 몸에 닿을세라 잔뜩 몸을 움츠리며 다시 패딩의 지퍼를 죽 끌어올렸다.

“저는요, 저는 그래도 어떻게든 해보려고 했어요. 병원에는 바로 못 갔지만 그래도 강영쌤에게도 연락하려고 했고, 애기 낳았다는 언니한테도 물어보려고 했고. 어른들 보기에는 제대로 못 했겠지만, 그래도 하려고는 했다고요. 정신줄 완전히 놓기 전에, 119 불러야 하는데 하고 생각은 했어요. 근데 119에 신고도 못 할 만큼 저도 상태가 정상이 아니었고, 저도 결국은 죽었는데. 사람들이 뭐라는지 알아요? 죽은 애가 날라리, 양아치였다. 아니거든요? 저 공부 좀 했거든요? 그런데 사람들이, 개날라리가 화장실에서 애를 낳아놓고는 조치를 못 해서 갓난애를 죽였다고만 그러잖아요. 대체 그게 무슨 개소리예요. 갑자기 애가 나오는데, 너무 아프고 추워서 기절했다가 얼어 죽은 것도 억울한데, 문자 그대로, 정말 119에 신고도 못 할 만큼 정신도 없고, 뭘 판단할 수도 없고, 정말 심신미약 상태였는데, 어떻게 사람한테 말을 그따위로 해요. 근데 말이에요, 내가 죽은 걸 두고 말 그따위로 하는 놈들 중에, 애기 아빠는 누구냐, 저기 학교 앞 영수 학원의 강영 쌤, 그놈은 어디 있냐, 그놈이 잘못한 게 아니냐, 그런 말 하는 사람 정말…… 선생이고 애들이고 할 것 없이 남자 중에는 단 한 놈도 없었어."

학생의 눈에서 피눈물이 뺨을 타고 흘렀고, 여자들은 서로서로 기대어 흐느꼈다. 그때, 아까 심신미약의 뜻을 설명하던 삼십 대 후반쯤 되어 보이는 여자가 학생에게 물티슈 같은 것을 통째로 건넸다.

"학생 일도 그렇지만…… 이놈의 나라는 여자가 결혼을 안 하고도 섹스도 할 수 있고, 임신을 할 수도 있다는 것에 대해 아직도 너무 발작을 해댄단 말이죠. 남자만 성욕이라는 게 있는 줄 알고, 어떤 여자가 남자와 사귄다고 그러면 당연히 섹스를 해줘야 한다고 그러면서, 그러다가 임신을 하거나 다른 사고가 나거나 하면 여자가 몸을 함부로 굴렸네, 그런 말을 아직도 하고 있다니까."

짙은 남색 재킷에 베이지색 블라우스를 입고, 재킷의 옷깃에는 섬세한 브로치를 단, 나이보다 보수적으로 입은 여자는, 한숨을 쉬며 말했다.

"저는 로펌 다니고 있었어요. 변호사였지. 어릴 때도 공부하느라 바빴고, 나이 들고 나서도 연애 할 시간은 없고, 그렇다고 결혼을 하면 내 한 몸 건사하기도 바쁘고 힘든데 챙길 사람이 더 늘어나는 거잖아요. 사람을 만나려고 하면 소개받아서 만날 수도 있지만 그렇게 만나는 건 너무 결혼을 전제로 하는 것 같고. 러닝 크루 같은 운동 모임에 들어가자니 시간이 너무 없었어요. 일하느라 바쁘니까. 그래도 가끔은 데이트도 하고 싶어서, 데이팅 앱을 깔았죠. 한가할 때, 내가 시간 맞을 때, 가볍게 사람을 만나서 데이트만 하고 싶어서. 앱으로 만나면 좋은 게, 아예 처음부터 목적이 명확하거든요. 데이트 하고, 마음이 맞으면 술도 한잔하고, 섹스도 할 수 있고. 그런 걸 서로 전제로 하고 만나니까. 장소나 외모나 어느 정도 자기가 원하는 조건을 맞춰서 만날 수 있고. 그날 만난 남자도 꽤 괜찮아 보이는 사람이었어요. 외모도 나쁘지 않았고, 저녁 먹고 술을 한잔할 때까지만 해도 매너도 좋았어요. 자연스럽게 섹스까지 하는구나 했는데."

"그, 이야기는 좀 적당히 할 수 없겠어? 여기 학생도 있는데?"

할머니의 말에, 변호사는 대답 대신 목에 매고 있던 스카프를 풀었다. 새하얀 목 위로 검붉은 손자국이 선명했다. 연아는 자기도 모르게 숨을 훅 들이마셨다가, 문득 겁이 나서 손으로 입을 막았다. 이 카페 테라스에 모인 사람들은 아마도 모두, 죽은 사람들이다. 억울하게 죽은 여자들, 그 여자들이 강남대로 앞에 모여 앉아 어떤 사연으로 억울하게 죽었는지 이야기하는 중이었다. 그런 자리에 산 사람이 뭣도 모르고 얼굴을 들이민다니, 상상만 해도 식은땀이 났다. 변호사는 가만히 주위를 둘러보다가 연아가 몸을 숨긴 울타리 너머를 바라보고 웃었다. 연아는 손가락 틈새로 변호사를, 그리고 그곳에 앉아 있는 새하얀 얼굴의 여자들을 바라보았다.

"섹스, 섹스 하니까 부담스러워 하시는 것 같은데, 그래도 제가 어떻게 죽었는지는 말하고 싶어요. 간단히 말해서 그 새끼가 목을 졸랐어요. 전부터 이런 것 해보고 싶었다면서. 싫다고 하지 말라고 말하려는데, 너도 좋으니까 앙탈 부리는 것 아니냐면서."

"뭐 그런 새끼가."

여자들이 욕설을 내뱉었다. 변호사는 목 졸린 흔적이 역력한 목에 다시 스카프를 감다 말고 한숨을 쉬었다.

"정말 숨 넘어갈 때까지 목을 졸랐죠. 아마 그 새끼는, 숨이 넘어가도 금방 돌아올 줄 알았나 봐요. 실수를 해도 키보드의 Ctrl+Z를 누르면 원래대로 돌아올 것처럼 그렇게 생각한 모양이에요. 머저리 같으니."

"그 사람은 어떻게 되었어요?"

학생이 조용히 물었다. 변호사가 고개를 저었다.

"경찰에 잡혀가긴 했어요. 근데 술에 취해 있었다고 주장했고, 죽일 의도도 없었다고 주장했고, 정말 죽을 것 같으면 내가 그만하라고 하지 않았겠느냐면서, 나도 즐기고 있었다고 주장했고. 뭐, 심신미약에다 과실치사 정도 받겠지."

"너무하네……."

"한국 경찰과 법원이 하는 짓은 내가 잘 아니까, 아마 맞을 거예요. 근데 뉴스 기사에는 뭐라고 댓글이 달리는지 알아요? 앞날이 창창한 사람이 걸레 하나 잘못 만나서 인생을 망쳤다는 거야. 똑같이 데이팅 앱으로 사람 만났는데, 사람 죽인 놈은 앞날이 창창한 사람이고 나보고는 세상에……. 공부 많이해서 전문직이 되어도, 여자 취급은 그따위라니까. 정말 말 같지도 않아서."

변호사는 울지 않았다. 다만 허리에 손을 짚은 채 뭐 그런 쓰레기 같은 새끼가 다 있는지, 뉴스에 댓글을 다는 인간들은 얼마나 시간이 많고 한가한 놈들이길래 할 일 없이 그따위 글을 쓰는지 이야기하며 웃었다. 살아 있었으면 그런 새끼들 전부 고소해서 쏠쏠하게 용돈벌이나 하는 건데 하고 농담을 하면서, 눈앞에 그놈들이 있으면 전부 찢어 죽여버릴 듯한 표정으로 조소했다. 그때 건너편에 앉아 있던, 긴 생머리를 하나로 묶고 안경을 쓴, 방금 도서관에 갔다가 나왔다고 해도 어색하지 않을 것 같은 얌전한 모범생 같은 느낌의 대학생이 목을 외로 꼰 채로 입을 열었다.

"데이팅 앱이 문제가 아니니까요. 그냥 이유가 뭐가 되었든 죽은 여자는 안 불쌍하고 사람을 죽이고 감옥에 가게 생긴 남자만 불쌍한 거니까."

"그쪽은 어쩌다가 죽은 건데."

"남자 친구라고 해야 하나……. 본격적으로 사귀는 건 아니었고, 그냥 썸 탄다고 하잖아요. 그냥 친구 이상, 사귀는 것 미만. 딱 그 정도이던 친구가 군대에 간다고 했어요. 그러면서 자기랑 사귀자고, 기다려달라고 하는데."

"제정신이야? 사귀던 여자 친구에게도 무리해서 기다리지 않아도 된다고 말해야 할 놈이, 군대 가기 전에 고백을 한다고?"

"저는 사실 본격적으로 연애하는 것에는 별로 관심이 없었거든요. 취업도 취업이지만 가급적이면 공부를 계속하고 싶은데, 그러려면 들어야 할 과목도 많고 학점이랑 어학 성적 관리도 잘 해야 하고. 연애할 시간도 없었고, 걔가 그렇게 연애 상대로 괜찮은 것도 아니었어요. 그냥, 걔가 마치 강아지가 꼬리 흔들듯이 계속 다가오니까 밀어낼 수가 없어서 같이 다니고, 그러다 보니 썸 탄다고 소문이 나고……. 걔는 저랑 시간을 더 보내고 싶었지만, 사실 걔한테 시간을 더 내주는 것도 무리였어요. 아르바이트도 해야 하고. 교환학생 다녀오고 싶어서 돈을 모으고 있었어요. 근데 걔는 자기 군대 간다면서 사귀자는 소리나 하고. 기다려달라고 하고. 그래서 싫다고 했어요. 지금도 너무 바빠서 기다리는 건 무리라고."

말을 하다가 말고, 대학생은 외로 꼰 목을 바로 펴지도 못한 채 안경을 고쳐 쓰다가 한숨을 쉬었다. 그가 이마로 흘러 내려온 머리카락을 바로 하자, 머리카락 사이에서 붉거나 누렇고 찐득거리는 것들이 손에 묻어났다.

"…… 근데 다 끝났네요."

"아니, 어떻게 그런 일로 사람을……."

"수업 끝나고 학교에서 나와서 지하철 타러 가는 길이었는데, 그 이야기가 나오니까 저한테 화를 냈어요. 어떻게 그럴 수가 있냐고, 자기는 진심이라고. 근데, 군대 가기 직전에 하는 고백이 그게 진심이겠어요? 자기는 옆에서 남자 친구 노릇 못하지만, 저는 자기 신경 쓰면서 여자 친구 노릇 하고, 휴가 나오면 데이트하자는 이야기잖아요. 그리고 걔가 생각하는 데이트가 밥 먹고 커피나 마시는 그런 것일 리가…… 없는데."

대학생은 말끝을 흐렸다. 연아도 그 말에는 동감했다. 군대 간 동기나 선배 중에도, 자기 여자 친구를 군대로 간식 보내주는 사람, 휴가 나왔을 때 공짜로 섹스하게 해주는 사람 취급하다가, 혹시라도 제대할 때까지 기다리지 못하면 무슨 하늘이 무너지는 큰 배신이라도 당한 듯이 죽일 년, 살릴 년 하고 욕하는 꼴을 안 본 것도 아니니까.

"플랫폼으로 이어지는 에스컬레이터에서, 갑자기 등을 발로 걷어찼어요. 그게 끝이었어요. 교환학생으로 외국에 가는 계획도, 공부를 계속하는 미래도, 강단에 서서 학생들을 가르치고 싶은 꿈도, 전부 그 한순간에 박살나 버렸어요. 그런 데다 제일 끔찍한 건 경찰에서도 언론에서도 걔가 말하는 대로, 사귀던 여자 친구가 배신해서 우발적으로 저지른 범죄라는 말을 믿는 거예요. 저하고 걔는 정말 아무 사이도 아니었는데."

대학생은 울음을 터뜨렸다. 여기저기에서 흐느끼는 듯한 울음소리가 이어졌다. 그리고 대학생의 맞은편에 앉아 있던, 사십 대 후반쯤 되는 분이 가슴을 쳤다.

"나도 그래, 생각할수록 속이 터져. 요즘도 공주병, 왕자병, 도끼병, 그런 말 쓰나? 나 옛날에는 그런 말들을 많이 했어. 근데 그런 거 있다. 자기가 잘난 줄 안다고 공주병, 모두 자기 좋아하는 줄 안다고 도끼병, '미친년, 지가 공준 줄 알아!'를 줄여서 미지공이라는 말도 있었는데, 사실은 자기가 잘생긴 줄 착각하는 애들은 대부분 남자애들 아니었어? 잘못 빚은 송편같이 생긴 놈들이 자기가 K-POP 아이돌 가수처럼 생긴 줄 알고 말이야."

대부분은 고개를 끄덕이고, 누군가가 낮게 웃었다.

"그런 주제에 아주 구제불능이야. 자기가 잘생긴 줄 착각하는 것을 넘어서, 자기가 고백했다는 게 뭔가 나라를 구한 정도의 큰일인 줄 안단 말이지. 지들이 재벌 3세야, 뭐야? 착각도 아주 제멋대로인 게……. 나는 말이야, 보험 설계사야. 흔히 말하는 보험 아줌마. 사무실들 돌아다니면서 보험 영업도 하고 관리도 하고. 그러다가 가끔은 좀 큼직한 계약도 하고. 실적도 좋았어. 그렇게 여기저기 일하러 다니다 보면 추근대는 남자들도 있긴 했지. 자기랑 좀 끈적한 사이가 되면 계약도 더 딸 수 있을 거다, 그렇게 대놓고 말하는 놈들도 있었어. 하지만 대부분은, 결혼했다, 남편이 있다고 하면 별말 안 했지. 남자들, 그거 있다? 똑같이 보험 아줌마가 있어도 결혼 안 했거나 돌싱이라고 하면 자기한테 기회가 있을 줄 알아. 자기랑 찐하게 애인 놀음 좀 하면 보험 아줌마는 감지덕지, 황송해할 줄 아는데. 걔들은 보험 아줌마가 자기보다 돈 잘 벌 수도 있다고는 상상을 아주 못 하는 거야. 착각은 자유라지만 한국 남자들 착각은 저건 좀 방종이 아닌가 싶네."

"아줌마는…… 저기, 어쩌다가 돌아가신 거예요."

눈물을 닦으며 대학생이 물었다. 보험 설계사는 쓴웃음을 지었다.

"재수가 없었어. 어디 사무실에 들렀다가 보험을 팔았는데,

거기 사장님이 자기가 발이 넓다면서, 언제 어디로 좀 와보라는 거야. 솔직히 촉이 좀 싸하긴 했어. 이거 또 이상한 새끼 아닌가 하는 생각도 했지. 하지만 내가 이 지역 실적왕이거든. 전교 1등 하는 애들이 그거 놓치고 싶지 않아서 더 악착같이 한다고 하잖아. 나도 그랬어. 다음 분기에도 실적왕 하고 싶어서, 어디 누굴 소개하나 얼굴이나 보자 하고 쫓아가 봤어. 그리고 믿는 구석도 있었지. 아무래도 나이도 있고, 사회적 지위든 체면이든, 자기가 잃을 게 좀 있다 싶은 사람은, 추근거리다가도 자기가 손해 볼 것 같으면 멈추는 게 있거든. 그리고 뭐, 정 이상하게 술 먹이고 이상한 짓 하려고 하면 남편보고 좀 나오라고 하지, 그렇게 생각하면서 나오라는 데로 가봤어. 정말로 자기 골프 친구들이라면서 몇 팀을 소개해 줘서, 수월하게 계약을 네 건이나 했단 말이야. 그중에 한 건은 꽤나 큰 계약도 있었고. 거기까진 아주 괜찮았어."

"남자들은 공짜로 호의를 베푼다는 개념이 없죠."

변호사가 씁쓸하게 중얼거렸다.

"설계사님도 틀림없이 알고 계셨을 텐데."

"아이고, 알죠. 남자 무서운 거 누가 모르나. 그런데 돈이 무섭죠. 실적이 무섭고. 그때 한창 경기도 안 좋을 때라서 더 그랬는데. 이만큼 팔아줬는데 한 번 대주지도 않는다고 뭐라고 합디다. 정색을 했어요. 선생님 그러시는 거 아니다, 내가 지금 보험을 팔러 다니지 몸 팔러 다니는 것처럼 보이냐, 내가 남편도 있고 가정도 있는 사람이다, 못 들은 것으로 할 테니 선생님도 그러지 마시라 하고 화를 냈죠. 그랬더니 자기가 미안하다고 하데요. 내가 어떻게든, 거기서 끊고 나왔어야 했는데."

보험 설계사는 말을 하다 말고 머뭇거렸다. 거기서 단호하게 끊고 나오지 않았다는 이유만으로, 이 모든 일을 당한 사람의 잘못이라고 말하는 사람들이 생각난 모양이었다. 말하기 싫으면 말하지 않아도 된다고, 누군가가 속삭였다. 바람이 불 듯 흐느낌이 지나가고, 보험 설계사는 아까와는 달리, 눈물을 잔뜩 쏟아낸 뒤의 물기가 남은 듯한 목소리로 중얼거렸다.

"그래도 큰 계약도 성사되었는데, 두 번 다시 안 볼 사람처럼 할 수가 없는 거야. 아저씨가 사과한다고, 원래는 술 한잔 같이하고 싶었지만 그러면 또 오해를 할 테니 커피나 한잔 마시고 가자고 그래서. 커피를 마셨는데 맛이 좀 이상하다고 생각을 했어요. 그런데…… 깜박 잠이 들었다가 눈을 떠 보니 몸을 가눌 수가 없고, 이놈 저놈이 다 내 위에 올라타고 있는 거예요. 그 아저씨는 저기서 동영상을 찍고 있고."

"그, 소라넷이나 다크웹 같은 데다 동영상 올리는 일당이었던 거예요?"

"그 초대남인가 하는 그거 말하는 거지요? 그게 맞을 거예요. 누가 내 위에 올라갔다가 내려오면서 그 새끼한테 초대해주셔서 감사하다고 하는 게 지금도 기억나니까. 그때도 그런 생각을 했던 것 같아요. 아니, 나한테 그 짓을 해놓고 왜 엉뚱한 새끼한테 감사해?"

"그럼 설계사님은……."

"없었던 일이다, 내가 나쁜 꿈을 꾼 것이다, 그러고 살려고 했어요. 원래는 신고해야 했겠지만 소문나는 것도 걱정되고, 남편이 알까 봐도 걱정이 되고. 그러다가 밑에가 너무 쑤시고 아파서 병원에 갔는데, 별 희한한 성병에 다 걸려 있는 거예요. 의사도 날 무슨 이상한 여자 보듯이 쳐다보는 것 같아서. 정말 어떻게 해야 할지 몰라서 경찰에도 가봤지만 증거가 없어서 어쩌지도 못하고. 그러다가 결국에는 살던 아파트에서 뛰어내렸는데."

보험 설계사는 기어이 눈물을 뚝뚝 흘리며 말했다.

"그 마지막에, 내가 여기서 죽어서 집값 떨어지면 어떡하지. 남편이랑 애들이 여기저기 원망 사면 어떡하지. 그 생각을 했던 게 생각이 나요. 근데 뭐…… 죽고 보니 그렇게 영상 같은 것 찍히고 자살하는 게 별스러운 일도 아닐 만큼 그렇게 죽은 여자가 많았고."

"죽는 여자가 많은 것뿐이겠어요. 그렇게 영상에 찍힌 여자가 죽으면 그런 영상 찍어서 팔고 공유하는 놈들이 뭐라고 하는지 알아요? 유작이라고 그래요, 유작!"

변호사가 분통을 터뜨렸다. 그러자 변호사의 건너편에 앉아 있던, 카페 유니폼을 입은 바리스타가 입을 열었다.

"저도, 카페 단골이 어느 날 문 닫을 때 다 되어서 와서는 잔뜩 잘난 척을 하면서 자기가 제 마음을 받아주겠다는 거예요. '너 뭐 돼?' 소리가 여기까지 올라오려는 걸 꾹 참았는데."

"이젠 무슨 얼토당토않은 소리가 나올지 기대도 안 돼요……."

학생이 중얼거렸다. 바리스타가 대답했다.

"자기가 들어오면 뭐 시킬지 바로 알고 준비한 거라든가, 언제 자기가 감기 걸렸을 때 아픈 것 아니냐고 안부 물어준 것, 그리고 라떼 위에 하트 그려서 준 것 이야기하던데요. 그 정도는 단골손님에게는 다 하는 일인데. 고작 그걸 갖고 제 마음을 다 안다면서, 자기를 좋아하는 것 아니냐고 그러잖아요."

"자의식 과잉도 그 정도면……."

"우리 어릴 때는 도끼병이라고 그랬어, 그런 걸."

"그래서 그거 아니라고, 난 결혼할 사람도 있고, 그쪽은 매일 오시는 단골손님이라 기억하는 것뿐이라고 했더니 마구 화를 내면서, 좀 전에 손님이 마시고 나간 머그컵 같은 것을 집어던지다가, 깨진 머그컵의 뾰족한 단면으로 목을 푹 찔렀어요. 이게 말이나 되냐고요."

바리스타는 억울한 듯 가슴을 쳤다. 그때마다 목에서 피가 울컥울컥 쏟아져 새카만 앞치마에 스며들었다. 그 곁에 앉아 있던, 이제 서른 살쯤 되어 보이는, 평범한 사무직으로 보이는 젊은 여자가 조심스럽게 입을 열었다.

"저는 정말, 뭐라고 말해야 할지 모르겠어요. 사람들이 여자가 무슨 사고를 당하면 밤이 깊어서, 여자가 술에 취해서, 어두운 데 돌아다녀서, 뭐 그런 식으로 말하잖아요. 하지만 제가 죽은 날은 그런 것도 아니었어요. 그날 친구가 결혼식 앞두고 청첩장 돌리고 밥 사준다고 불렀거든요. 같은 과 나온 여자 친구들이 많이 오니까 모교 근처의 교통 편리하고 밝고 번화하고 안전한 곳으로 약속 장소 잡았고. 제 남자 친구도 제 친구에게 친구 예비 신랑을 소개해 준 사람이라서 같이 갔어요. 금요일

저녁의 번화한 대학가, 역과 바로 연결되는 쇼핑몰의 스테이크 하우스와 백화점 바로 옆의 호프집, 어딜 봐도 인적이 드물거나 사고가 날 만한 곳은 아니잖아요. 그런데도 저녁 먹고 놀다가 호프집에서 딱 한 잔씩만 하고 헤어지기로 한 건데……. 그때 아직 아홉 시도 안 되었을 시각이었는데."

사무직은 손바닥을 들여다보았다. 지금도 그때 자기가 뭘 잘못했던 걸까 생각하는 듯한 표정이었다.

"화장실 문을 열어보니까 안에 칸이 두 칸이었어요. 밖에는 남자 소변기가 있고. 썩 기분 좋은 구조는 아니지만 호프집 화장실은 흔히 그렇게 생겼잖아요. 술집 화장실 같은 데서 누가 숨어 있다가 사고가 나기도 하니까, 안에 다른 사람 없는 것 확인하고 들어갔어요. 근데 안쪽 화장실 들어갔다가 나오려는데, 누가 밖에서 들어오더니 문을 잠그는 소리가 났어요. 솔직히 무서웠는데 옆 칸으로 들어가는 것 같은 소리가 나서. 저 사람도 나처럼 안전에 신경 쓰느라 그랬나 보다, 나도 들어올 때 바깥쪽 문 잠글걸, 얼른 손 씻고 나가야지 하고 생각했던 기억이 나요. 그래서 문 열고 손을 씻고 있는데, 옆 칸에서 웬 남자가 나오더니 입을 틀어막고 칼로 찔렀어요. 누구라도 와달라고 소리치려고 했는데, 남자 친구한테 전화를 해야 할 것 같았는데, 뭔가 그럴 틈도 없이 두 번, 세 번, 네 번. 그것도 목 주변으로만요. 생전 처음 보는 사람이었는데."

"그 사건 알아요."

대학생이 조심스럽게 속삭이며 사무직의 곁으로 다가가 앉았다.

"우리 학교 근처에서, 동문 선배님이 살해당하셨다고……. 저희 학교 여자애들이 49일 동안 매일같이 역 앞에다가 꽃 갖다 놓고, 포스트잇에 쪽지 써서 붙이고, 지하철역 앞에서 1인 시위하고 그랬어요."

"고마워요……."

사무직은 대학생에게, 조금은 체념한 듯 웃어 보였다.

"사실은 나도, 그렇게 죽었지만 가족들과 친구들, 남자 친구도 정말 애통해했고, 또 후배들은 물론이고, 정말 많은 사람들이 와서 한참 동안 추모해 준 것도 알고 있었어요. 좋은 곳으로 가라고, 이렇게 여자를 인간 취급도 안 해주는 세상에 다시 태어나지 말고 다른 세상으로 가라고 울면서 비통해하던 사람들도 기억나요. 하지만 그것도 알아요. 여자가 뭔가 문제 있는 일을 했을 거라고 떠들던 남자들, 굳이 추모하는 자리에 와서 조롱하고 이상한 행동들을 하고 가던 남자 유튜버들, 아무리 생각해도 그건 여자가 화장실에 들어가는 걸 확인하고서 따라 들어와 죽인 건데도, 누가 봐도 여자만 골라서 죽인 것을 '무차별 살인 사건'이라고 표현하던 경찰과 언론들, 칼에 찔려 살해당했는데 강간은 안 당했느냐고 낄낄거리던 남자들, 그리고 여자라서 죽인 거라고 흐느끼는 우리 학교 후배들 앞에서, 굳이 '여자라서 죽였다니 페미냐?'라거나 '페미는 정신병!'이라고 말하던 남자들까지. 정말 그놈들 눈에는 보이지 않았을까요? 정말로 그때 화장실에 남자가 들어왔어도, 그놈이 뒤따라 들어와서 죽였겠어요? 그럴 리 없다는 걸 모두가 아는데도, 아무것도 보이지 않는다는 듯 구는 그 뻔뻔스러움을 생각하면, 정말 억울하고 답답해서 이곳에서 떠날 수가 없는 거예요."

"그래도 조금 부럽네요. 죽은 뒤에 그 많은 사람들이 추모해주는 건."

수수하게 입은, 그러나 손톱 쪽은 화려한 네일아트로 꾸민 여성이 커피를 홀짝이며 끼어들었다. 사람들이 모두 쳐다보자, 그는 어깨를 으쓱해 보이며 말했다.

"저는 바에서 일했어요. 조주기능사 자격증도 있고. 제대로 된 바텐더로 일하고 싶었지만 바에 오는 손님들이 젊은 여자 바텐더에게 바라는 건 칵테일을 잘 만드는 게 아니라, 술 마시면서 젊은 아가씨들이랑 이야기하는 거예요. 원래는 바텐더도 사람이 먹는 걸 다루는 사람들이니까 손톱을 이렇게 화려하게 꾸미거나 하면 안 되는 건데."

바텐더는 자기 손톱을 하나하나 들여다보며 말을 이어갔다.

"옛날 영화 중에 그런 거 있어요. '대학로에서 매춘하다 토막 살해 당한 여고생 아직 대학로에 있다'라고."

"뭐 그런 영화가 다 있어요? 생전 처음 들어보는 제목인데."

"옛날 영화니까요. 2001년인가? 그때 나온 거라는데. 대학로에서 5만 원에 몸을 팔던 여고생이 자기네 학교 선생한테 들키고는 공짜로 해주다가 나중에는 그 선생에게 살해당해요. 그것도 토막 살해. 나중에는 여고생 시신을 재봉틀로 꿰맸더니 되살아나고, 여고생이 전투 머신이 되어서 선생한테 복수하러 오고, 그런 이야기인데. 전에 교양 있고 싶어서, 자기 취향이 딱 있는 사람이 되고 싶어서 일부러 옛날 컬트 영화들 찾아서 보곤 했었거든요. 그때 봤던 건데……. 그땐 대체 이 황당한 영화는 뭔가 했어요. 근데 나중에 보니까, 이 제목 자체가 한국 남자들 로망, 그 자체인 거예요."

"대학로에서 여고생이 매춘하다 토막 살해 당하는 게, 한국 남자들 로망이라고요?"

보험 설계사가 기막힌 듯 물었다. 바텐더가 고개를 끄덕였다. 그의 두 팔이 어깨에서 투둑 하고 잘려 나가더니, 다리와 몸이 분리되고, 다시 머리가 테이블 위로 굴러떨어졌다. 테이블 위에 놓인 바텐더의 머리는 죽어서도, 온몸이 잘려 나간 뒤에도 결코 그 일을 잊을 수 없다는 듯, 원념이 절절히 서린 목소리로 말했다.

"젊고 쌩쌩하고 예쁘고 어린 여자애와의 섹스를 고작 몇만 원에 살 수 있으면 좋겠다, 가능하면 공짜로 했으면 좋겠다는 건 그 남자들 로망이고. 근데 걔들은 또, 다른 남자와 섹스하던 여자애가 감히 자기와 결혼하기를 꿈꾸는 건 있을 수 없는 거다, 기만이고 사기고 죽을 죄다, 토막 살해당해도 싼 일이다, 그런 거예요. 걔들 식으로는 정의 구현이라는 거죠. 설계사님, 저도 일하고 퇴근하다가 손님이라고 왔던 남자 손에 죽었어요. 나는 바텐더고 손님이 생각하는 2차 같은 건 없다고 말을 하는데도 끈덕지게 들러붙더니만, 퇴근 시간까지 기다렸다가 저를 힘으로 끌고 갔어요. 두 번 다시 못 돌아왔죠. 제 시체는 나중에 토막토막이 나서 반쯤 발견되었는데, 죽어도 싸다, 저런 애들이 나중에 몸 팔던 과거 숨기고 결혼해서 남자 등골 뽑아 먹을 거라는 댓글이 잔뜩 달렸더라고요. 제가 이런 이야기를 하면, 여기서 만난 분들 중에도 그렇게 말씀하시는 분들이 계세요. 술집에서 일하다 남자에게 살해당한 너하고, 건실하게 일하다가 억울하게 죽은 내가 같냐고. 면전에서 말씀하시는 분도 계실 정도니, 아마 속으로는 그렇게 생각하시는 분들도 아주 많을 거예요. 저도 알아요. 하지만 말이에요, 학교 다닐 때 모든 사람에게는 인권이라는 게 있다고 배웠는데, 설령 몸을 팔았든, 대학로에서 여고생이 매춘을 했든, 세상에 죽어도 싼 사람이라는 건 없는 거잖아요?"

그 말에 공감한 것이든, 혹은 내심 뜨끔했던 것이든, 아무도 그 말에 대답하지 않았다. 몇몇은 말없이 고개를 끄덕였고, 몇몇은 시선을 피했다. 변호사가 씁쓸한 표정으로 맞장구쳤다.

"여자들이 인간적인 호감을 보이거나, 혹은 단골손님이니까 친절하게 대하는 것조차도, 전부 자기가 쉽게 섹스할 수 있는 상대가 나타났다고 인식하는 거겠죠. 그 여성이 조금이라도 위험하거나 열악한 환경에 놓여 있으면 더 쉽게 어떻게 해볼 수 있다고 생각하고, 그러다가 붙잡혀도 자기 인생에는 별 흠집도 안 날 거라고 생각하고…… 실제로도 그렇고. 자기가 원할 때는 언제든지 여자와 쉽게 섹스하기를 바라면서 그게 받아들여지지 않거나, 그 여자가 다른 남자와 섹스하는 관계라는 것을 알면 분노해서 사람을 죽이고. 어떻게 저런 것들이 사회생활이라는 것을 하는지 저도 가끔 어처구니가 없지만……. 더 갑갑한 건 법원이죠. 여자들이 그렇게 성욕 해소를 위한 물건 취급을 당하는 것에는 무신경하게 넘어가고, 여기 반격을 하면 무슨 큰일이라도 난 것처럼 구는 것 말이에요. 1964년에는 강간당할 위기에 처한 피해자가 가해자의 혀를 깨물어 요만큼 잘려 나갔는데, 경찰은 정당방위를 인정했어요. 하지만 검찰은 고의로 남자를 장애인으로 만들었으니 책임져라, 결혼하면 될 일 아니냐며 피해자를 모욕했고, 법원도 사건 발생 장소에 가해자와 피해자를 데려가서 그 상황을 재연하게 하며 2차 가해를 했어요. 가해자 부모들도 혀가 잘린 것도 인연이니 그냥 결혼시키자고 우겼고. 가해자는 성폭행 혐의가 적용되지 않았고, 피해자는 정당방위 정도를 넘어섰다면서 유죄가 인정되었죠. 그 일이 있고 61년이 지난 2025년에야 그 사건의 재심이 이루어졌고 피해자는 무죄 판결을 받았어요. 무려 61년 만에요."

연아는 눈을 깜빡거렸다. 들어본 이야기였다. 불과 몇 달 전 뉴스에서 그 비슷한 이야기를 본 적이 있었다. 이곳에서 여자들이 말하는 다른 이야기들도 그랬다. 정확히 이 사건이다 싶은 것까진 아니더라도, 비슷한 이야기들은 언제나 있었다. 나도, 당신도, 언제 겪어도 이상하지 않겠구나 싶을 만큼 언제나, 언제나, 언제나. 그때 이제 막 대학에 입학한 새내기처럼 보이는 어린 여자가 입을 열었다.

"저는요, 지방에서 고등학교를 나왔어요. 좋아하는 아이돌 그룹이 있었는데, 그중에서도 A 오빠를 제일 좋아했어요. 제가 살던 곳은 그렇게 번화한 데가 아니었으니까, 콘서트는 살면서 딱 한 번 가봤어요. 그래도 정말 꿈 같았거든요. 그래서 중고등학교 다닐 때 내내 그 생각을 했어요, 공부 열심히 해서 꼭 서울로 학교를 가야지. 그래서 아르바이트 열심히 해서 오빠들 성지 순례도 한번 해봐야지. 왜, 팬들 사이에서는 그런 성지 순례 같은 것도 유행했거든요. 그런 상상도 해봤어요. 오빠들 생각하면서 공부 열심히 해서 서울대나 그런 데 갔다고 하면, 오빠들이 잘했다고 칭찬해 주지 않을까……?"

"그럴 수 있지……. 그래서, 대학은 어떻게 되었어?"

"서울대는 못 갔지만, 인 서울은 성공했어요."

"잘했네."

"남미새, 그러니까 남자에 미쳐서 저런다고 한심해하는 친구들도 있었지만, 저는 정말 진심이었거든요. 저희 부모님도 제가 입시 성공한 건 오빠들 덕분이라고 말씀하실 정도였어요. 그래서 학교생활 열심히 하다가, 방학 때는 오빠들 성지 순례 다니려고 아르바이트 열심히 하고 돈도 모았어요. 오빠들이 간다는 카페며 편집숍 같은 데도 가봤고, 스무 살이 넘으면 오빠들이 자주 간다는 클럽에도 가보려고 했어요. 그런 데 다니다가 운이 좋아서 오빠들을 만날 수 있으면 더 바랄 게 없지만, 그냥 오빠들이 다녀간 공간에 가보는 것 자체가 좋았거든요."

사람들은 고개를 끄덕였다. 1980년대에는 조용필과 마이클 잭슨, 1990년대에는 뉴 키즈 온 더 블록과 서태지, 1990년대 말에서 2000년대에는 H.O.T와 젝스키스와 신화로부터 시작해서 지금까지, 살면서 한 번쯤 아이돌 좋아해 보지 않았던 사람이 얼마나 있었을까? 그런데다 넋을 잃고 아이돌 팬 활동을 하느라 다른 일들을 망쳐버린 것도 아니고, 그 팬심을 원동력 삼아 학생으로서 이룰 수 있는 성취들을 최대한 이뤄냈다는데.

"그래서 스무 살 되자마자, 오빠들이 자주 간다는 클럽에 가봤어요. 들어가면서 마구 들떠서, 여기가 그 아이돌 그룹이 자주 오는 데라고 들어서 와봤어요 하고 쓸데없는 소리까지 했거든요. 근데 거기 직원분이 그러시는 거예요. 마침 그 그룹의

A 오빠가 안쪽 룸에 계신다고. 한번 가보겠느냐고 하시는 거예요. 정말 너무 잘됐다 싶어서, 따라 들어가려고 했는데 직원분이 제 짐하고 폰은 두고 가라고 했어요. 아무래도 A 오빠는 공인이니까, 혹시 제가 사진을 찍거나 하면 불편하시겠죠. 저도 그건 이해했어요."

"아이돌 가수는 공인이 아니라 그냥 얼굴 좀 잘생긴 유명인이고……."

"지금 그게 중요한 게 아니잖아요. 그래서 A 오빠는 만났어요?"

"만났어요……. 아, 정말. 하아."

아이돌을 좋아하는 대학생은 한숨을 쉬더니 자기 머리카락을 쥐어뜯을 기세로 한 번 꽉 쥐었다 놓았다.

"들어가 봤더니 같은 그룹 멤버들도 더 있고, 다른 그룹 멤버들도 있고, 유명한 방송인들, 유명한 유튜버들, 그런 사람들이 예닐곱 명은 있었어요. 여자들도 있었고. 근데…… 그 새끼가 음료수를 권했는데, 거기 약이 들어 있었어요. 마약 같은 것요. 물뽕에 아주 푹 절었다면서. 그리고 기억이 끊어졌다가, 중간중간 기억나는 장면들이 있어요. 그 자리에 있던 아이돌들, 방송인들, 그런 사람들이 낄낄거리면서, "괜찮아. 괜찮아.

좋아하는 오빠가 하는 짓은 뭐든 오케이 아니야?" 그런 말을 하고 있었던 게."

"세상에……."

"나중에 보니까, 신문에 났어요. 마약 과용으로 죽은 대학생이라고요. 그놈들이 저한테 마약을 먹이고 주사까지 놓고는, 치사량이 넘은 줄도 모르고 계속 주사를 놓다가 그만 죽어버리니까 내다 버린 거예요. 그런데도 그 새끼는, 그때 그 자리에 있던 놈들은, 뻔뻔하게도 방송 활동 잘 하고 있다는데! 아무 처벌도 받지 않고!"

대학생이 잡아뜯은 머리카락이 사방으로 흩날렸다. 머리카락 한 가닥 한 가닥이 형광빛으로 반짝거리며 사라졌다. 흐느끼는 눈물들이 동그랗게 방울지며 부서졌다. 허공으로 떠오르는 그 눈물방울들을 손끝으로 휘적이며, 구석에 앉아 있던 또 다른 여자가 말했다.

"저는 이 나라 남자들이, 여자를 일종의 가축처럼 생각한다고 느꼈어요. 내 아내는 내 소유물, 남의 아내는 임자 있는 여자. 다른 나라 남자들도 가부장 노릇 하고 싶어 하지만 한국 남자들이 특히 심해요. 하다못해 가축을 예로 들어도 어느 집 것인지 모를 소나 돼지가 돌아다닌다고 그걸 냅다 잡아먹진 않잖아요. 도둑이니까, 절도죄니까. 그건 되게 기본적인 상식이니까. 자기네 집 가축이라고 아무렇게나 때려서 죽이지도 않아요. 요즘은 동물권도 있고, 안전하게 덜 고통스럽게 잡아야 한다고들 하니까. 근데 여자에 대해서는, 그 최소한의 상식이 없는 남자 너무 많아요."

"그쪽은, 국제결혼 하신 분인가?"

할머니가 물었다. 여자는 고개를 끄덕였다.

"베트남에서 왔어요. 온 지는 십오 년 넘었어요. 한국말은 와서 배웠지만, 원래 영어도 중국어도 할 줄 알았어요."

"아니, 그런 아가씨가 왜 한국에 왔어?"

"모르겠어요. 왜 그랬을까요? 그때는 한국에 가면 새로운 기회가 생길 거라고 생각했던 것 같아요."

베트남에서 왔다는 결혼이주여성은 체념한 듯한 표정으로 말했다.

"한국 사람들은 흔히 국제결혼 한 사람을 보면, 못 사는 나라에서 '신부를 사 왔다고' 말해요. 그러니까 물건 취급해도 된다고 생각해요. 그렇게 결혼을 한 남자 본인도 그런 식으로 생각해요. 내가 너를 천만 원 주고 데려왔다, 천오백만 원 주고 사 왔다, 그런 식으로 말해요. 그런데 그건 한국 남자들 착각이에요. 남편이 소개 회사에 준 돈은, 남편이 베트남에 왔다 갔다 한 항공료, 베트남에 머무르는 동안의 호텔비, 현지 소개 회사의 알선비, 현지에서의 결혼식 비용과 제가 한국에 오는 항공료, 그리고 결혼할 때 서류 수속할 때 필요한 각종 비용과 번역료까지 포함된 금액이에요. 베트남에 와서 일주일 넘게 머무르면서 사람을 소개받고, 자기는 손가락 하나 까딱 안 한 채 남이 준비해 주는 결혼식을 하는데 그 돈이 안 들겠어요?"

"듣고 보니…… 그렇네?"

"물론 결혼을 하니까 신부 집에 돈과 선물을 보내는 건 있어요. 하지만 그건 신부가 물건이라서 사 오는 값이 아니라, 결혼을 하니까 신부 가족들에게 예의를 차리는 선물이잖아요? 대부분의 나라에서는 결혼할 때 전통적으로는 신랑이 신부 집에 선물을 보내요. 신랑이 이렇게 능력 있는 사람이어서 신부를 행복하게 해줄 수 있다고 증명하듯이요. 그래서 한국에서도 당연히 결혼할 때 신랑 집에서 신부 집에 선물을 보내는 줄 알았더니, 한국에서는 신부가 신랑 집으로 예단비를 보낸다면서요? 남편은 제가 한국 여자였으면 당연히 예단비까지 받았을 텐데, 그런 것 하나 없는 베트남 여자를 돈 주고 사 왔으니 뼈가 부서지게 일하라며 타박을 했어요."

"원래는 한국도 신랑이 신부 집에 예물이랑 비단을 넣은 함을 지고 갔지……."

할머니의 말에, 다른 사람들이 '어라!' 하는 표정을 지으며 서로 쳐다보았다.

"오징어 가면 쓰고, 함 지고 갔다는 그것요?"

"그래. 근데 의사 사위를 맞으려면 열쇠가 세 개 필요하다더라, 그런 식으로 여자네 집보다 잘난 사위를 맞을 때는 함을 받는 게 아니라 혼수를 잔뜩 해 가는 것으로 바뀌더니, 나중에는 그냥저냥 한 남자들도 결혼할 때 으레 여자가 혼수며 예단이며 해 올 것을 기대하던데. 여자네 부모님도, 자기 딸이 결혼해서 시집살이하고 구박받을까 봐, 사위며 사돈 집안이 별 볼 일이 없어도 그렇게 싸서 보내고. 그런데 원래는 예단이라는 것도 신랑이 신부 집에 보내는 게 맞아. 예물로 보내는 비단을 예단이라고 했어, 나 어렸을 때는."

기막힌 이야기였다. 결혼이주여성은 기가 막힌지 몇 번이나 한숨을 쉬고 가슴을 쳤다.

"솔직히 우리 남편, 그렇게 별 볼 일 있는 사람 아니에요. 베트남에 와서 신부를 데려가서는, 내가 너를 돈 주고 사 왔다면서 맨날 때리고 걷어차기나 하는 사람이 무슨 별 볼 일 있는 사람이겠어요. 그렇다고 다른 남자랑 바람나거나 하지 않았어요. 남편이 미웠지만 이혼할 생각도 하지 않았어요. 그냥 한국말 배우고, 한국에서 자식 낳고, 동네 아줌마들이랑 같이 일 다니면서 살다 보면 정 붙이고 살 날도 있겠지 했어요. 그런데 그렇게 다니면 웬 낯모르는 아저씨들이 손을 붙잡거나 추근거려요. 얼마면 되냐면서. 한국 남자들 정말, 여자를 물건 취급하는 건 기본이고, 외국에서 온 여자는 더 만만한 줄 알아요. 베트남 여자는 신부로 팔려 온 줄 알고, 태국 여자는 마사지사인 줄 알고, 백인 여자라고 더 취급이 나은 것도 아니에요. 우크라이나 여자, 러시아 여자, 백마, 그런 소리 하면서 어떻게들 희롱하려고 하고."

"한국 남자들이 정말, 개판이지. 미안해요. 정말로 죄송합니다."

변호사가 작은 목소리로 중얼거렸다. 결혼이주여성이 눈물을 슥 닦으며 한숨지었다.

"결국은 맞아 죽었어요. 언제 눈 오는 날 누가 자꾸 추근거리면서 따라오길래, 내가 너무 무서워서 남편한테 도와달라고, 나와보라고 했더니, 나와서는 무슨 물건처럼 끌고 갔어요. 내가 밖에서 얼마나 흘리고 다니면 남자가 따라오냐면서, 겨울에 난로에 불 땔 때 끄는 쇠막대기로 사람을 때리다가 나중에는 발로 차고 밟았어요. 애가 보는 앞에서 내 머리가 깨지고 눈알이 튀어나와도 눈 하나 깜짝 안 하더니, 나중에 이웃 사람이 신고해서 경찰이 온 뒤에는 베트남 마누라가 바람이 나서 도망치려고 했다면서, 자기는 아무 잘못 없는 사람처럼 굴었어요. 사람을 죽여놓고도."

눈물을 닦는 결혼이주여성의 눈에서 눈알이 튀어나오더니 바닥으로 굴러떨어졌다. 그 떨어진 눈알을, 중학생쯤 되는 여자아이가 주워서 셔츠 자락으로 닦아 내밀었다.

"저희 집도 그래요."

중학생은 엄마인 듯한 멍한 얼굴의 중년 여자와, 두세 살쯤 되어 보이는 어린아이와 함께 앉아 있었다. 중학생은 아이가 의자에서 떨어지지 않게 꼭 붙잡은 채, 아주 넋이 나가 있는 제 엄마를 흘끔 쳐다보았다.

"친아빠가 맨날 술 먹고 사람 때리고, 진짜 인간 말종, 그런 사람이었어요. 엄마가 겨우겨우 경찰에 가정폭력으로 신고하고, 이웃 사람들이랑 외가에서 도와줘서 겨우 아빠에게서 도망치고. 그러고 나서 몇 년 있다가 엄마가 진짜 괜찮은 아저씨를 만났거든요. 그 아저씨가 우리 새아빠를 해도 괜찮겠다고 생각했고. 아저씨도 우리 집에서 같이 살기 시작했거든요. 근데 아빠가 나타났어요. 엄마가 요 앞에 잠깐 다녀온다고 나간 사이에. 우체국 등기라고 그랬는데. 아저씨도 사람은 착한데 남자들이 조심성이 없잖아요? 어떻게 확인도 안 하고 그냥 문을 열어요?"

"그럼 친아빠가, 새아빠 될 아저씨에게 해코지를 한 거예요?"

"들어오자마자 칼로 푹 찔렀어요. 아저씨는 저보고 방에 가서 문 잠그라고, 경찰에 신고하라고 했는데. 근데 우리 아빠가 아저씨를 죽이려고 하는데 어떻게 그래요. 저도 아무거나 들고 와서 아빠 쫓아내려고 했는데, 아빠가 아저씨를 찔러서 피가 이렇게 튀고, 저한테도 칼을 막 휘둘렀어요. 아저씨가 그러는 거예요. 자기 딸이라고, 정신 차리라고. 근데 아빠가 뭐라는지 알아요? 얘가 자기 친딸인지 어떻게 아냐면서."

이야기를 하던 중학생의 얼굴이 갑자기 대각선으로 죽 갈라지더니 피가 흘렀다.

"엄마가 문 열려 있으니까 그냥 들어오다가, 아빠가 아저씨를 죽이고 제 얼굴을 칼로 이렇게 베어버린 것을 보고 비명을 질렀어요. 아빠는 엄마한테도 덤벼들어서 배를 푹 찌르더니, 엄마가 보는 앞에서 저를 죽였어요. 눈앞에서 저하고 아저씨가 둘 다 죽어버리니까 엄마는 정신을 놓았고. 그게 다예요. 아, 진짜. 이게 아빠인지, 가정파괴범인지."

"그럼 그 애기는? 애기는 아저씨가 데려온 애야?"

"아, 얘요? 왜, 그 전에 다크웹에 불법 촬영물 잔뜩 올리는 사이트 만들다가 잡힌 놈 있잖아요. 들어보셨죠?"

"당연히 들어봤죠. 저희 학교 앞에서도 그 일로 한참 시위가 있었는데요."

"거기 사이트에, 불법 촬영 당한 사람이 어른들만 있는 거 아니었어요. 학생들만 있는 것도 아니고. 베이비나 인펀트, 그러니까 이런 아기나 영유아 카테고리가 따로 있었대요."

"뭐야, 너무해……."

"얘는 그런 불법 촬영을 당하다가 죽은 애들 중 하나인데, 어쩌다가 보니까 우리랑 같이 있게 되었어요. 저한테 착 달라붙어서 떨어지지 않는 걸 보니까 모르긴 몰라도 그 가정파괴범 같은 아빠의 또 다른 악행 중 하나였던 모양인데. 진짜 생각할수록 말도 안 되는 것 같아요. 이런 애기한테 대체 무슨 짓을 한 거예요? 딸까지 둔 아빠가 되어서는. 인간이 양심이 없어요?"

"양심 좋아하네. 사내놈들에게 양심 같은 비싼 게 어디에 있어?"

칠순이 넘은 듯한, 초라한 옷차림의 할머니가 소리쳤다.

"평생 뼛골이 빠지게 키우고 가르치고, 과부가 되어서도 아들 하나 믿고 죽을 힘을 다해 일하면서 살았거늘. 아들이라는 놈은 제 어미 돈을 곶감 빼먹듯이 빼먹기나 하면서 백수로 지내다가, 돈을 안 준다고 어미를 목 졸라 죽였어. 머리 검은 짐승 기르는 게 아니라더니, 그게 내 자식새끼를 두고 하는 말인 줄은 죽으면서야 알았네. 이웃집의 다른 과부는 슬하에 딸 하나뿐이라, 내가 같은 과부라서 서로 의지하며 지내면서도 내심 그래도 내가 사정이 더 낫지 하였지. 딸이야 시집보내면 남이고 출가외인인데, 아들 둔 내 신세가 나아도 훨씬 낫겠구나 하였지. 그런데 웬걸, 남의 집 딸자식은 학교 선생이 되었다가 지금은 유치원 원장이 되어서 사회에서 존경받고, 제 어미를 그렇게 극진히 모시는데, 아들이라는 놈은 제 어미를 마지막 한 푼까지 털어먹고, 마지막에는 돈 안 준다고 목을 조르다 못해 숨이 끊어질 때까지 베개에 온몸을 실어서 누를 수가 있어, 어떻게……?"

아들에게 살해당한 할머니가 피눈물을 흘릴 때마다, 그 눈물은 불꽃이 되어 활활 타올랐다. 사방에 불이 옮겨붙는 것을 막으려는 듯, 다른 여자들은 함께 눈물을 흘리며 그 불꽃들을 덮었다. 그때였다. 제일 처음에 이야기를 하던, 무차별 살인에 당한 할머니가 소스라치게 놀라며 소리쳤다.

"내 새끼!"

할머니가 안고 있던, 피에 젖어 붉게 보이는 원피스를 입고 있던 손녀 아이가 점점 희미해지더니 할머니의 품에서 모습을 감추었다. 할머니는 울음을 터뜨렸다. 그리고 카페 안쪽에서, 바이올린 케이스를 등에 멘 젊은 여자가 걸어나와 한 자리를 차지하고 앉았다.

"그래도 다행이에요. 애기는 숨이 돌아온 모양이죠."

그 모습을 지켜보고 있던 연아의 눈이 휘둥그레졌다. 바이올린 케이스를 메고 온 여자는, 연아가 잘 아는 사람이었다. 같은 예고를 나왔고 대학에서도 선배였던 언니, 수강생을 구한다고 유튜버 활동을 하면서 악기나 활 광고 영상 같은 것을 소소하게 찍어 수입을 올리다가, 그만 스토커가 붙는 바람에 유튜브도 접고, 학교도 휴학했던 선배였다. 음악을 전공한다고 하면 다들 집이 잘사는 줄 알지만, 의외로 집안은 평범하다고 했던, 그래서 일반인 대상 레슨도 많이 하고, 어떻게든 레스너로서 수입을 이어가야 한다는 말을 웃으면서 하던.

"이승과 저승 사이에 그렇게 오래도 걸려 있어서, 저는 다음 자리에나 나올 줄 알았는데. 그래도 애기라도 돌아갈 수 있어서 다행이죠……. 할머니, 울지 마세요. 애기는 살았으니까. 엄마 아빠가 있으니 괜찮을 거예요."

연아의 눈에서 눈물이 흘러내렸다. 여기 와서 자리를 잡고 앉았다는 것이 무슨 뜻인지, 연아는 이제 안다. 언니는 죽었다. 그것이 집착이든 폭력이든 소유욕이든 다른 무엇이든, 혹은 사람을 사람으로 보는 게 아니라 그저 소유물이나 장난감이나 노리개나 현금 인출기로 보았든 간에, 남자들의 더럽고 추잡스러운 이기심에 휘돌려서 억울하게 죽었을 것이다. 저기 억울하게 죽어 앉아 있는 열다섯 명의 여자들에게도 저마다의 인생이 있었다는 것을, 그들은 모른다. 법원도, 경찰도, 언론조차도 그 사실만은 너무 쉽게 잊어버린다. 그 사실이 분하고 한스러워서, 연아는 그만 울음을 터뜨리고 말았다. 언제 그 가없는 어둠이 사방을 덮었냐는 듯이 저물어가는 햇살이 하늘을 뒤덮고, 수많은 네온사인이 초저녁부터 환한 빛을 발하며 결코 불이 꺼지지 않는 도시, 서울의 저녁을 수놓는 가운데, 두어 걸음만 더 가면 펼쳐질 강남대로 위로 수많은 차량과 인파가 평범하게 산 사람들의 세상을 오가고 있다는 것조차 깨닫지 못한 채였다.

연희 이야기
4

신연아는 대체 이게 무슨 일인지 이해해 보려는 듯 주위를 두리번거렸다. 스무 살이 넘을 때까지 아버지에게 여동생이 있다는 사실조차 몰랐는데, 갑자기 고모라면서 나이조차 짐작하기 어려운 여자가 나타난 것도 놀랄 일이었지만, 그 고모라는 여자와 함께 온 할머니가 누구인지에 대해서는 아무도 말해주지 않았다.

"신연희라고 해. 네 고모 맞고."

연희는, 신경안정제 때문에 자꾸만 잠기운이 몰려드는데도 어떻게든 이 상황을 이해해 보려 애쓰는 이 아이의 머릿속에 지금 수많은 막장 드라마 플롯들이 떠오르고 있다는 것을 눈치채고 얼른 말했다. 연아는 조심스럽게 물었다.

"저…… 처음 뵙는 거죠?"

"응. 사량도에서 도자기만 빚느라 한참 서울에 안 왔더니, 그새 조카가 태어나서 이렇게 자랐네."

"사량도…… 요?"

"통영 근처의 섬이야. 거기서 작은 도예 공방을 하고 있어."

그때 뒤에서 침묵을 지키고 있던 금선이 입을 열었다.

"꼴을 보니, 이 댁 대주께선 아기에게 아직 아무 말도 하지 않았구만."

"……."

"변호사라고 하셨으니 이런 일은 믿지 않고, 믿고 싶지도 않겠지만, 그래도 이런 일은 부모가 먼저 운을 떼어야지요. 아무리 고모라고 해도 오늘 처음 만난 사람이 그런 말을 하면, 요새 사람인 이 아기가 어떻게 믿겠어요."

"…… 죄송합니다, 어르신."

원일은 짧게 대답하며 고개를 숙였다.

오늘 병원 로비에서 연희가 자신의 신어머니인 금선을 소개했을 때, 원일은 혹시 이 사람도 무속인을 빙자한 사기꾼은 아닌가 싶어 의심을 거두지 못한 채 금선을 무례할 정도로 훑어보았다. 그때 금선이 굳은 표정으로 말했다.

"애란이 세상 떠났을 때, 우리 연희가 그쪽 대주에게 몇 번이나 전화를 걸었는데."

"……."

"받지도 않는 전화, 자동응답기에 몇 번이나 전화를 하고, 그쪽이 연락이 없으니까 나를 붙잡고 눈물도 다 마른 얼굴로 말을 했었지요. 어머니, 이모가 돌아가셨다는데 오빠는 어떻게 연락 한 번이 없을까요, 오빠에게도 무슨 일이 있는 것은 아닐까요 하고."

"그건……."

"애란이가 선부인의 동생이 되니, 그쪽에게도 이모일 텐데. 어쩌면 그렇게 박정해요? 팔자가 기박하여 신을 모시는 몸이 되었으면, 한 분뿐인 이모나 한 명뿐인 누이동생이라도 혈연도 아니고 아무것도 아닌가요? 대주의 따님도 신가물이라 고생이 심하다고 들었는데, 만약에 아기도 신을 모시는 몸이 되면 딸이라도 두 번 다시 안 볼 건가요?"

원일은 차마 대답하지 못했다. 그리고 내내, 병실에 올라올 때까지 금선에게 눈길을 두지 못한 채 어쩔 줄을 몰라 하고 있었다. 연희는 큰 소리 한 번 내지 않고 원일을 꼼짝 못하게 만들어버린 금선과, 그의 몸주이신 장군신의 위엄에 새삼스레 감탄하는 한편으로, 장군신의 권위에 짓눌려 당황하여 어쩔 줄 몰라 하는 원일의 모습이 조금 우습고 딱하게 느껴졌다. 어릴 때는 정말 어른처럼 느껴졌던 사람이었는데, 십칠 년 전 마지막으로 전화 통화를 했을 때에도 자신은 잔뜩 겁을 먹고 위축되어 있었는데, 금선을 보니 알겠다. 제가 두려워하던 원일은 아홉 살 때 마지막으로 보았던, 그때의 연희보다 두 배는 더 살았던 어른인 원일이었다는 것을. 자신은 아직까지도 그때의 그림자를 붙든 채로, 원일을 생각하면 다시 아홉 살 난 어린 아이로 돌아가 두려워하고 있었을 뿐이라는 것을.

그때 금선이 연아의 침대 곁으로 다가가, 침대 모서리 쪽으로 눈에 띄지 않게 부적을 밀어넣으며 상냥한 목소리로 말을 걸었다.

"그래, 아가야. 나는 네 고모의 수양어미 되는 사람이다. 네가 며칠을 깨어나지 못하고 깊이 잠들었을 때 뭔가 꿈을 꾸지 않았느냐. 그 꿈 이야기 좀 들려주련."

"옛날에는 굿판을 벌였을 때 동네 사람들에게 장대를 쥐어 보게 했어요. 그런데 간혹 그냥 손만 댔는데도 그 장대가 덜덜 떨리는 사람이 있었답니다. 신이 내리면 그렇게 된다고들 했지요."

병원 근처, 원일이 예약해 둔 한정식집의 안쪽 룸에서, 금선은 말소리가 안으로 모여드는 듯한 목소리로 나직하게, 마치 옛날이야기를 하듯이 굿판의 이야기를 했다. 무당이라면 질색을 하던 원일도 그 목소리에는 고개를 숙이고 가만히 귀를 기울였다. 모르긴 몰라도, 이분이라면 딸인 연아의 문제를 해결해 줄 수 있을 거라는 믿음이 생긴 모양이었다.

"여자애들은 학교 다닐 때 빨간 볼펜 들고 귀신 부르는 놀이도 곧잘 합니다. 분신사바 같은 것. 연희가 어릴 때 나도 그렇고 애란이, 그러니까 대주의 이모님도, 자칫 잘못하면 허주 씌이니까 웬만하면 하지 말라고 그렇게 잔소리를 했었답니다. 그런데 똑같이 분신사바를 해도 정말로 그 빨간 볼펜이 슥 미끄러지듯이 움직이는 아이들이 있어요. 아니면 유난히 꿈이 잘 맞거나, 남의 태몽을 꾸어주었다거나 하는 사람도 있고. 원래가 영적으로 예민한 사람들이고, 신가물이라고도 하는데, 이런 사람들에게는 허주가 들러붙기도 쉽지요."

"허주라는 게 정확히 뭡니까."

"그냥 잡귀나 별 볼 일 없는 신령, 아니면 별 능력 없는 조상 같은 이들 말이지요. 그런 것은 굳이 신내림을 받을 필요도 없어요. 잘 달래서 떠나보내고, 혹은 영적으로 너무 예민한 상태가 되어서 스스로를 지킬 만한 상황이 아니다 싶으면 종교를 하나 정해서 꾸준히 믿는 것도 도움이 되고. 그런데도 요새 자꾸, 일단 내림굿을 받아야 한다는 무속인들이 많은 것도 사실이고."

금선은 말을 하다 말고 근심스럽게 한숨을 쉬었다. 원일도 긴장이 되었는지 마른침을 삼켰다.

"신병, 무병이라는 사람들 중 대부분은 홧병이나 정신질환이에요. 조현병이라든가 다중인격, 요즘은 뭐라고 하지?"

"해리성 장애요."

"그래, 해리성 장애 같은 것. 그래서 열에 여덟아홉은 병원에 가서 약을 먹으면 가라앉아요. 그게 정상인데, 간혹가다 정말로 큰 신령이 지피시는 경우가 있어요. 나도 그랬고, 여기,

우리 연희도 그랬지요."

금선은 말을 하다 말고 연희를 돌아보았다. 건너편에 앉은 원일의 시선도 잠시 연희를 향해 불편하게 돌아섰지만, 그것도 잠시였다.

"아까 제가 꿈 이야기를 했을 때 대주도 들으셨지요. 아가가 꾸었다는 긴 꿈 이야기를, 강남대로에서 여러 명의 여자들이 저마다 자기가 어찌 죽었는지 이야기했다고요. 그 꿈은 선몽입니다. 몸주신께서 무당에게 들려주시는 말씀이지요. 제가 보기에 아가에게 지핀 것은 허주가 아닌, 그 아이를 지켜주고 무업으로 인도하실 대신이신 것 같습니다."

원일은 후식으로 나온 차를 한 모금 마시고, 다시 금선에게 물었다.

"어르신, 저도 제 딸의 일이라 이것저것 찾아도 보고 물어도 보았습니다만, 집안에 무당 조상이 있으면 자손들이 대를 이어 신을 받는다는 말을 들었습니다. 그게 맞습니까?"

"대를 이어 무당을 하는 집이 있기는 있지요. 그런 것을 세습무라 합니다. 그런데 세습무는 신을 받는 게 아니에요. 친정어머니가 딸에게 가르치는 것도 아닙니다. 무당 집안 딸은 어머니의 무업은 어깨너머로만 보아 익히고, 다시 무당 집안에 시집을 가서 시어머니에게 배워서 무당이 되지요. 간혹 그런 집안에서 핏줄로 대를 이어 여러 대에 걸쳐 신내림까지 받는 것을 무당부리가 있는 집이라고 말하지만, 대주 댁 외가는 체질적으로 신가물이 많이 나긴 해도 그런 집안이 아닙니다. 대주의 이모님도 강신을 받아 무당이 되었고, 연희도 그렇고, 저 아가도 그렇습니다. 이건 집안 탓이 아니에요. 그보다는 아가가 뭔가 큰일을 겪은 게 아닌가 싶습니다."

"……."

"큰일이 날 뻔했다가, 신령님께서 아가를 구해주신 게 아닌가 싶습니다만."

"큰일이라면…… 어떤 일을 말씀하시는 겁니까?"

"사람마다 다릅니다."

금선은 담담하게, 그러나 안쓰러움이 담긴 표정으로 말했다.

"사고를 당할 뻔하거나, 죽을 위기를 넘기거나, 젊은 아가씨라면 남자에게 욕을 당할 뻔하거나. 여기 이, 연희는 그 자동차 사고 때 이 아이의 몸주신이 되신 산신 할머니께서 감싸주셨지요. 이 아이가 가족들을 해친 게 아니라요. 무슨 말인지 아시겠습니까?"

원일은 착잡한 표정으로 차를 마저 마셨다. 연희는 차와 함께 나온 떡을 집어 먹다가, 문득 벼락처럼 날아들어 쏟아지는 생각에 자기도 모르게 몸을 떨었다. 무당 노릇은 안 한다고 했는데, 점을 보거나 굿판을 벌이지 않더라도 때때로 그의 몸주신은 이렇게 보고 싶지 않은 것을 보여주시고야 만다. 연희는 떡을 억지로 삼키고 물을 마셔 넘기더니, 희번득거리는 눈을 하고, 다른 누군가의 목소리 같은 걸걸한 목소리로 말했다.

"…… 상사뱀이 있구나."

원일의 표정이 굳어졌다. 금선이 얼른 머리를 낮추며 공손하게 물었다.

"대신께서 무엇을 보셨습니까?"

연희는 대답 대신 대신 몸을 부르르 떨다가 어느 순간 축 늘어지듯이 금선의 어깨에 기댔다. 금선은 딱한 아이라고 중얼거리며 연희를 쓰다듬었다. 연희는 식은땀을 줄줄 흘리며 들릴락 말락 한 목소리로 속삭였다.

"…… 이모가 왔어요."

"응?"

"연아를 구해주고, 지금도 연아 곁에 계신 분이…… 이모라고요."

"상사뱀이요?"

연아는 그 단어를 몇 번이나 입안에서 굴려보며 금선과 연희를 올려다보았다. 생전 처음 들어보는 말이었지만, 기묘하게 불쾌한 단어였다.

"상사병이라는 말은 너도 들어보았을 거다, 아가. 상사뱀이라는 것은, 그 상사병이 만들어낸 괴물이지."

"상사병이라면…… 누가 저를 좋아한다는 거잖아요."

금선은 고개를 저었다.

"그게 아니란다, 아가야. 사람을 좋아하는데 이루어지지 않아서 마음이 아플 수는 있지만, 그 마음만으로는 남을 해치지 못해. 남을 좋아한다고 해서 다들 병에 걸리는 것도 아니란다."

"그러면……?"

"남을 좋아하는데 이루어지지 않아서 우울증이 온 거라면 병원에 가서 약을 먹으면 되지. 하지만 남을 소유하고 제 마음대로 하고 싶어지는 잘못된 집착이나 이기심, 그릇된 정욕은 사람을 해치는 법이다. 내 말이 무슨 뜻인지 알겠니?"

"스토커…… 같은 것 말씀이시죠?"

연아는 어두운 표정으로, 들릴락 말락 한 목소리로 중얼거렸다. 원일이 한숨지었다.

"믿기지 않지만, 그 말씀 그대로입니다. 물론 짐작 가능한 범주의 일입니다만……. 젊은 여자애가 당할 만한 큰일이라는 게 그렇게 다종다양한 것도 아닐 테니."

"대주께서는 젊은 여자아이들이 그런 정욕과 이기심 때문에 얼마나 많이 죽고 다치는지 잊으셨나 봅니다. 연아가 꾼 꿈에서만도 얼마나 많은 여자들이 죽었던가요."

"알고 있습니다. 저도 그래서 딸을 지키려고 할 수 있는 일은 다 했지요."

원일은 입술을 씰룩거리며, 생각만 해도 불쾌하고 지긋지긋하다는 듯한 태도로 대꾸했다.

"설령 내 딸에 비해 턱없이 부족한 놈이라도, 내 딸을 좋아한다고, 뭐든 하겠다고 당당하게 나설 수 있는 놈이라면 또 모르겠습니다. 그런데 이놈은 그런 것도 아니었어요. 무슨 유튜브에, 그래요, 우리 딸 학교 선배가 찍는 유튜브라고 하더군요. 거기 우리 딸이 같이 출연해서 악기 이야기를 한 적이 있는데, 처음에는 거기에 대고 우리 연아를 자기 신부라고 댓글을 달더군요. 정말 불쾌하지만 사회 부적응인 놈인가보다 하고 넘어갔더니, 연아에게 DM으로 수상쩍은 사진이며 영상 같은 게 날아오는 게 아니겠습니까?"

연희는 원일이 하려는 말을 바로 알아들었다.

"AI 같은 걸로 합성한 영상? 포르노 같은 것에 합성해서?"

"그래, 그런 것 말이다. 영상 앞부분에는 우리 애 학교, 전공, 이름이랑, 평범하게 SNS에 올린 사진들이 올라와 있고, 뒤에는 우리 애 얼굴을……. 그런 조악하고 한심한 영상을 보내면서, 자기가 요구하는 대로 벗고 포즈를 취한 사진을 보내지 않으면 이 영상을 퍼뜨리겠다고 협박을 했다더군. 어처구니가 없어서……."

원일은 말을 하다가도 화가 치밀어 오르는지, 병원 베드의 난간을 붙잡은 주먹을 꽉 쥐었다 놓았다. 연아는 몸을 잔뜩 웅크린 채, 조심스럽게 손을 뻗어 원일의 손등을 쓰다듬었다. 원일은 손을 확 빼어 들다가, 연아가 잔뜩 기죽어 있는 모습을 보더니 손을 뻗어 딸의 뒤통수를 쓰다듬었다. 금선이 두 사람을 물끄러미 바라보다가, 천천히 입을 열었다.

"그래서 그 남자는 죽었습니까?"

"…… 시키지도 않았는데 알아서 뒈졌습니다."

금선은 고개를 끄덕였다. 원일은 입가를 씰룩거리다가, 고개를 들며 금선을 바라보았다.

"제 딸이 그 DM을 가져와 제게 보이며 무섭다고 말했을 때, 어르신, 마음 같아서야 그놈의 새끼를 죽여버리고 싶었습니다. 하지만 저도 법을 다루는 사람입니다. 그런 놈을 벌하는 것은 법의 일이지, 사적인 보복을 하면 안 된다는 것 정도는 너무나 당연하지 않습니까?"

"그렇지요."

"그런데 그놈은, 그저 경찰에서 출석요구서가 날아온 것뿐인데도 자기는 억울하다면서……. 범인은 네가 잘나면 얼마나 잘났느냐, 네 몸에는 무슨 금칠을 한 줄 아느냐며 입에 담지 못할 DM을 보내더니, 학교 앞까지 나타났습니다."

연희는 원일의 이야기가 어디서 많이 들었던 이야기라고 생각했다. 틀림없이, 어제 읽었던 한달 전 뉴스 기사 속 이야기였다. 게다가 죽었다는 그 남학생은…….

"저는 할 수 있는 일을 다 했습니다. 경찰을 통해 그놈을 압박하고, 사설 경호원을 붙이기도 했어요. 물론 학교 건물 안에서는 한계가 있었습니다만, 적어도 학교 오가는 동안에는 사고가 없도록 말입니다. 연아도 조심을 많이 했습니다. 학교에서도 꼭 친구들과 함께 다니고, 잠시라도 혼자 있는 일이 없도록 주의를 기울이고 있었지요. 그날도 연아가 강의 듣고 나서 친구들과 함께 점심을 먹으러 나오는데, 그놈은 어디서 기다렸는지 바이크로 풀 악셀을 밟아 연아를 향해 전속력으로 달려왔습니다. 그때 어찌 된 일인지 학교 분리수거장 쓰레기차의 브레이크가 풀려 죽 미끄러졌는데, 그놈은 그 쓰레기차에 깔려 즉사했습니다. 경찰 조사 결과 그놈의 가방에는 식칼과 함께, 밧줄이며 청테이프 같은 것이 들어 있었다더군요."

"…… 나무 관세음보살."

"하지만 언론에서는 뭐라고 기사를 냈는지 아십니까? 우리 연아가 그놈과 사귀는 사이였다고, 여자가 배신을 해서 홧김에 저지른 범죄라고, 말도 안 되는 소리들을 지어내고 있었습니다. 내 딸은, 우리 연아는 그 일로 충격을 받고 쓰러져서 정신도 못 차리고, 기어이 무병까지 들어서 고통을 받고 있는데. 내 딸을 죽이려 한 놈은 마치 나쁜 여자를 잘못 만나서 인생을 망친 불쌍한 청년이라는 식으로……."

원일은 분통을 터뜨렸다.

"그놈의 부모도 다를 바가 없습니다. 그 자식에 그 부모라고, 애비 에미라는 사람들이 자기 자식이 무슨 잘못을 했는지는 생각도 하지 않고, 그저 출석요구서 한 번 받고 경찰서 한 번 다녀온 것뿐인데도 경찰의 강압 수사로 아들이 죽었네, 별것도 아닌 일에 고소를 하네, 여자 부모가 얼마나 대단한 사람이면 사람을 죽여놓고도 고개를 들고 다니네, 그런……."

"진정해요, 대주. 그리고 아가야."

금선은 연아를 돌아보며 다정하게 말했다.

"지금 그 상사뱀이 너를 찾고 있구나. 그렇지 않아도 잘못된 정념으로 너를 괴롭히다 죽었는데, 네가 신을 보고 듣기에 민감한 체질이다 보니 자칫 잘못하면 큰 사고가 날 것이다."

"어떻게…… 해야 하는데요."

"계속 졸리고 잠이 쏟아졌지? 한번 잠들면 깨어나지 못하고? 네 대신 할머니께서 너를 보호하고 계신 거였다. 오늘은 나를 만나려고 이렇게 일어나 앉아 있다만, 아마 오늘 우리가 돌아가면 또 며칠간 깊은 잠에 빠질 거야. 그래도 걱정하지 마라. 네 고모와 내가, 일단 그 상사뱀부터 어떻게 해결해 보마."

괴담 넷

예대생들 뱀 조심해라

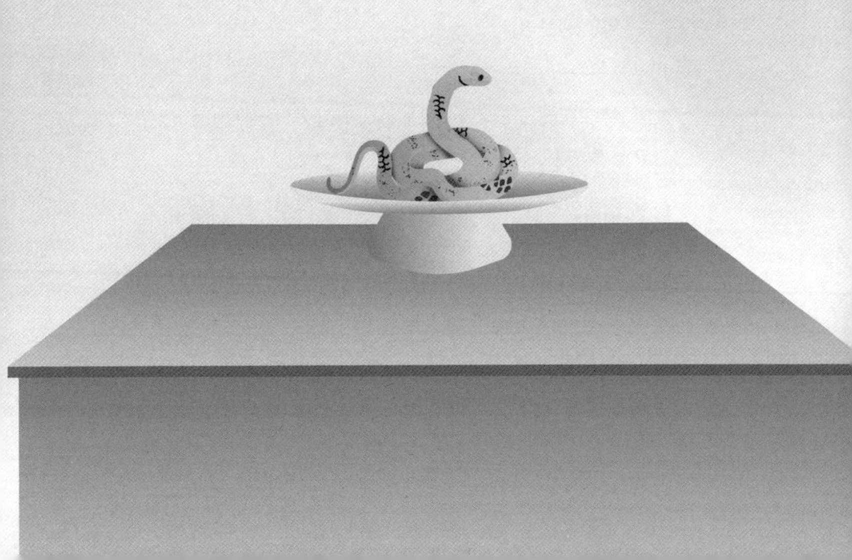

익명게시판

익명
202X/04/30

예대생들 뱀 조심해라

아까 아침 일찍 누가 비명 질러서 가봤더니
예술관 1층 로비에 뱀 허물 있었음.
황당해서 죽는 줄 알았음.
누가 화단에서 주워다가 여기다 떨구고 간 게 아니라면
건물 안에 뱀이 있다는 이야기잖아?

등록금도 존나 비싼 학교에
이런 것 관리도 하나 못 하고 뭐 하는지 모르겠지만
어쨌든 뱀 조심!

익명1

예술관 1층이면 어느 쪽? 미대? 음대?

↳ **익명(글쓴이)**

음대. ㅠㅠㅠㅠㅠㅠ
거기 1층에 오케스트라 연습실 있는데 악기 케이스에 뱀 들어갔다고 생각하니 소오름 ㅠㅠㅠㅠㅠ

↳ **익명1**

으아아아악! ㄷㄷㄷㄷㄷㄷㄷ 상상해 버렸어. ㅠㅠㅠㅠㅠㅠ

익명2

사진 있어?

↳ **익명(글쓴이)**

그런 걸 왜 찍어? 폰 갤러리 들어갈 때마다 놀라게.

근데 경비아저씨도 봤고 나 말고도 본 사람 더 있음.

오늘 파트 연습하러 일찍 온 사람 중에 비명 듣고 나와 본 애들 꽤 된다.

↳ **익명3**

나랑 내 친구도 봤음.

2바이올린 파트 연습하던 애들은 거의 다 봤어.

↳ **익명4**

무섭…….

익명게시판

익명
202X/04/30

어제 예술관 앞 교통사고 그거 뭐야

뉴스에 나오던데.

익명1

아, 바이크 탄 사람이 쓰레기차에 깔려 죽은 거 말이지?
나 어제 그 자리에 있었는데 완전 끔찍했어. 차바퀴 밑으로 피가 이렇게 쏟아져 나오고 차 후진시키는데 사람이 아주 납작하게 깔려 있어서 애들 다들 비명 지르고 도망가고 난리도 아니었다.

↳ 익명2

고인의 명복을 빕니다.

↳ 익명3

뉴스 보니까 여자 친구에게 배신당하고서 복수하려고 그랬다는데 그러면 사람 치어 죽이려고 했다는 거야?

↳ 익명1

그런거야? 여자가 잘못했네.

↳ 익명4

혹시 여자가 사주해서 벌인 사고는 아니지?

↳ 익명5

누가 사주해서 난 사고면 차라리 낫지.
쓰레기차에 아무도 안 타고 있었다는 게 진짜 호러.

↳ 익명5

사정 모르고 여자부터 욕하지 말기.
언론에서 말한 여자 친구는 우리 학교 학생이고실제로는 여자 친구도 무엇도 아니야. 그 남자는 스토커라고 해야 하나, 싫다는데 자꾸 연락하고 괴롭히던 사람이고.
하마터면 그 정신 나간 남자 때문에 우리 학교 학생이 죽을 뻔했어.

↳ 익명5

스토커인지 아닌지는 모르는 거지.
요즘은 남자가 불리한 세상이라서 남자가 좋아해서 고백했는데 여자 마음에 안 들면 스토커로 몰리는 세상이잖아?

↳ 익명2

사람 죽었는데 그렇게 남자한테 욕부터 박으면 좋냐?
하여간 페미들은 낄 데 안 낄 데를 몰라요.

↳ 익명7

나도 스토커라고 들었지만 백번 양보해서 그 남자가 여자한테 배신당했다고 치자. 그러면 오토바이 몰고 와서 사람 죽여도 됨?

↳ **익명3**

진짜 죽이려고 한 건지 어떻게 알고?

↳ **익명8**

너희는 뉴스 기사를 읽다 말았냐?
그 남자 가방에 칼하고 밧줄, 청테이프 같은 게 들어 있었어.
오토바이로 들이받아서 죽이든가, 최소한 납치하려고 했겠지.
사람이 죽었으니 고인의 명복을 비는 건 안 말리겠는데, 그 남자가 죽은 건 자업자득이라고 생각해.
나도 그때 그 자리에 있었지만 예대 애들 우루루 나오던 때였고 그때 그 사고가 일어나지 않았으면 그 오토바이에 누가 치어서 죽거나 다쳤을지 몰라.

↳ **익명(글쓴이)**

고인의 명복을 빕니다.
그래서 그 여자 친구인지 스토커 피해자인지는 누군데? ㅋㅋㅋ

익명게시판

익명
202X/05/02

몸에 좋고 맛도 좋은

뱀이야~~~~~~ 할 줄 알았지?

익명1

교수님, 여기서 이러시면 안 됩니다.

익명게시판

익명
202X/05/04

뱀 진짜 나옴 내가 봤음

예술관 2층 여자 화장실에서 뱀 봤다.
쓰레기통 옆에 숨어 있다가 벽 밑으로 해서 청소도구함으로 도망가더라.
ㅅㅂ 존나 커. ㅠㅠㅠㅠㅠㅠ

익명1

지리지 않았고?

↳ **익명(글쓴이)**

껴져 ㅅㅂㄹㅁ

익명
202X/05/07

경찰이 강압 수사를 했다던데

음대 미대 익명들은 다들 기억할 거야.
지난주에 예술관 건물 앞에서 교통사고가 크게 났잖아.
사람이 쓰레기차에 깔려서 산산조각이 났고, 지금도 핏자국이 남아 있고.
고속도로도 아니고 학교 안에서 어떻게 이렇게 사고가 크게 날 수 있나, 다들 그런 생각 안 해봤어?

지금 그 돌아가신 분 부모님이 경찰서 앞에서 1인 시위하고 계신다더라. 경찰이 강압 수사를 해서 아들을 죽음으로 몰아넣었다고.
뭔가 우리가 모르는 억울한 게 있는 거 아니야?

익명1

강압 수사는 무슨.
출석요구서 받고 경찰서 한 번 갔다는데.

↳ 익명2

관계자야?

↳ 익명1

ㄴㄴ 호적메이트가 경찰서 출입 기자야.
옆에 있어서 물어보고 쓰는 건데,스토킹 혐의로 불러서 조사했는데 조사한 다음 날 그 사고를 쳤다나 봐.
본인만 죽었으니 망정이지, 만약 피해자를 납치했거나 바이크로 밀어버렸으면 경찰들 난리 날 뻔했다고 들었어.

↳ **익명(글쓴이)**

가족에게 따로 들었으니까 이런저런 생각이 있겠지만 그래도 말을 그렇게 하면 안 된다고 생각해.
경찰이 강압 수사하다가 사람을 죽음으로 몰아넣은 게 어디 한두 번이었어? 난 경찰들 말 걸러서 듣지 않고 곧이곧대로 듣는 건, 강압 수사에 동조하는 일이라고 생각해.

↳ **익명1**

너 좀 말을 이상하게 한다.
어떤 사람이 경찰 조사를 받고 나서 자살을 했는데 강압 수사 때문이라는 말이 나왔으면 네 말이 맞아. 근데 그 사람은 다른 사람을 죽이려고 한 거라고.그게 한 사람을 딱 지목한 건지, 우리 학교 학생 아무나 묻지마 살인하려고 한 건지는 몰라도 사람을 들이받으려고 했고, 가방에서 흉기도 나왔다는데 무조건 그 사람이 무고하다고 생각하는 것도 아니지 않냐?

↳ **익명3**

근데 애초에, 여자 친구에게 배신당해서 복수하려고 했다는 말은 어디서 나온 거야?
스토커인 거야, 배신당하고 복수한 거야? 어느 쪽이 맞아?

↳ 익명1

잠깐만 기다려봐.

↳ 익명(글쓴이)

너희는 어떻게 생각할지 몰라도 나는 아버지가 예전에 학생운동 하다가 고문당하셨어서 경찰이 강압 수사를 했다는 주장이 있다면, 그 사람을 무조건 스토커나 살인범으로 몰아선 안 된다고 생각해.

↳ 익명4

한국에서 어지간하면 스토커로 사람 잡아넣기 힘들어.
고소를 해서 경찰에서 조사했을 정도면 뭐라도 문제가 있었을 거야.

↳ 익명5

솔직히 음대생들 중에 금수저들 많지 않냐?
부모님 빽으로 경찰에 어떻게 했을 수도 있지.

↳ 익명1

호적메이트 말이 스토커인지 둘이 사귄 건지는 확실하지 않대.
다만 그 사람이 우리 학교 음대생한테 DM으로 뭔가 협박했던 거랑 가방에 그 음대생 이름을 잔뜩 적고 죽어 죽어 죽어 하고 적어놓은 종이가 나온 것도 사실이래.

↳ 익명1

DM 주고받고 그랬으면 정말 사귀었던 거 아냐?

↳ 익명4

우리 익명이는 눈이 없어요? DM을 주고받은 게 아니라 협박했다잖아. 그게 어디가 사귀는 사이야?

↳ 익명6

사귀다가 여자가 배신하니까 동영상이나 사진같은 거 푼다고 했나 보지.

↳ 익명4

익명아 그거 범죄다. 누가 스레드 보면 우리 학교엔 성범죄자만 있는 줄 알겠어요.

↳ 익명6

너나 잘하세요. 페미 탈출은 지능순. ㅋ

익명게시판

익명
202X/05/08

바이올린 전공하는 S모씨

지난주 그 교통사고 이후로 학교 안 나오는데
걔가 그 문제의 '여자 친구'인 거지?

익명1

야야, 조심해. ㅋㅋㅋㅋㅋㅋㅋㅋ
너도 강압 수사 당할라. ㅋㅋㅋㅋㅋㅋㅋㅋ

↳ 익명(글쓴이)

근데 봐라?
그 교통사고가 난 게 지난달 29일이었어. 학교에 뱀이 나오기 시작한 게 30일이었고.
그 사고 난 다음 날부터 뱀이 나오는 데다 강압 수사 당했다는 말도 있는데 그 뱀이 그 죽은 남자 원혼 아니냐?

↳ 익명2

ㅋㅋㅋㅋㅋㅋ 지랄한다.

↳ 익명3

ㅋㅋㅋㅋㅋㅋ2
만약에 정말 그런 거라면 그 S씨가 책임져야지.

굿을 하든 영혼결혼식이라도 해주든.
근데 뱀=죽은 남자, 이거 어떻게 증명?

↳ **익명4**

등신 새끼. ㅋㅋㅋㅋㅋㅋ AI한테 물어봐라. 학교에 원혼이 나오는데 어떻게 하냐고.

↳ **익명5**

데몬 헌터스 불러야겠네. ㅋㅋㅋㅋㅋㅋ

익명게시판

익명
202X/05/13

연습실에 뱀 나와서 교수님 극대노

우리 학교 음대 쪽에 뱀 나온다는 말은 계속 나오는데 사실 안 믿는 사람도 많았어. 나도 안 믿었고. 학교 뒤에 산이 있는 것도 아니고, 서울 도심 한복판인데 뱀은 무슨 뱀이야?
뱀 허물이 나왔다는 말을 들어도 누가 장난친 거라고 생각했어.
요즘 AI로도 사진 많이 만들잖아.
한동안 예대에 뱀 나온다는 이야기 안 보여서 잊고 있었는데, 오늘 오케스트라 연습실에 뱀 나왔다.
실제로 봤는데 뱀 굵기가 첼로 넥보다 굵은 것 같아.
어지간한 여자 팔뚝보다 굵고 얼룩덜룩하고 커다란 게,아, 저게 바로 구렁이구나, 사람은 몰라도 고양이 정도는 잡아먹겠구나 싶었는데
그 뱀하고 우리 K 교수님하고 눈이 딱 마주쳤어.
원래 천재들이 예민하다고 하잖아?
아는 사람은 다 알겠지만, 아시아가 다 알아준다는 명지휘자이신 K 교수님.
음악 뿐 아니라 성질이 정말 천재 만재 억재 그 자체이신 분, 하…….
저놈의 뱀 새끼 때려죽이겠다고 난리도 아니셨지…….
내가 살다 살다 'Man Vs. Wild' 도 아니고 교수님 대 뱀의 대결을 다 보고…….

근데 놓쳤어.
교수님 완전 극대노하셨고. 어쨌든 소문이 아니라 정말로 뱀이 나온다는 걸 모두가 봤으니 학교에서 뭐라도 대책을 세우지 않을까?

익명1

K 교수님이면……. 그분이 뱀을 때려잡는 영상이라니
전 세계 클래식계 대오열. ㅋㅋㅋㅋㅋㅋㅋ

익명2

쓰니는 그 희귀한 걸 직관한 것만으로도 이번 학기 학비는 다 뽑았다고 봐야지.

↳ **익명4**

영상 찍은 익명 없냐? 영상 있으면 가격 선제시.

↳ **익명4**

영상을 돈 주고 사겠다고?ㅋㅋㅋㅋㅋㅋㅋㅋㅋㅋㅋㅋㅋㅋ

↳ **익명(글쓴이)**

야, 이거 소문나면 그 영상 사고 싶다는 사람, 예대 입구부터 지하철역까지 줄 설걸. 이런 건 날이면 날마다 오는 기회가 아니라고. 정말 찍은 익명 없어?

익명게시판

익명
202X/05/19

경찰에서 연락 왔는데

경찰에서 참고인 조사한다고 출석요구서? 통지서? 보낸다는데
무슨 일인지 모르겠네.
설마 바이올린 S씨 이야기했다고 고소당한 거냐? 강압 수사 당하는 거?

익명1

아무래도 그런 연락 받았을 때 제일 먼저 찔리는 게 문제겠지?
찾아봤는데 8일에 올라온 게 익명이 글이야?
그거면 문제 될 수도 있는데. 나 같으면 이런 글 안 쓴다.

↳ **익명(글쓴이)**

아니, ㅅㅂ 안 된단 말야. 나 면접 잡혔는데 이런 걸로 경찰서 왔다 갔다 하면 안 되는 거 아냐? ㅅㅂ…….
부모님 빽으로 고소해서 강압 수사까지 시킨 미친년이면 나 완전히 X되는 거잖아.

↳ **익명1**

미친놈아, 그러니까 글 지우라고. 하긴 그럴 머리가 있으면 애초에 그런 글을 안 썼겠지.

↳ 익명(글쓴이)

누군지 이름도 안 썼는데 왜 고소를 당하냐고

↳ 익명1

난 네가 어떻게 우리 학교 입결 뚫고 들어왔는지 모르겠다.
이름을 딱 적어놓지 않아도, 조합해서 누구인지 알아볼 수 있으면 그 사람을 모욕한 것으로 특정이 될 수 있어.
그 사건 이후로 출석 안 했다는 것, 바이올린 전공인 것, 성인지 이름인지 S로 시작하는 것. 그거면 그 주변 사람은 누구겠구나 하고 특정할 수 있잖아.

↳ 익명(글쓴이)

익명아, 네가 누군진 모르겠지만 그냥 궁금해서 물어본 거라고!
걔가 걔 맞는지! 근데 이게 무슨 짓이냐고! 재수가 없으려니까!

↳ 익명1

익명아, 다른 애들도 다들 궁금했을 텐데 안 물어보잖아.
그냥 오프라인으로 수군수군하고 말잖냐. 머리가 장식이 아니면 생각을 좀 해. 왜겠냐? 그런 데다 너, 스토커 피해자이고 죽을 뻔한 사람인데 그 사람을 콕 집어서 가해자의 '여자 친구'라고 했고 죽은 사람이 뱀이 되어서 나타난 게 아니냐고 했으면 내가 부모라도 빡쳐서 고소한다.

↳ 익명(글쓴이)

아, ㅅㅂ X됐네.

↳ **익명1**

야, 익명들아. 그거 아니란다.
그날 내 차를 쓰레기장 앞에 세워놓았는데 쓰레기차 나갈 때 차 상태가 이상했다고, 블랙박스에 뭐 찍힌 거 없냐고 그거 물어보는 거였다. 내가 X 되길 바란 놈들 많았던 것 같은데
무사해서 약오르겠네? 수고! ㅋㅋㅋㅋㅋㅋㅋㅋ

〈 익명게시판 ⋮

익명
202X/05/30

새벽에 학교에서 굿하는 거 본 사람

미대 익명임.
야간작업 하다가 새벽에 눈 떴는데 복도에서 자꾸 이상한 소리가 났음.
그렇지 않아도 미대는 초상화도 많고, 깎거나 빚다 만 토르소도 굴러다녀서 야작 하다가 귀신 봤다는 애들이 매년 나오는데
아, 드디어 올해 내가 귀신 구경을 하는구나 하고 소리를 따라 복도를 내다봄……. 복도에서 뭔가 이상한 피리 소리도 나고 쉬익쉬익 하는 소리도 나는데 그 쉬익쉬익 하는 소리를 들으니까, 뱀 나온다는 소문이 생각났음…….
다행히도 같은 예술관이라도 미대에서는 문제의 뱀을 봤다는 사람이 없는데 그건 뱀 입장에서도 다행임…….
술 좋아하는 미대 교수님들 앞에 뱀 새끼가 싸돌아다니다간 진작에 뱀술이 되었을 테니까…….

다른 과는 어떤지 모르겠는데 미대에는 야작 하다가 귀신 보면 전액 장학금 받는다는 말이 있음……. 나 익명은 장학금을 노리고 뱀보다는 귀신이 낫다고 생각하며 복도로 나갔음…….

3층…… 없음…….
2층…… 없음…….
근데 1층 내려가는 복도에 불이 켜져 있었음…….
그래서 1층에 내려갔는데

굿을 하고 있는 것이었음……!!!!
나이 든 무당이 구군복이라고 하지? 원님 옷 같은 걸 입고 손에는 칼을 들고 빙글빙글 돌고 있었고 젊은 무당 같은 사람 하나가 그 옆에서 승무 고깔 같은 걸 쓰고서 장구를 치고 있고 근데 그 자리에 총장도 있고 예대 학장도 있고 음대 교수님들도 나와 있고 굿 때문에 나와 계신 건지 굿이나 보고 떡이나 먹으려고 나온 건지는 몰라도 우리 교수님들도 몇 분 계셨음…….
그리고 쉬익쉬익 소리가 크게 나다가 쌀 같은 것을 밥상에 쏟고, 무당이 커다란 칼로 길고 하얀 천을 북 찢으면서 잡아당기는데 소리가 없어졌음…….

그러다가 나 익명은 우리 교수님이랑 딱 마주쳤는데 교수님이 야작 하느라 수고한다고 치킨 사주셨음…….
아무래도 학교에서 뱀을 쫓기 위해 무당을 부른 것 같은데 어디 가서 그런 말 하지 말라고 사주신 것 같음…….

익명1

K 교수님 뱀 때려잡는 거 직관에, 무당 굿하는 것 직관에
올해 예대 스펙터클하네. ㅋㅋㅋㅋㅋㅋㅋ

↳ **익명2**

뱀 잡는 데 왜 무당을 불러? 역시 죽은 사람 원귀가……?

↳ **익명3**

'죽은 사람의 원한을 풀어주기 위해 그 여자 친구랑 영혼결혼식 했다'에 한 표.

↳ **익명4**

산 사람은 영혼결혼식 못해, 익명아…….

↳ **익명3**

벌써 한 달 다 되도록 안 나오는데, 죽었는지 살았는지 어케 앎? 아, 이런 말 하면 '고소'당하나? '강압 수사' 당하고? ㅋㅋㅋㅋ

↳ **익명5**

ㅋㅋㅋㅋㅋㅋㅋㅋㅋㅋㅋㅋㅋㅋㅋㅋㅋㅋㅋㅋㅋㅋㅋ

연희 이야기 5

예전에 원일이 즐겨 보던 의학 드라마의 주인공인 불친절한 의사는, 모든 사람은 거짓말을 한다면서 환자들을 불신하곤 했다. 때때로 원일은 그 의사처럼 의심하는 것은 변호사가 의뢰인을 상대할 때에도 중요한 덕목이라고 생각했다. 많은 경우 의뢰인들은 가장 중요한 부분들, 변호사가 반드시 알아야 할 부분들을 빼놓고 말했고, 그 빈틈을 메우는 것은 바로 변호사의 관찰력과 적당한 상상력이었다. 때때로 의뢰인이, 또는 상대편이 어지간해선 알아차리지도 못할 정도로 교묘하게 거짓말을 하는 순간에도 그는 바로 그 부분을 어색하다고 느끼고 집중적으로 캐물어 진실에 도달하곤 했다.

"대표님은 정말 대단하세요. 무슨 점쟁이나 무당도 아니고……."

직원들이나 후배 변호사들이 감탄할 때마다, 그는 불쾌하다는 듯 낯을 찌푸렸다. 어떤 이들은 그가 독실한 기독교 신자여서 점쟁이나 무당에 비교하는 것을 못마땅해한다고 생각했고, 어떤 이들은 연륜과 경험을 마치 신통력처럼 이야기하며 감탄하기만 하는 후배들의 나태를 싫어해서 그런 것이라고 말하기도 했지만, 다 틀렸다. 원일이 그런 말을 들을 때마다 떠올리는 것은, 스물한 살 나이에 상주가 되어 부모님과 두 남동생의 장례를 다 치르고, 마지막으로 하나 남은 여동생을 내쫓던 그날 보았던 막냇동생 연희의 얼굴이었다.

"내 이럴 줄 알았다……. 친정 식구가 신내림을 받았다고 했을 때 진작에 내쳤어야 하는 것을, 조강지처는 불하당이라고 아들 셋을 낳은 것을 차마 내쫓지 못했더니, 내가 이렇게 생때같은 자식과 손자들을 다 잃는구나……."

교통사고는 참혹했다. 할머니는 시신들을 확인하기를 거부했고, 이제 겨우 대학생인 원일이 산산조각이 난 가족들의 시신을 확인해야 했다. 장례식을 치르고, 아버지의 오랜 친구인

윤 변호사님의 도움을 받아 가해자에 대한 소송과 합의, 상속, 각종 보험에 대한 처리를 하는 내내 마음 한구석이 죽어버린 것처럼 아무것도 느껴지지 않았다. 중환자실에 누워 있다는, 여기저기 부러지고 거의 다 죽어가는 상태였다지만, 그래도 목숨만은 붙어 있었던 막냇동생에 대해서도, 아무 생각도 들지 않았다. 아니, 죽지 않았으면 좋겠다는 생각은 했다. 죽지만 말아라. 제발 살아라. 그런 생각은 하루에 세 번 밥상 앞에 앉을 때마다 했던 것 같다.

하지만 할머니의 생각은 달랐다. 할머니는 아직 죽지도 않은 연희의 사진을, 아버지와 어머니와 두 남동생의 빈소에 같이 올렸다. 사람들에게도 일가족이 다 죽었다고, 자신에게는 맏손주인 원일밖에는 남지 않았다고 말하며 눈물을 찍어냈다. 마치 그 애가 정말로 죽기를 바라기라도 하는 것처럼.

"그것이 죽어야 해."

"할머니."

"죽든가, 이 집에서 내쫓아야 한다. 원일아, 무당 자손은 신내림을 안 해주면 제 식구를 다 잡아먹는 법이다. 집에서 키우던 소의 간을 빼 먹더니, 나중에는 부모형제 간을 다 빼먹고 하나 남은 오빠가 돌아오자 그것마저 잡아먹으려던 여우 이야기 알지? 무당 자손이 그런 거란다. 너라도 살려면 그것을, 그 여우 새끼 같은 것을 어디 고아원에라도 갖다 버려야 해."

할머니는 절박했다. 그는 정말로 죽어가는 어린 손녀가 자신과 하나 남은 큰손자를 해칠 거라고 믿었다. 그 미신적이고 절대적인 공포 앞에서 원일은 누이동생을 고아원에 갖다 버리겠다고도, 그렇다고 이 집에서 키우겠다고도 대답하지 못한 채 시간만 흘려보내고 있었다. 그리고 마침내 그 아이가 퇴원을 앞둔 어느 날, 그 사람이 왔다. 사돈 집안에 무당이 있다니 남부끄럽다며, 할머니는 장례식장에도 들이지 못하게 막았던 막내 이모였다.

"…… 장례식장에서는 실례가 많았습니다. 죄송합니다."

"짐작은 했어. 내가 내림굿을 받았다는 이야기가 귀에 들어가자마자, 너희 엄마를 이혼시키려고 그렇게 난리 난리를 쳤던 사람이니까."

"……."

"너희 할머니를 뵈러 온 게 아니야. 내 조카를 데리러 온 거지. 어차피 이 집에 있어봤자 천덕꾸러기 신세를 면하지 못할 테니."

연희가 태어나기 1년쯤 전 신내림을 받고 무당이 되었다는 막내 이모 애란은 기묘한 사람이었다. 그는 화려하고 세련되게 꾸민 것도, 그렇다고 이야기 속 무당 같은 느낌도 들지 않았지만, 어딘가 높은 곳에서 자신과 할머니를 내려다보는 듯했다. 큰 대접을 요구하는 것도, 제 동생 하나 지키지 못하느냐고 원일을 힐난하는 것도 아니었지만, 원일은 그의 앞에서 고개를 들 수조차 없었다.

할머니는 골칫거리인 묵은 쓰레기를 내다 버리는 것 같은 표정으로, 연희를 사량도로 보냈다. 집에 돌아온 연희가 반나절가량 훌쩍훌쩍 울면서 이모와 함께 짐을 꾸리는 동안에도, 할머니는 집 안이 쩌렁쩌렁 울리도록 찬송가를 틀어놓았다. 할머니는 정말로 이모와 연희를 쫓아내어야 마땅한 마귀의 자손이라고 생각하시는 것 같았다. 이모는 짐을 싸면서도 코웃음을 쳤다.

"쥐방울만 한 손녀 하나를 마귀 취급하면서 무서워하는 주제에, 교회 좀 다닌다고 별 잘난 척은."

하지만 원일은 막지 못했다, 어느 쪽도. 원일에게는 자신과 함께 고아가 된 막냇동생에게, 부모님은 어떻게 되셨는지, 그 애의 오빠들은 어떻게 되었는지 알려줄 책임이 있었을 것이다. 어쩌면 그 아이를 꼭 끌어안고, 장례식 내내 흘리지 못한 눈물을, 이제야 밀려들기 시작한 감당 못 할 슬픔과 고통을 쏟아내야 했을지도 모른다. 하지만 원일은 아무 말도 하지 못했다. 그저 눈물을 흘리며 "오빠." 하고 손을 내미는, 겨우 아홉 살 난 그 애의 작은 손을 모질게 내치고, 문을 걸어 잠갔다. 자신의 마음도 함께.

할머니는 원일의 고통 같은 것은 들여다보지 않았다. 할머니는 언제나 눈앞의 것만 보는 사람이었고, 온 세계의 고통이 당신의 가벼운 고뿔만 못한 사람이었다. 그는 원일에게, 너는 장손이니까 응당 네가 해야 할 도리를 다하라고 말했다. 자신이 받아 마땅할 효도와 순종을 원일에게서 받아내겠다는, 채권자의 선언 같은 것이었다. 그리고 연희를 내쫓았으니 이제 더 이상은 나쁜 일이 일어나지 않으리라 믿었다. 그 애를 쫓아낸 날, 할머니는 그 애의 방에서부터 현관까지 소금을 뿌렸고, 다음 날은 교회 사람들의 도움을 받아 집을 몇 번이나 쓸고 또 닦아냈다. 교회 사람들은 늘그막에 아들과 손주들을 잃은 할머니의 불행에 같이 눈물 흘리고, 같이 기도하며 온 집 안을 쓸고 닦아냈다.

처음에는 언젠가 할머니의 울분이 풀리고 나면 동생을 데려와 살 수 있을 거라고 생각했다. 하지만 할머니는 잊을 만하면 한 번씩 '그 여우 새끼'에 대해 말씀하셨다. 절대로 그 여우 새끼를 이 집안에 들여선 안 된다고, 그랬다간 너와 네 식구들이 큰 화를 입으리라고 몇 번이나 강조하셨다. 돌아가시기 직전에도 할머니는 말씀하셨다.

"원일아, 네가 마음이 여려서 그 여우 새끼를, 그것도 동생이라고 애틋해한다는 건 잘 안다. 이 할미에 대한 효심 때문에 일단은 그 무당 집으로 보내긴 했어도, 넌 아마도 내가 죽으면 그 애를 데려다가 다시 같이 살아야겠다고 생각했겠지."

"……."

"네가, 내 죽을 날만 기다렸다는 건 나도 잘 안다."

"그건 아니에요. 언젠가는 데려오겠다고 생각한 건 사실이지만, 그렇다고 제가 어떻게 할머니를……."

"원일아."

할머니는 마지막까지 형형한 눈빛으로 원일을 노려보며, 죽어가는 사람이라고는 생각할 수 없는 힘으로 원일의 손등을 붙잡았다. 할머니의 마지막 소원이니, 절대로 어겨선 안 된다고 맹세를 받아내기라도 할 것 같은 기세였다.

"원일아, 너는 그래선 안 된다. 그 여우 새끼를 두 번 다시 이 집에 들여선 안 된다. 무당이 신을 받았느니 어쩌니 해도 그들이 모시는 신은 한낱 잡귀일 뿐이고, 그 잡귀들은 사람의 약한 마음을 파고들어 해치고, 그 가족들까지 못살게 구는 악한 것들이란다. 우리처럼 교회를 지성껏 섬기는 사람들은 상종할 가치도 없는 마귀의 자식들일 뿐이야. 원일아, 약속해라. 그 여우 새끼는 결코……."

물론 원일은 할머니의 그 말씀까지 들어드릴 생각은 없었다. 다만 돌아가신 분의 마지막 뜻이 그렇기도 하고, 이제 고등학생쯤 되었을 아이를 갑자기 데려와 환경이 바뀌게 하는 것도 좋지 못하니 우선 연락을 주고받다가, 대학을 서울로 오게 되면 데려와 같이 사는 쪽이 좋으리라고 막연히 생각했다. 할머니가 돌아가시고, 장례식을 마치고 사십구재까지 치른 뒤, 원일은 이제는 연락을 해봐도 좋겠지 하고 생각하며 이모가 적어준 전화번호로 처음으로 전화를 걸었다.

전화를 받은 사람은 이모도, 연희도 아니었다.

이모와 연희의 안부를 묻자, 상대방은 지금 그 아기가 신내림을 받는 중이라고, 제 조카만은 무당 안 만들겠다고 버티던 심방은 눈이 멀고 말았다며 묻지도 않은 말까지 떠들어댔다.

원일은 차마 다 듣지 못하고 전화를 끊었다.

할머니 말씀대로 연희가 마귀의 자식이라고 생각하는 것은 아니었지만, 두려웠다. 평범한 사람의 눈에 보이지 않는 세상의 일들이, 우연의 일치라고만 말하기에는 너무나 공교로운 모든 것들이, 자신과 자신의 미래에 예측 불가능한 형태로 얽혀드는 것이 감당할 수 없을 만큼 무서웠다. 미신 같은 것은 믿지 않는다고, 현대인이고 배울 만큼 배운 지성인이라고 스스로 생각했지만. 부모님의 사고가 동생 때문이라고 진심으로 생각한 적도 없고, 그 애가 온 가족을 잡아먹은 여우 새끼이며 마귀의 자손이라는 말도 믿지 않았지만, 그 공포만은 마치 어떤 본능에 새겨진 것처럼 원일을 붙들었다.

그 피가 자신의 몸에도 흐르고 있으리라는, 그 선연한 자각과 함께.

새벽에 학교에서 벌인 굿판이 끝나자, 남자 악사들은 순식간에 짐을 실어 내고 그 공간을 원래의 모습으로 되돌려 놓았다.

상사뱀을 쫓아내는 굿을 하는 내내, 마치 지독한 꿈을 꾸는 것 같은 기분이었다. 사방에서는 징과 북과 피리 소리가 울리고, 어려서 헤어졌던 동생은 30년이 지나 무당이 되어 장구를 치며 빙빙 돌았다. 커다란 작두날이 펼쳐지고, 연희의 신어머니라는 만신은 그 위에서 춤을 추고 가볍게 몸을 놀리며 신을 달래는 한편, 장군신을 불러 망자를 꾸짖었다. 살아서는 연희를 괴롭히고 가짜 동영상을 만들어 집요하게 협박하다가 급기야는 연희나 다른 학생들을 해치려고 들더니, 죽어서도 이 학교 예술관을 떠나지 못하고 커다란 구렁이가 되어, 음대 강의실이나 여자 화장실에 숨어드는 그 음탕하고 비열한 원혼을, 달래고 위로하는 것이 아니라 혼쭐을 내어 쫓아보냈다. 돌아가신 이모와 비슷한 또래인, 몸집도 자그마한 젊은 할머니라고만 생각했는데, 장군신이 내리자 만신은 임진왜란 때 이순신 장군이 이랬을까 싶은 기백으로 뱀에게 호통을 치며 그에게 나갈 길을 인도해 내보냈다.

그리고 그 모습을 뒤쪽에서 원일과 함께 조용히 바라보고 있던 연아는 눈물을 삼키기라도 하는 것처럼 딸꾹질을 했다. 무슨 일이냐고 묻자, 연아는 몇 번인가 고개를 젓다가 입술만 달싹여 들릴락 말락 한 소리를 냈다.

"…… 저는 그러니까, 무당이 되어야 하는 거겠죠."

아니라고 말했다. 다른 방법을 찾아 주겠노라고. 네 고모도, 신은 받았지만 무당 노릇은 거의 하지 않는다고. 너도 그렇게 될 수 있다고 간곡하게 말했다. 하지만 연아는 한숨을 쉬며 중얼거렸다.

"막막해요. 차라리 죽는 게 나을 것 같아요."

그때였다. 굿은 하지 않는다는 말이 무색하게도 신칼을 휘두르며 춤을 추던 연희가 갑자기 연아의 코앞으로 신칼의 칼끝을 쑥 들이밀었다. 연아는 눈이 휘둥그레져서 어쩔 줄 몰라 하다가 갑자기 눈물을 왈칵 쏟았다. 연희는 평소와는 다른, 달리 목이 쉰 듯한 걸걸한 목소리로 냉랭하게 말했다.

"너는 그날 그 남자에게 죽을 뻔했느니라. 그랬던 것을 네 진외존이모 되시는 분이 구하셨지. 지금 네 곁에 계신 분도 그 분이니라."

"예? 진…… 외존……?"

"네 아버지의 막내 이모 되시는 분 말이다. 그분은 살아서는 사량도 옥녀봉 아래 가장 고명한 무당이셨고, 지금은 너를 구하고 네게 깃드셨느니."

원일은 등줄기에 찬물을 끼얹은 것 같은 느낌에 자리에서 벌떡 일어났다. 30년 전 보았던 애란의 그 눈빛이 자신을 내려다보고 있는 것 같았다. 보라고, 눈이 있으면 똑똑히 보라고. 네놈들이 부정한 무당이자 마귀의 자손이라던 그 무당이 네 딸의 목숨을 구했고, 제 부모형제를 다 잡아먹은 여우 새끼라고 내쳤던 그 아이가 지금, 네 딸을 구하기 위해 여기서 안 하던 굿판을 벌이고 있노라고. 그렇게 자신을 비웃고 있는 것만 같았다.

"그렇게 울 것 없다. 네게 내린 대신은 내가 거두어 갈 것이니."

"그게 무슨…… 말입니까?"

동생인데, 열두 살이나 어린 동생인데도, 자기도 모르게 존대가 붙었다. 연희는 별꼴이라는 듯 원일을 굽어보다가, 어느 순간 배터리가 다 된 전자제품처럼 주저앉고 말았다.

"아이고, 이 모자란 아이가."

무복을 벗어 정리하던 금선이 다가와 혀를 차더니, 연희를 맨바닥에 똑바로 눕혀놓고 손발을 주무르기 시작했다.

"그걸 하겠다는 건, 네가 정말로 무당으로 살겠다는 말이다. 네가 그걸 모르는 것도 아닐 텐데……."

"아가에게 내린 대신을 거두어 가겠다는 말은, 전임굿을 하겠다는 이야기지요."

굿판을 정리한 뒤, 금선과 연희는 다시 원일과 마주 앉았다. 이번에는 상사뱀을 쫓아버리고 조금은 안색이 나아진 연아도 함께였다.

"전임굿이라니, 그런 것은 처음 들어봅니다."

"어차피 대주는 무속에 대해 아는 게 없으니, 처음 들어봤다고 해도 놀랄 것도 없지요. 대주라는 말도 이번에 처음 들어본 게 아닙니까."

원일은 대답하지 못했다. 금선은 나직하게 소리 내어 웃다가, 곁에 앉은 연희를 돌아보았다.

가엾고 딱한 것. 그렇게까지 애쓰지 않아도, 네 오라비가 부르자마자 네 조카를 위해 달려와 준 것만으로도, 너는 네 할 도리를 다한 것인데도.

"…… 신이 내리면, 허주잡신을 쫓아내거나, 어지간한 신이면 눌림굿을 하고, 신격이 크고 강하면 내림굿을 하여 신을 받아야 합니다. 그야말로 허주잡신이라 쫓아버리고 끝낼 수 있다면 다행이지만, 눌림굿은 다릅니다. 신의 기운을 누르는 것은 어지간한 무당이 간단히 할 수 있는 일도 아니고, 눌림굿을 한다고 신을 모시는 운명에서 아주 벗어날 수 있는 것도 아니에요. 하물며 신내림을 받아야 마땅한 신격이라면, 그런 식으로는 해결할 수 없습니다. 신을 받고 자기 집구석에 신당을 작게 만들어놓은 채 살 수 있다면 다행이고, 신격에 따라서는 평생 어느 지역을 벗어날 수 없다거나, 평생 고기를 먹지 못하거나 결혼을 하지 못하는 등, 신을 거스를 수 없는 몸으로 살아야 하지요. 우리 연희는 신당에 제사만 모신 채로, 자기는 무당이 아니다, 굿을 하지 않으니 무당이 될 수 없다고 말하지만, 그건 반만 맞는 말입니다."

"그러면 대체, 어떻게 해야 하는 겁니까? 제 딸에게 들린 것이 돌아가신 이모님의 혼백이라면, 그건 허주……."

원일은 허주잡신이 아니냐는 말을 하다가, 금선과 연희는 물론 연아까지도 그를 죽일 듯이 노려보는 것을 보고 바로 입을 다물었다. 금선이 쯧쯧 하고 소리 내어 혀를 찼다.

"본래 고명한 무당은 돌아가신 뒤에 그 신령이 그대로 신이 되시기도 하는 법입니다."

"이모님이 신이 되셨다고요?"

"대주의 이모님께서는 본래 통영 인근에서 굿판을 잘 놀기로 유명한 분이셨습니다. 본래 남도는 강신무가 아니라 세습무가 많은 곳인데, 그분은 서울에서 신내림을 받고 애동 시절을 다 겪은 강신무로, 다시 남해안의 굿거리를 배워 익힌 예인이셨습니다. 저 아이가 무병을 앓을 때, 저 아이는 무당이 되지 않게 하겠다고 무리하다가 시력을 잃는 바람에 없던 일이 되기도 했지만, 본래는 지방무형문화재로까지 물망에 오르던, 그런 분이었는데."

"죄송합니다. 저는 잘 모르고……."

"그때 그 쓰레기차에는 사람이 타고 있지 않았다지요. 그러면 그 쓰레기차가 대체 어떻게 움직였겠습니까?"

"예?"

"그만큼 힘이 있으시니, 그 상황에서 그렇게 움직일 리 없었던 쓰레기차를 움직여서 그놈을 들이받아 버리신 겁니다. 대주의 따님을 구하려고요. 세상에, 자기 딸 목숨을 구해준 분을 두고 허주잡신이라니. 설령 정말로 허주잡신이 한 일이라도 대대손손 제사라도 드려야 할 일을 두고……."

금선은 뭐 이런 불경한 놈이 다 있나 하는 표정으로 한 마디

한 마디를 힘주어 내뱉었다. 원일은 차마 고개를 들지도 못한 채 머리를 조아렸다.

"각설하고, 오신 신격에게서 벗어날 수 없을 때, 그 신을 대신 받아 줄 무당에게 넘겨 모시게 하면 아가는 신에게서 벗어나 보통 사람이 될 수 있다는 말이지요. 그런 굿은 아무나 할 수 있는 일도 아니거니와, 이미 신을 받은 몸인 무당이 남의 신을 넘겨받는다는 것은 신내림을 다시 한번 하는 것만큼 고통스러운 일입니다. 그걸 아는 사람도, 그 굿을 제대로 할 줄 아는 사람도 많지 않지만, 전임으로 남의 신을 받겠다는 무당도 없지요. 그게 어떤 고생인지 누구보다도 잘 아니까. 어지간해서는 사람이 없어서 할 수가 없는 굿입니다."

"그렇다면……."

"대주께서는 무슨 복이 그렇게 많으신지."

금선의 표정이 어두워졌다. 그는 쥐고 있던 쥘부채로 탁자 모서리를 탁 치며 중얼거렸다.

"대주 따님이 받아야 할 신을 대주가 내친 누이동생이 냉큼 대신 받아 가겠다고 합니다."

"예?"

"사실 연희는, 내 신딸이라서가 아니라 그릇도 크고, 모시는 신격도 높아 큰무당이 될 자질을 두루 갖춘 아이입니다. 어려서부터 제 이모에게 보고 배운 것도 있거니와, 신내림을 받은 뒤에도 애동 시절 내내 내가 잘 가르쳐 길렀지요. 그런 아이가 독립할 때가 되더니, 자기는 굿을 하거나 점사를 보는 대신 평범하게 살겠다고 하였습니다. 신어미 된 입장에서는 가르친 공이 없는 일이나 마찬가지였습니다만, 그래도 네 뜻대로 잘 살아보라는 말밖에는 할 수가 없었지요. 한 사람이 신을 모시고 무당이 된다는 것이 그만큼이나 버겁고 힘에 부치는 일이니까요. 그렇게 무당으로는 살지 않겠다던 그 아이는, 이제 대주 따님이 받을 신을 대신 받겠다 합니다. 애동 시절에 하던 고생을 다시 처음부터 쌓아올리고, 평범한 삶을 내려놓고 무당이 되겠다고 합니다. 제 조카에게 실린 이모님의 혼백을 제 그릇에 담아 다시 사량도로 모셔 가겠다 합니다. 나는 평범하게 살겠다 하던 이 아이가 어떤 마음으로 이런 선택을 하였을지 차마 다 짐작해 볼 수도 없습니다. 대주께서 그 마음을 압니까?"

원일은 차마 대답하지 못했다. 소리도 내지 못한 채 고개만 들어, 창밖을 내다보고 있는 연희를 잠시 바라볼 뿐이었다. 이런 이야기를 듣고 무슨 말을 할 수 있을까? 미안하다거나 고맙다는 말은 지금 원일이 느끼는 감정을 온전히 전달하기에는 너무나 가볍게만 느껴졌다. 그때 연희가 원일을 흘끔 돌아보더니 그대로 고개를 틀어 금선을 바라보았다.

"…… 그런 거 바라지 마세요, 어머니. 지금도 우리가 무슨 말 하는지 모를 거예요."

"모른다고, 평생 모르게 내버려둘 거냐!"

"괜찮아요. 상관없어요. 저 애는 알겠지. 그러면 된 거지."

그게 아니라고, 미안하고 황송해서 무슨 말을 해야 할지 모르겠다고, 그 말이 차마 입으로 나오지 않아 원일은 입만 벙싯거렸다. 오십 평생을, 말 못한다는 소리는 농담으로도 들어 본 적이 없었는데. 그 미안하고 감사하다는 말이 입 밖으로 나오지 않아 그는 계속 어어 하고 입만 벙싯거리고 있었다.

신을 받아 옮기는 것은 하룻저녁에 끝나는 일이 아니다. 금선은 급한 대로 연아를 굿당으로 데려가서 사흘간 함께 치성을 드리고 굿을 했다. 신령과 함께 씌었을 허주들을 벗겨내려 주문을 가득 적어 넣은 흰 베옷을 입히고, 팥을 뿌리며 주변의 잡귀들을 내쫓았다. 그다음은 천도굿이었다. 금선은 갑작스런 사고로 비명에 세상을 떠난 원일의 아버지, 어머니, 두 형제들의 혼을 특히 정성 들여 달래었다. 그 사고가 난 직후에 애란이 사량도에서 남도식으로 한 번 굿을 올린 데다, 연희의 내림굿 때에도 금선이 온 정성을 들여 일가족을 달래었지만, 이번에는 정말 이 세상에 원도 한도 남지 않을 만큼 온 마음을 다 기울여서 그들을 저승길로 인도했다. 그들의 걸음걸음마다 꽃비 내리기를 간절히 바라면서.

그 어린 연희를 부모형제 다 잡아먹은 여우 새끼라 손가락질하던 원일의 조모를 위해서도 금선은 몇 번이나 손을 모아 비손하며 그 마음을 달래었다. 일찍이 과부가 되어 그저 하나뿐인 아들이 잘되기만을 바랐던 마음과, 제 마음에 차지 않는 결혼이었지만 아들이 간절히 원해서 받아들였던 며느리에 대한 미움, 미운 며느리가 낳았어도 마냥 사랑스러웠던 손자들에 대한 애정, 아들과 두 손자가 조각난 시신이 되어 돌아왔을 때의 절망과 고통까지, 원일의 조모는 피눈물을 흘리며 금선의 온몸과 마음을 뒤흔들었다. 연희를 사랑했지만, 그래서 원일의 조모를 만난다면 해줄 말이 많으리라 생각했지만, 금선은 그 신을 받아 제 몸으로 대신 피눈물을 흘리며 비통한 울음을 쏟아내고, 또 쏟아내었다. 그렇게 사흘 밤낮을, 잠도 자지 않고 머리가 천장에 닿도록 겅중겅중 뛰어오르며 춤을 추고, 또 추고, 울분을 터뜨린 뒤에야, 원일의 조모는 마침내 원일을 향해 손을 내밀었다.

"아이고, 아이고오…… 불쌍한 내 새끼가…… 내 새끼가 이젠 애비보다도…… 나이가 들어 버렸으니……."

간장이 끊어지는 듯한 애통한 울음이 굿당 안을 메아리쳤다. 그리고 그 모습을, 연희는 무복을 차려입은 채, 연아와 나란히 앉아 지켜보고 있었다.

"…… 끝까지 내게는 아무 말 안 하시네."

"예?"

"할머니 말이다. 너한테는 증조할머니시지."

"……."

"내가 아홉 살이고, 너희 아버지가 스물한 살 때, 너희 할머니 할아버지, 그리고 삼촌까지 다 돌아가셨어. 교통사고였는데, 그때 너희 증조할머니가 나한테 그러셨다. 여우 새끼라고. 여우 새끼가 제 부모형제를 다 잡아먹었다고."

"너무하잖아요."

"너무하지. 근데 우리 할머니는, 나한테는 정말 미안한 게 없는 모양이네."

연희는 그 모습을, 무감정한 얼굴로 물끄러미 바라보았다. 더는 서러울 것도, 화낼 것도 없다는 듯이. 연아는 그 옆모습을, 조금은 제 아버지와도 닮은 듯한 그 단단한 표정을 바라보다가 조심스럽게 손을 뻗어 연희의 팔을 붙잡았다. 연희는 돌아보지 않았다. 아주 조금 표정이 풀린 채로 연아의 손등을 토닥거릴 뿐이었다.

"네 아빠도 나한테 많이 모질게 굴었다. 이해는 해. 효자니까 할머니 말씀을 감히 거역하지 못했겠지. 서운하긴 했었어. 어렸을 때는 울기도 많이 울었다."

"죄송해요……."

"네가 죄송할 일은 아니지. 그건 네 아버지의 몫이고……."

"저는 사실 지금도 힘들어요. 제 안에 계신 분이……. 그런데 고모님은……."

"쉽지 않지. 나도 알아. 아홉 살 때부터 무당 이모 곁에서 자라면서 이 모든 걸 보고 자랐던 나도, 신을 받아 모시는 과정에서 몇 번이나 죽을 고비를 넘겼는데. 하물며 생전 이런 걸 듣도

보도 못한 네가 어떻게 이런 걸 감당하겠니?”

“그치만…….”

“네가 내 조카라서 어떻게 해주려는 건 아니야. 사실 나도 이번 일로 너를 처음 보았고, 오빠 성격에 이런 일이라도 없었으면 아마 내가 너를 만날 일은 평생 없었을 테지. 그런 게 아니더라도, 이건 너 같은 어린아이가 감당하기엔 너무 가혹한 길이고, 너한테 씌인 것이 우리 이모라면 내가 그분을 사량도로 모셔 가는 게 마땅하지 않나, 생각했어. 그것뿐이야. 오빠가 죄책감 느끼라고 하는 일도 아니고, 너보고 미안해하라고 하는 일도 아니야. 애초에 이건 미안하다거나 고맙다거나, 그런 말만으로 감당하기에는 큰일이기도 하고.”

말을 하다 말고, 연희는 자리에서 일어났다. 원일의 조모가 손주의 손을 붙잡고 울고 또 울다가 마침내 저승길을 건너가자마자, 금선이 휘청거리며 주저앉은 것이었다.

“망할 할망구가 우리 어머니를 잡네, 아주.”

연희는 나직하게 욕설을 내뱉으며, 주저앉는 금선의 몸을 안아 부축했다. 그리고 그 뒤는 다시 연희의 몫이었다.

굿을 마치자마자 연희는 사량도로 돌아갔다. 한 달에 두 번, 사량도에서 산신께 제사를 올려야 하다 보니, 오래 자리를 비울 수가 없어서였다. 그 사이, 금선은 연아를 한복집에 데려가 신복을 지었다. 생전에 별신굿을 기막히게 놀았던 애란을 위해 붉은 비단 치마에 색동저고리와, 쌍학 자수를 놓은 남청색 쾌자, 여기에 함께 갖출 커다란 화관과 큰댕기를 맞추었고, 애란이 생전에 모셨던 선녀대신을 위해서도 화사한 분홍 깨끼 한복을 따로 한 벌, 그 밖에도 크고 작은 신들을 헤아려 각각 구군복이며 몽두리며 철릭 같은 옷들을 마련했다.

신복이 다 지어지기를 기다리는 동안, 연아는 계속 금선의 곁에 머물렀다.

"지금이 제일 조심해야 할 때다. 이럴 때 서두르면 일을 그르치는 법이야."

금선은 연아를 데려다 앉혀놓고 옛날에 연희에게 했듯이 많은 것을 가르쳤다. 걷는 법, 앉는 법, 숨 쉬는 법, 화를 내거나 감정의 격류에 흔들리지 않고 마음 다스리는 법까지. 정말로 연아가 신을 받을 준비가 될 때까지 계속 몸가짐을 가르치고 배워 익히게 했다. 어느 날인가는 연아에게 일곱 암자를 알려주며 가서 굿판에 쓸 쌀을 빌려 오라고 일렀다. 말이 좋아 빌려 오는 것이지, 얻어 오라는 소리였다. 암자까지 가는 것은 그렇다 치고, 생전 처음 보는 사람에게 무슨 수로 쌀을 얻어 와야 하나 싶었다. 험한 산 중턱마다 놓인 암자들을 하루에 한두 곳씩, 이레 동안 돌아보니, 다행히도 미리 이야기가 된 것인지 암자의 보살들은 한 바가지씩 쌀을 내어주었다. 그렇게 시간이 흘러 한 달이 다 되었을 때, 금선은 저녁 식사를 하다 말고 말했다.

"이제 준비가 다 되었다. 오늘 밤에 네 고모가 올 터이니, 이제 내일이면 다 끝날 거다."

절차가 어떻게 되는 것인지, 일이 어떻게 되어가는 것인지 제대로 된 설명을 듣지는 못했지만, 연아는 어쩐지 모든 것을 이해할 수 있을 것 같았다. 고개를 끄덕이고, 연희의 잠자리까지 보아놓았다. 연희는 밤늦게 도착하더니 아무 말도 하지 않고 그대로 이불 속에 기어들어가 잠들었다.

"나이가 몇인데 아직도 이래, 네 고모는."

밖에 금줄을 치고 돌아온 금선은 구시렁거리면서도 연희

의 이불을 고쳐 덮어주고, 밤새 그 곁에서 염주를 헤아렸다. 하나, 둘, 셋, 백여섯, 백일곱, 백여덟. 연아도 깊이 잠들지 못한 채, 자다 깨기를 반복하며 금선의 주름진 손 안에서 염주알이 구르는 것을 막막한 기분으로 바라보았다.

지난번 굿에서 꼭 한 달 만에 다시 벌인 굿판에는, 연희가 주무가 되어 나섰다. 굿은 하지 않는다더니, 그는 마치 날 때부터 신칼을 쥐고 태어난 사람처럼 신명이 들어 반나절 내내 무복을 여러 번 갈아입으며 재수굿을 막힘없이 이어갔다. 마침내 대신상 앞에 신명상을 새로 차려놓자, 금선은 연아에게 무복을 입혔다. 연아가 금선과 연희의 무구 사이에서, 세상 떠난 애란이 쓰던 방울과 부채를 골라내어 집어들자 사방에서 제금 소리와 북소리가 귀가 찢어지게 울렸다. 연아는 한 번도 제대로 배운 적 없는 춤을 덩실거리며 추었다. 머리카락이 온통 땀에 젖고, 지쳐 다리가 후들거릴 때까지. 그렇게 춤을 추고, 또 추다가 마침내 주저앉은 연아를, 금선은 부축해 일으켰다.

준비해 둔 옷을 한 벌씩 갈아입으며, 연아는 절을 하고, 또 했다. 자신에게 오신 신령들께 올리는 하직 인사라고 했다. 그렇게 연아가 벗어놓은 옷을, 연희는 다시 한 벌씩 몸에 걸쳤다. 열 벌 남짓한 한복을 전부 입었다 벗고, 다시 그 옷을 연희가 입고 신명을 받으며, 연아에게 내린 신들은 모두 연희에게 건너왔다. 마지막으로 연희의 차례였다. 이제 흰 소복만을 입은 연아는, 고모이자 신어머니이며, 이제 신어머니가 아니게 된 연희에게 큰절을 올렸다.

"너는, 이제 보통 사람이지만. 그래도 너는 내 딸이고……."

연희는 울먹이고 있었다. 연아가 마지막으로 벗어서 내어준, 색동저고리에 붉은 치마, 그 위에 남빛 쾌자를 입은 채로, 그는 떨리는 목소리로 손을 내밀었다.

"너는 이제 인간의 세상으로 돌아가렴. 너는 무당으로 살 운명에서 겨우 빗겨났으니, 남은 평생 좋은 마음으로, 좋은 일을 하며 살렴. 네가 바랐던 것, 원했던 것, 하고 싶었던 것들을 아낌없이 이루고 살렴. 머뭇거리지 말고, 주저하지 말고, 내가 간절히 바랐던 그런 인생들을 살아가렴."

눈물을 흘리다가, 연희는 천천히 몸을 일으켰다. 느릿한 피리 소리와 함께, 그는 그 몸에 애란의 신령을 실은 채로 춤을 추기 시작했다. 생전의 애란과 같이 머리에는 화관을 쓰고 큰 부채에 금빛 부채수건을 드리운 연희는 애란의 특기였던, 느리고 부드러운 별신굿의 춤을 추다가, 천천히 마당으로 나아갔다. 두 악사의 도움을 받아 작두에 오른 연희는 장대를 짚은 채 몸을 움직이다가, 다시 신명이 올라 껑충껑충 뛰며 춤을 추기 시작했다. 그의 움직임이 빨라지자, 삼현육각이 빚어내는 소리도 점점 빨라졌고, 작두에서 내려온 연희는 쌓인 세월을 쏟아내듯이 더욱 빠르게 방울을 흔들며 춤을 추었다. 연희가 방울과 부채를 들고 빙빙 돌며 춤을 추는데, 악사들의 뒤쪽에서 누군가가 홀린 듯이 일어나 함께 춤을 추기 시작했다. 무당 같은 것은 미신이라며 고개를 돌리던, 아홉 살 난 어린 누이동생을 두고 모질게 고개를 돌렸던, 그의 오라비가 춤을 추고 있었다. 자기도 모르는 듯 눈물을 줄줄 흘리며, 두 팔을 흔들며 어깨춤을 추고 있었다.

괴담 다섯

긴 뱃고동 소리

터미널 주차장에 들어가자마자 출항을 알리는 뱃고동 소리가 길게 울려 퍼졌다. 섬까지 가는 배는 두 시간에 한 번 있었다. 승주는 핸들에서 손을 떼지 못한 채 허탈한 표정으로 하늘을 올려다보았다. 시간에 맞춰 올 수 있을 줄 알았는데, 차가 흔들리네, 휴게소에 한 번 더 들르고 싶네, 타박만 많더니 결국 배를 놓치고 말았다. 승주는 한숨을 쉬었다. 그리고 뒷좌석을 돌아보았다.

"윤형아, 일단 커피라도 마시자. 우선은 다음 배표부터 끊고서."

윤형은 침통한 표정을 지을 뿐, 말이 없었다. 대신 윤형 옆에 앉아서 꾸벅꾸벅 졸던 경욱이 반색을 하며 고개를 들었다.

"그래. 그게 좋겠구나. 마침 배도 고팠는데."

눈치라고는 눈곱만큼도 없는 영감탱이 같으니. 누구 때문에 배 시간을 놓친 건데. 승주는 경욱을 노려보다가, 다시 윤형을 향해 물었다.

"윤형아, 너 여기까지 오는 동안 물 한 모금도 안 마셨어."

"난 그냥 여기 있는 게 낫겠어. 남의 영업장에 은서를 데리고 갈 수도 없고."

윤형은 무릎 위에 놓인, 흰 보자기에 싸인 것을 내려다보며 한숨을 쉬었다.

"그렇다고 은서만 차에 두고 갈 수도 없잖아."

"야, 최윤형."

승주는 차에서 내리더니, 윤형이 앉은 쪽의 차 문을 열었다.

"야, 네 마음은 알아. 나도 우리 은서 생각하면 정말 마음이 찢어질 것 같아. 그런데…… 네가 그런다고 은서가 퍽이나 좋아하겠다. 일어나. 어서."

"뭘 그래. 최 서방은 가기 싫을 수도 있지."

경욱은 잠이 덜 깬 목소리로 대꾸하며 일어나 기지개를 켰다. 어디 야유회라도 가는 사람 같았다.

어쩌면 저렇게 분위기 파악을 못 할까? 자기 딸이 죽었는데.

승주는 경욱을 노려보다가, 그냥 고개를 돌리며 보자기에 싸인 것을 자기 품에 안았다.

"그럼 데리고 가면 되잖아. 테이크아웃 해서 바다 보면서 마시면 되지."

"안에 들어가서 마시면 안 되냐? 날도 추운데."

"가만히 좀 계세요. 시끄러우니까."

애초에 여기까지 데려오는 게 아니었다. 그냥 윤형이만 데리고 오려고 했는데. 괜히 사람만 착한 최윤형이 아버님을 모시고 가야 한다며 끌고 나온 게 문제였다.

"아니, 배도 출출하고. 따뜻한 데서 마시면서 빵도 먹고 그래야지. 테이크아웃은 무슨……."

"오는 내내 휴게소마다 들러서 군것질하셨으면 됐지, 여기서 뭘 더 드신다고요?"

"거 참, 조카라는 게 이렇게 사람을 괄시해서야……. 계집애가 아주 되바라지기만 하고……. 저게 대체 누굴 닮았는지."

경욱은 계속 투덜거렸다.

"어디 휴게소에라도 버리고 왔어야 했는데."

"그만해, 승주야."

"뭘?"

"아버님이시잖아."

"…… 아버님은 무슨."

윤형은 경욱이 들을세라, 승주에게 바짝 다가와 속삭였다.

"아버님께서 은서한테 잘 해주시지 않았다는 건 알아. 나도 들었어. 하지만 그래도 은서 아버님이시잖니. 너나 내가 아무리 슬퍼도, 자식 앞세운 부모님 마음은 또 다를 거 아냐."

"부모님 마음 좋아하네. 야, 너 여기까지 오는 내내, 저 인간이 한 게 뭐 있냐? 코 골면서 잠만 자다가, 휴게소 지나갈 때 되면 일어나서 군것질한 거 말고 뭐 있어? 자식이 죽어서 옆에서는 뼛가루를 안고 오는데, 그 옆에서 알감자 버터구이 냄새나 풀풀 풍기는 인간한테 뭘 기대해, 너는!"

승주는 보자기로 싼 함을, 아직 온기가 남아 있을 것 같은 은서의 뼛가루를 꼭 품어 안은 채, 뒷바퀴 타이어를 걷어찼다. 윤형은 어깨를 움츠리며 승주의 눈치를 보았다. 경욱은 벌써 저만치 도망친 뒤였다.

"야, 최윤형! 내가 우리 은서를 왜 여기까지 데려왔는지 알아? 은서는 자기 친가하고는 머리카락 한 올만큼도 얽히기 싫어했던 애야. 내가 처음부터 너한테 말했잖아!"

"승주야."

"그걸 알 만한 애가 말끝마다 아버님, 아버님. 야, 너 장례식 때 못 봤어? 저 인간, 은서 일에는 신경도 안 쓰고 돈만 세는 거! 화장한 거 봉안하는 것도 아니고, 젊어서 죽은 애는 어쩌고 하면서 그냥 유택동산에 털어버리고 오려고 한 거 못 봤냐고!"

"나도 봤어. 하지만……."

"…… 착한 척하는 건 쉽지."

승주가 윤형을 잡아먹을 듯이 몰아세우며 악다구니를 썼다.

"아무리 그래도 우리 은서, 내가 그렇게는 도저히 보낼 수가 없어서, 그래서 은서 생전 소원대로 어머니 고향에 데려다주려는 건데. 근데, 그렇게 보내는 길에 그냥 너만 조용히 따라오라니까. 이 멍청한 새끼가 어디 남의 사정도 모르고, 어디 사람 말이 말 같지 않아서 굳이 저 인간까지 끌고 오는 건데?"

"쉬잇."

그리고 낯선 얼굴이 두 사람 사이에 불쑥 끼어들었다.

"가신 분 품에 안고서 그렇게 싸우는 것 아닙니다. 응?"

위아래 새카만 한복인지, 원피스인지를 입고, 어깨에는 얇은 회색 머플러를 두른 여자였다. 이렇게 맑은 날 새카만 한복이라니, 저 사람도 상을 당한 건가 싶어 승주는 자기도 모르게 긴장했다. 하지만 다시 보니 상복으로 입기에는 천이 좀 얇은 데다, 허리 쪽의 여밈 부분을 묶은 고름에는 금박으로 쌍희 무늬가 찍혀 있었다. 몇 년 전부터 꾸준히 유행하던 철릭 원피스인 모양이었다.

"…… 뭐예요?"

"물 건너 사람."

여자는 미소 지었다. 화장을 진하게 한 것도 아닌 것 같은데 햇살 아래 유난히 하얀 얼굴에 입술이 유독 붉었다. 자신보다는 연상인 것 같았지만, 서른 살 정도로 보이기도 하면서도 마흔을 한참 넘긴 것 같기도 한 것이 솔직히 나이를 종잡을 수 없었다.

"사량도 가는 길이죠?"

"아, 예……."

"같은 방향이네. 그분도 우리 고향 사람 같은데."

여자가 손끝으로 은서의 유골함을 툭 건드렸다. 승주는 이게 무슨 짓이냐고 따져 물으려다, 차마 목소리를 내지 못한 채 입만 벙긋거렸다. 낮도깨비라도 만난 듯 등줄기에 식은땀이 솟아올랐다. 산 사람 같질 않았다.

하지만 이상할 정도로 그 사람의 목소리가, 손길이 따뜻하게 느껴졌다. 젊은 나이에 억울하게 세상 떠난 사람의 마음마저 감싸안고 위로할 것처럼. 승주는 입술을 달싹거리다, 자기도 모르게 대답하고 말았다.

"…… 얘네 외가가 사량도였어요."

그 말을 하자마자 갑자기 목구멍 안에서부터 흐느낌이 새어 나왔다. 가슴에 꽉 막혀 있던 무언가가 밀려 올라오는 것처럼. 보자기 위로 눈물이 떨어져 군데군데 젖은 흔적이 남았다. 승주는 어쩔 줄 몰라 하며 뺨을 타고 흐르는 눈물을 팔과 어깨로 닦아보려 애썼다. 여자가 새하얀 손수건을 꺼내 승주의 눈물을 닦아주다가, 하얀 보자기에 싸인 은서를 받아 안고 손수건을 건넸다.

"괜찮아. 눈물도 닦고 코도 풀어. 안 돌려줘도 되니까. 알았지?"

"아니, 최윤형 이건 또 어딜 가서……."

"같이 있던 남자? 저기 아저씨 모시고 가던데?"

"아, 정말, 저 눈치 없는 새끼가."

승주는 눈물을 닦다 말고 한숨을 쉬다가, 차에 등을 댄 채 미끄러지듯이 주저앉았다. 여자는 그 곁에 쪼그려 앉았다.

"…… 사실 저도 왜 여기까지 왔는지 모르겠어요. 은서 외가라고는 하지만 지금은 아무도 없는 곳이고."

"아무도 없어도, 돌아갈 수는 있는 거지."

여자가 말했다. 겨우 진정하려던 참이었는데, 그 말을 들으니 이젠 뱃속 깊은 곳에서부터 뒤흔들듯한 울음이 쏟아졌다. 몇 번이나 바닥까지 비워내듯 울음을 토하고, 또 토한 다음에야, 승주는 고개를 들었다. 눈은 퉁퉁 부어 있었고, 다음 출항 시간까지는 40분밖에 남지 않았다.

"저기, 사랑도 가세요?"

"응."

여자는 눈물에 젖고 흐트러진 보자기 매듭을 다시 고쳐주며 말했다.

"그러고 보니 이름을 안 물어봤네. 나는 연희라고 해요. 신연희."

승주의 외삼촌인 신경욱이라는 남자는 한마디로 수전노였다. 돈이 없는 것도 아니면서, 경욱은 자기가 입고 먹고 쓰는 외의 모든 것을 사치와 낭비라고 생각했다. 은서를 낳고 직장을 그만두어야 했던 외숙모 현자에게 생활비를 주는 것조차 아까워했고, 현자가 보험 영업을 다니며 돈을 벌기 시작하자 그나마 생활비도 제대로 주지 않았다. 돈이 없는 것도 아니면서, 현자가 시름시름 앓아도 병원비가 아깝다며 병원에도 데려가지 않았고, 현자가 고통을 견디지 못하고 쓰러졌을 때에도 응급실에 가는 것마저 아까워하며, 119에 신고했던 은서에게 역정을 내던 인간이었다. 한마디로 인간쓰레기였다.

"남편 같은 거 하나도 쓸데없어요. 여자는 그저 보험을 믿어야 해. 보험이 최고야."

현자가 입원했다는 말을 듣고, 승주의 어머니인 미경이 승주에게 바리바리 먹을 것을 들려 앞세우고 병원으로 찾아갔을 때, 현자는 뼈만 남은 듯이 빰이 푹 꺼진 얼굴에, 간장에 겨자를 풀어놓은 것 같은 안색을 하고 미경에게 자기가 팔았던 보험이 얼마나 괜찮은 상품이었는지 이야기했다.

"내가 입원해야 한다고 하니까 은서 아빠 표정이 어땠는지 알아요? 아주 정말, 이런 쓸데없는 유지비가 들 줄 알았으면

이 여자랑 결혼 안 했을 텐데, 뭐 그런 표정이더라고."

"어이고, 이 화상이."

사실이 그랬다. 현자와 은서 모녀를 먹여 살렸고, 죽어가는 현자에게 마지막 의지가 되었고, 현자가 죽은 뒤에도 은서에게 얼마간의 돈을 남겨줄 거라고 믿을 수 있는 것은 보험뿐이었다.

"내가 미쳤지. 내가 고모 앞에서 그런 말 하는 것도 좀 그렇지만, 은서 아빠가 젊었을 때는 좀 반반하고 예쁘장했잖아요. 사람이 얼굴값을 하는 건데, 사랑이 뭐라고. 내가 진짜 미쳤지."

"내가 그래서 말렸잖아요. 우리 오빠 저거 사람 되려면 멀었다고."

"어른들이 어린 시누이가 강샘 부리는 거라길래 그런 건줄 알았지."

현자는 쓸쓸한 표정으로 중얼거렸다.

"남들은 다이아 반지 끼고 결혼한다는데, 나는 실반지 하나 끼고 결혼해서, 20년을 살면서는 생활비를 제대로 받아본 적이나 있나. 고모, 내가 이 보험 일 시작한 뒤로 은서 아빠한테 한 푼 받은 게 없어요. 돈을 못 버는 것도 아니면서 그래. 나한테는 그냥 보험이, 나하고 은서 먹여 살리고, 이제는 내가 아파서 다 죽어가니까 병원비 대주고, 남편보다 나아. 정말로 그래요."

"언니, 내가 언니 퇴원하면 언니한테 보험 세 개 들 테니까, 어서 일어나기나 해요. 아직 팔팔하게 젊은 사람이 죽네 사네 하는 거 아니야. 은서 대학 가는 건 봐야지."

"정말로 나한테 보험 들어야 해요. 응?"

현자는 웃었다. 하지만 현자가 그렇게 시누이인 미경을 붙들고 이런 말, 저런 말을 할 수 있는 것도 처음뿐이었다. 현자는 순식간에 용태가 나빠지더니, 곧 말도 하지 못하고, 사람도 알아보지 못하는 꼴이 되었다. 그리고 경욱은 현자가 암 수술을 받고, 항암 치료를 받는 내내 코빼기도 비치지 않았다. 간병에 나선 미경이 병원으로 불러낼 때에도 병실 안으로는 들어가지 않고 복도에만 서서, 마치 쓰레기통에 돈을 버리고 있다는 듯 투덜거리기만 했다. 그래 놓고는 현자가 세상을 떠나자 빈소에서는 보란 듯이 꺼이꺼이 울었다.

"속지 마. 저거 밥해줄 사람이 없어졌다고 저래."

마지막의 마지막까지, 나중에는 병마에 온몸이 물어뜯긴 듯 마르고 작아져 한 줌도 남지 않을 것 같았던 현자를 간병했던 미경은, 경욱이 오열하는 것을 보며 경멸을 담아 빈정거렸다.

"저거 우리 오빠긴 하지만, 진짜 인간이 저러는 거 아니다.

어떻게 사람이 한 번 들여다보질 않더니, 임종 앞두고 있으니까 빨리 좀 오라는데도 세월아 네월아. 나중에 물어보니, 사람 숨 거두는 거 보면 재수없다고 일부러 천천히 왔댄다. 나하고 은서, 둘이서 너희 외숙모 임종 지킨 거 뻔히 알면서."

현자가 세상을 떠났을 때, 현자와 경욱의 외동딸인 은서는 고등학생이었다. 이제 막 자식들 입시를 마치고 대학에 보내자마자 올케의 간병까지 했던 미경은, 이제 수험생이 될 조카가 눈에 밟혔다. 데려오려 했지만 경욱이 반대했다. 은서가 없으면 집안 살림을 누가 하느냐면서. 그래도 이제 고3 올라가는 아이인데 누군가는 애를 뒷바라지해 줘야 하는 게 아니냐고 하자, 경욱은 펄펄 뛰었다. 자기 밥해줄 사람이 없으면 곤란하다면서, 내 딸을 데려가면 네가 와서 내 살림을 해줄 거냐면서. 그 말 같지도 않은 소리를 무시했더니, 나중에는 동네 망신을 시키려는 듯, 집에 쳐들어와 어처구니없는 생트집을 잡으며 인신공격을 했다.

"우리 불쌍한 은서 데려가 놓고, 은서 엄마가 남긴 돈 네가 다 꿀꺽 삼키려는 거지!"

"누가 들으면 은서 엄마가 한 재산이라도 남겨놓은 줄 알겠네! 자기 마누라 병원비도 아까워서 바들거리던 인간이, 지금 뭐라는 거야!"

미경은 경욱에게 호통을 쳤지만, 그래도 경욱은 은서의 아버지였다. 멀쩡히 아버지가 있는데 고모가 데려다가 뒷바라지를 한다는 것 자체가 말이 안 된다는 말에, 미경은 포기했다. 그리고 은서를 데려간 경욱은, 은서의 앞으로 나온 아내의 사망보험금을 순식간에 곶감 빼 먹듯 다 빼먹었다. 은서는 미성년자고, 자신은 법적 보호자이니 거리낄 게 없다는 식이었다. 그러면서도 은서에게 필요한 돈은 무슨 핑계를 대서라도 주지 않으려 했다. 현자가 죽기 전에 은서 명의로 되어 있는 통장과 도장을 미경에게 맡겨두지 않았다면, 하마터면 은서는 대학 입학금도 모자랄 뻔했다.

그따위 인간이 다른 가족들에게는 지성껏 대했을 리가 없다. 승주의 외할머니, 그러니까 경욱의 어머니가 거동을 못하게 되었는데도 제 손으로 수발 한 번 드는 일이 없던 인간이 모친이 요양원에 들어가는 돈은 또 아까워서, 집 가까운 곳으로 모시지 않고 진짜 전국 최저가를 검색해서 찾아낸 듯, 어디 교통도 불편하고 다 쓰러져 가는 데다 어머니를 모셔다 놓고 돌아가실 때까지 들여다보지도 않았다. 그 바람에 미경만 친정어머니를 챙기느라 먼 길 오가며 고생을 했다. 외할머니가 돌아가시고 장례를 치르면서도 여러 일이 있었는지, 승주는 짐을 챙기고 실어나르느라 직접 보진 못했지만 장례식장에서도 언성을 높이고 싸웠다고 나중에 들었다.

"네 외삼촌 새끼는 상종 못할 인간이다. 나가 뒤졌다는 소리를 들어도 안 가볼 거다."

그렇게 외할머니를 봉안당에 모시고 돌아오며, 미경은 아예 경욱의 전화번호를 차단해 놓기까지 했다.

그나마 승주네 가족들이, 저 신경욱이라는 작자가 살았는지 죽었는지는 알고 지내는 것은 오로지 은서 덕분이었다. 은서는 마치 현자가 혼자 낳은 딸인 듯, 매사가 야무지고 주변 사람들을 착실하게 잘 챙기는 아이였다. 어디를 보아도 경욱과는 닮지 않았다. 은서는 수시로 전화를 걸어 미경의 안부를 물었다. 대학에 가서 아르바이트를 하면서부터는 승주네 가족들 생일이나 어버이날, 연말이 되면 미경에게 케이크 쿠폰 같은 것을 보내곤 했다. 아르바이트 하는 학생이 돈이 어디 있어서 이런 걸 보내느냐고 손사래를 쳐도, 은서는 늘 한결같았다.

"저희 엄마 마지막에 돌봐주신 분은 고모밖에 없었어요. 그러니까 이런 거라도 하게 해주세요."

대학에 들어가면서 은서는 학교 근처에서 원룸을 얻어 자취했다. 미경이 수시로 찾아가 밑반찬 같은 것을 챙겨주었고, 승주는 한 달에 한두 번쯤 은서를 만났다. 함께 병원에 가고, 심리 상담 센터에 갔으며, 은서의 마음이 좀 회복된 뒤에는 옷을 사러 가거나, 영화를 보러 갔다. 은서를 만나러 간다고 하면 미경이 용돈을 쥐여주는 일도 있었기에, 승주는 학생이 가기에는 조금 비싸지만 그래도 분위기가 좋아서 젊은 층에 유행하는 식당이 있으면 은서를 데리고 가기도 했다. 그러면서 혼자 사는 것이 힘들진 않은지, 차라리 승주네 집에 들어와 같이 사는 것은 어떤지, 학교 공부는 어떤지, 남자 친구는 있는지, 그런 뻔하고 사소한 것들을 물어보곤 했다.

"언니, 내 주제에 무슨 남친이야?"

은서는 똑똑하고 학교생활 잘하고, 키는 조금 작지만 생김새도 귀여웠다. 은서에게 고백하는 남자애들도 있었다. 본인이 연애에 흥미가 없다면 모를까, 마음만 먹는다면 얼마든지 괜찮은 남자 친구를 만날 수도 있었을 것이다. 하지만 남자 친구 이야기를 물어볼 때마다, 은서는 말끝을 흐리며 곤란하다는 듯한 미소를 지었다. 워낙 자존감이 바닥나 있어서 연애에까지 관심을 둘 상황이 아니기도 했고, 자기 아버지 같은 남자를 만날까 봐 걱정하는 것 같기도 했다.

승주는 주변에서 고르고 골라, 얌전하고 착실하고 예의도 바른 학교 동기인 윤형을 은서에게 소개해 주었다. 아는 사람을 소개해 주면 자기 평판을 생각해서라도 은서에게 함부로 대하는 일은 없을 것이다. 실제로도 윤형은 은서에게 잘 했다. 요즘 기준으로는 조금 이르지만, 취직을 하고 어느 정도 자리를 잡는 대로 은서와 결혼하고 싶다고 늘 말했다. 윤형의 부모님도 성실하고 예의 바른 은서를 퍽 마음에 들어 했다. 은서가 결심만 했으면 벌써 진작에 결혼을 하고도 남았을 것이다. 하지만 자기 엄마의 고되고 불행한 결혼 생활을 눈앞에서 지켜보았기 때문일까, 은서가 자꾸 뜸을 들였다. 겨우 결심을 한 것이 작년이었다. 그리고 올해 초, 은서의 서른 번째 생일을 앞두고 본격적으로 혼담이 오갔다.

상견례 때, 정말 십 년 만에 딸과 만난 경욱이 결혼을 반대한다며 생트집을 잡았다. 하지만 윤형의 부모님이 은서를 감쌌다. 경욱을 절대로 결혼식에 부르지 않는 조건으로, 결혼식 혼주 자리에는 승주의 부모님이 대신 앉기로 했다. 예식장을 잡고 스튜디오와 드레스를 예약했다. 신혼집을 구하고 전세 대출을 받기 위해 서둘러 혼인신고도 했다. 바로 열흘 전인 지난 주말에만 해도 아직 가구가 다 들어오지 않은 그 집에서 윤형과 은서가 마주 앉아 함께 청첩장을 접고 스티커를 붙였다고, 마치 조립 공장 같았다는 농담을 하는 것도 들었다.

행복해 보였다. 행복했어야 했다. 그랬는데, 뛰어내렸다. 바로 두 사람의 신혼집인 아파트 베란다에서.

"아이고, 사량도라고 해서 아주 촌인 줄 알았는데 이런 미인이 다 사시고."

아침에 화장한 딸의 뼛가루가 다 식지도 않았는데, 경욱은 상복의 검은 넥타이도 풀어서 주머니에 대충 쑤셔 넣은 한심한 차림으로 실실 웃음을 흘리며 연희에게 추근거렸다. 연희는 적당히 거리를 두며 상대를 밀어내면서도 대놓고 거부하지는 않는, 그야말로 영업용 미소를 지으며 대꾸했다.

"사량도에는 원래 미인이 많아서, 저 정도는 생긴 축에도 들지 않아요. 그러고 보니 돌아가신 사모님도 사량도 출신이시라면서요."

"아이고, 우리 집사람. 그 여자. 말도 말아요. 아주 못난이였어. 그거 그냥 나나 되니까 데리고 살았지……."

경욱은 고개를 저으며 손사래를 치다가 괜히 코끝을 손으로 문지르더니, 바다 위로 여기저기 솟아 있는 산등성이들, 드문드문 흩뿌려진 섬들을 바라보며 우수에 잠긴 척을 했다.

"난 사실, 집사람 죽고 나서 사량도는 처음입니다."

물론 경욱의 머릿속 자신의 모습이야 우수에 잠긴 쓸쓸한 홀아비 역을 연기하는 미남 배우 비슷한 것이겠으나, 옆에서 보기에는 우스꽝스러울 정도로 그 음흉한 뱃속이 뻔히 들여다보이는 짓이었다. 픽업 아티스트 출신 유튜버의 여자 꼬시는 법 강의를 잘못 들은 것도 아니고, 이쯤 되면 어디서 퇴물 제비가 1980년대 식으로 뻐꾸기를 날리는 걸 보고 배운 것 같았다.

"집사람 그렇게 보내고 나서, 사량도 하면 늘 마음이 울컥하고 허전하고 그랬지요. 그런데 이렇게 사량도 가는 배에서 연희 씨를 만나다니. 이런 것도 다 인연 아니겠습니까. 허허허."

"허허허?"

뒤에서 그 같잖은 꼴을 지켜보고 있던 승주가 이를 갈았다. 손마디에 힘이 들어가다 못해, 은서를 감싼 흰 보자기가 구겨

질 지경이었다. 윤형이 얼른 보자기를 받아 안았다. 승주가 윤형을 매섭게 흘겨보았다.

"너도 지금, 저 인간 하는 소리 들었지?"

"…… 미안."

"저게 지금 상중에 할 소리야? 너, 내가 왜 저 인간 안 데려오려고 했는지 이제 알았냐? 난 대체 네가 무슨 생각인지 모르겠다. 빈소에서 저 인간이 술 처먹고 퍼져서는, 장례식에 사사건건 훼방만 놓는 것도 봤잖아?"

"미안해. 그땐 내가 정말 아무 생각도 안 들었었어. 그냥 은서가 왜 죽었나, 그 생각만 했어."

"아니, 그건 이해해. 그거야 내가 이해 못 하면 나쁜 사람이지. 그런데 말이야, 내가 경우가 없는 사람도 아니고. 은서 사촌이고 집안 사정 다 아는 내가 저 인간 데려가면 안 된다고 신신당부를 했으면 다 이유가 있나 보다 하고 좀 알아들을 것이지."

"미안. 내가 정말 크게 실수한 것 같다."

"…… 다음번에는."

다음번에는 그러지 말라고 말하려다가 실언이라는 것을 깨달았을 때는, 윤형의 눈에서 이미 눈물이 뚝뚝 떨어지고 있었다.

"미안. 다음번이……."

은서는 죽었으니, 다음 번이 있을 리 없다.

은서가 죽었어도 윤형은 살아가야 하고, 다음에 또 이런 식으로 약혼자나 배우자를 갑작스럽게 앞세우는 일은 없어야 한다.

그걸 알면서도 누구 탓이라도 하지 않고는 견딜 수 없어서, 승주는 흰 보자기에 싸인 은서를 윤형의 품에서 빼앗아 의자에 앉혀두고, 윤형의 옆구리에 주먹을 꽂아 넣었다. 윤형이 비틀거리다가 바닥에 주저앉으며 눈물을 펑펑 쏟기 시작했다. 승주는 은서를 다시 품에 안고 의자에 걸터앉으며, 사실은 자신이야말로 저렇게 주저앉아서 하염없이 울고 싶다고 생각했다.

모든 게 다 엉망이었다.

은서가 아파트에서 투신한 그 순간부터 지금까지, 승주는 은서를 여기까지 데려오기 위해 죽을 만큼 힘을 내며 싸워야 했다.

은서가 죽었다는 소식을 듣고 달려갔을 때, 그 자리에는 경욱이 먼저 와 있었다. 은서에게 결혼 전에 한번 보자고, 결혼을 반대하긴 했지만 그래도 아버지 얼굴은 봐야 하는 게 아니냐며 신혼집에 찾아왔는데, 아파트 단지에 들어서는데 119 구급차가 단지로 들어갔다고 했다. 은서가 추락한 것을 발견하고, 바로 병원으로 왔다고 했다.

"악상 중의 악상인데, 장례식은 무슨 장례식."

그리고 경욱은, 딸인 은서의 장례를 차르는데도 수전노같이 굴었다.

"결혼도 안 한 젊은 처녀 애가 제 발로 뛰어내려 죽었는데, 뭐 좋은 일이라고 친구들을 부르고 장례식을 해. 괜한 소문 낼 것 없고, 빈소도 차릴 것 없어."

천애 고아라면 모를까, 뻔히 아버지가 있는데 사촌 주제에 무슨 상관이냐고, 성도 다른 사촌 따위, 철들고 나면 남이나 다름없다고 했다. 눈이 뒤집혀서 난동을 부리다시피 하며 삼일장을 고집했다. 부의금 받고 장례비가 모자라면 자신이 내겠다고 승주가 선언한 뒤에야, 경욱은 못 이기는 척 삼일장을 허락했다. 망자의 장례를 치를 권리란 배우자와 직계존비속, 그리고 형제에게 주어진 것이었다. 조카나 사촌은 그 권리 밖에 있었다. 그래도, 할 수 있는 일은 해야만 했다.

오래 연애하다가 결혼을 앞두고 있던 예비 신부의 죽음에 넋이 나간 윤형을 데려다가 상주 자리에 앉혀놓았다. 이제 갓 서른 살인 은서의 친구들과 그보다 한두 살 위아래인 선후배들, 직장 동료들이 찾아와서 눈물만 뚝뚝 흘리는 윤형의 손을 잡고 함께 울음을 터뜨릴 때, 경욱은 제일 먼저 부의금 함 열쇠를 챙기고, 누가 부의금을 노릴세라 눈을 부라렸다.

"사람이 결혼도 안 하고 자식도 없이 죽었으면, 부모가 오히려 상속을 받는 법이야."

새벽 세 시에 부스럭거리는 소리가 나서 도둑이 들었나 하고 빗자루를 들고 나왔을 때, 경욱은 부의금을 제 품에 쑤셔 넣다가 뻔뻔하게 말했다. 한심하고 기가 막혀서, 안쪽 방에서 웅크려 자던 윤형을 깨웠다. 그리고 뭘 모르는 경욱을 향해 말했다.

"일단, 부의금으로는 장례비 정산을 해야 해요."

"장례비는 네가 낸다고 했잖아."

"모자라면 모자란 만큼 내가 내겠다고 한 거죠. 그리고 남는 돈에 대해서도 외삼촌 혼자 가져가시면 안 돼요. 결혼을 안 했으면 외삼촌 말씀도 맞는데, 은서 결혼했어요. 신혼부부 대출 받으려고 혼인신고부터 했으니까, 지금 그 돈 윤형이랑 의논도 없이 가져가면 절도예요. 아시겠어요?"

은서의 빈소에서도 눈물 한 방울 안 흘리던 작자가, 그 말을 듣고 주저앉아 아이고아이고 하고 곡하는 시늉을 하기 시작했다. 정말 어처구니가 없었다. 결국 윤형이 피곤한 얼굴로 말했다.

"됐어, 승주야. 내 몫인 절반으로는 장례비 정산하고, 나머지 반은 아버님 드려."

"야, 최윤형."

"장례식에서 돈 갖고 싸우는 거, 정말 세상 떠난 사람한테 못할 짓이랬어. 모자라는 것도 내가 같이 채울 테니까 말해주고."

쓸데없이 착한 최윤형은 바로 물러났다. 하지만 이대로 두면 열쇠를 쥐고 있는 경욱이 부의금을 다 털어갈 게 뻔했다. 별수 없이 그 새벽에 돈을 세고 반으로 나누었다. 저 신경욱이라는 인간이 나중에 무슨 트집을 잡을지 몰라, 그 자리에서 백지에 부의금을 얼마씩 어떻게 나누었고, 장례비 정산은 어떻게 할 것인지에 대해 각서를 쓰고 세 사람의 지장을 찍었다. 은서가 죽었는데 그 죽음을 온전히 애도하지는 못할망정, 저런 망종 때문에 발인 날 새벽에 싸우고 있으려니 돌아버릴 것 같았다. 원래도 상종하기 싫은 사람이었지만, 왜 미경이 자기 친오빠 이름만 들어도 불구대천의 원수 보는 듯한 표정을 짓는지, 다시 한번 납득이 갔다.

"은서 장례비, 모자라면 엄마한테 말해."

미경은 중간중간 승주에게 전화를 걸어 상황 돌아가는 것을 파악했다. 미경은 은서의 장례식에 오지 못했다. 은서가 죽었다는 소식을 듣고 그만 까무러치는 바람에 1박 2일을 꼬박 병원에 누워 있는 바람에, 입관하는 것은 보지도 못했다. 입관한 뒤에라도 경욱이 없을 때 잠시 다녀가려 했지만, 경욱이 부의금 함 앞에 하루 종일 죽치고 앉아 있었으니 그것도 여의치 않았다.

"내가 가야 한다 싶다가도, 은서 장례식장에 또 네 외삼촌이랑 욕하고 싸우면, 은서한테 그것도 못할 짓이니 어떡해야 좋을지 모르겠다."

"오지 마. 나도 외삼촌 때문에 돌아버릴 것 같으니까."

"그래. 엄마가 수도 없이 말했지만 네 외삼촌이랑 절대 단둘이만 있지 말고. 봉안은 어디로 한대?"

"몰라. 장례지도사가 화장장 예약은 해줬는데, 봉안 어디로 할 건지 물어보니까 자기가 알아서 한대."

"지 주제에 뭘 알아서 해. 자세히 좀 말해봐."

"몰라. 나도 몇 번 물어봤는데 봉안당은 알아보지도 않았어. 자기 말로는 승화원에 무슨 동산이라고 무연고 유골들 뿌리는 데 있다면서, 옛날 같으면 부모보다 먼저 죽은 자식은 장례도 치르지 않고 내다버렸다는 소리만 계속 하는데, 공짜니까 거기다 내다버리겠다는 소리잖아."

"미친 새끼가."

전화 저편에서 미경이 욕설을 내뱉었다. 승주는 쩔쩔매다가, 누가 들을세라 나직하게 속삭였다.

"엄마. 사실은 은서가 떠나기 전에, 나한테 메시지를 보냈어."

"…… 뭐라고 보냈는데."

"사량도에 가고 싶다고."

"사량도?"

"응, 난 사랑도인 줄 알고, 신혼여행으로 가면 되겠네 하고 농담을 했었어. 근데 은서가 농담 아니라고, 자기 엄마 고향이 거기라고 나한테 그랬어. 그래도 나중에 기회 봐서 같이 다녀오자고 했는데, 그게 아니었나 봐. 엄마, 내가 어떻게든 얘를 사량도로 데려가야 할 것 같아. 나한테 그런 메시지 보낸 거, 데려다 달라는 뜻 맞지?"

미경은 좀 알아보겠다며 전화를 끊었다. 저쪽에서는 고른 숨소리 사이로 간간히 흐느끼는 소리를 내며 윤형이 웅크린 채 잠들어 있었고, 반대편 끝에서는 경욱이 이불들을 혼자 다

끌어다 덮은 채 코를 골며 자고 있었다. 혼자서 빈소를 정리하고, 남은 손님 접대용 물품 중 뜯지 않은 것들은 따로 정리해서 쌓아두고, 동이 트기 전 장례식장 쪽 비용을 정산했다. 발인 시간을 얼마 남기지 않고, 전화벨이 울렸다.

"사량도에 암자가 있어. 엄마가 알아보고 미리 부탁드린 거니까, 거기 가서 간소하게 삼우재 지내고 사십구재까지 절에 맡겨놓으면 돼."

"벌써 알아봤어? 이 새벽에?"

"절에서 새벽 예불이 네 시 반이야. 지금은 벌써 아침 공양 다 하고 뒷정리 할 시간이다. 얘, 너희 외삼촌이 무슨 소리를 하든 귓등으로도 듣지 말고, 식은 안 올렸어도 법적으로는 이미 윤형이가 은서 남편이야. 여차하면 윤형이 내세워서 움직여."

전화를 끊고, 승주는 자양강장제를 한 병 까서 마시고는 바로 움직이기 시작했다. 미경이 알려준 암자에 전화를 하고, 자기 차에 짐을 실었다. 승화원에서 화장을 한 뒤에는 영구차가 다시 유족들을 데리고 장례식장으로 돌아온다고 했다. 승화원에서는 윤형을 고인의 남편이라고 내세워, 혹시라도 멋대로 유택동산에 산골해 버리지 못하도록 단단히 단속하고, 데리고 돌아오자마자 차를 몰고 통영으로 가기로 했다. 윤형을 깨워서 계획을 알렸다. 나중에라도 은서의 기일에 성묘라도 오고 싶다면, 경욱에게 절대 휘둘려선 안 된다고 신신당부도 했다.

윤형은 대체로 잘 따라주었다. 아무리 그래도 은서 아버님인데, 모시고 가야 한다며 굳이 행선지를 알린 것도 모자라 손수 승주의 차 뒷좌석 문까지 열어드린 것만 제외하면.

"저기가 사량도예요. 멀진 않죠?"

그간의 일들을 곱씹던 승주는 연희의 목소리에 고개를 들었다.

수평선 여기저기 산과 능선을 흩뿌려 놓은 듯한 풍경 속에서, 커다란 산이 우뚝 솟은 두 개의 섬이 다리로 연결된 듯한 모습이 눈앞으로 다가왔다.

"지금 보이는 저기가 옥녀봉이에요. 어머니가 말씀하셨다는 암자도 저쪽에 있고."

"감사합니다."

"감사는 무슨. 그냥 제 있다고 알려주는 건데요."

연희는 웃었다. 아까 경욱과 함께 있을 때와는 다른, 그저 힘든 일들을 마치고 집에 돌아가는 사람다운 순순한 미소였다.

원래는 섬에 도착하자마자 바로 암자로 올라갈 생각이었지만, 연희가 극구 말렸다.

"지금 저기가 별로 안 높아 보이죠? 그냥 동네 뒷동산처럼 보이는데, 여긴 죄다 섬이에요. 여기 산이라고 보이는 건 죄다 시작부터 가파른 돌산이고. 뭍에서 등산 장비 다 갖추고 온 사람도 올라가기가 썩 수월치 않아요."

"그래도 우회로가 있을 것 같은데요. 절이나 암자가 있으려면……. 중간까지 차 다니는 길이 어디 없을까요?"

"한참 돌아가는 길이 있기는 있지만, 거기서부터 올라가는 것도 쉽지 않은데. 무엇보다 다들 지금 등산 준비는 하나도 안 하고 왔잖아요."

그 말에 비로소 승주는 제 옷차림을 내려다보았다. 새카만 정장에, 굽이 낮은 구두 차림이었다. 등산 장비를 다 갖추고 와도 힘든 길이라면, 이 상태로 산에 올라가는 것은 무리다. 그런 데다 자기 한 몸만 끌고 올라가면 되는 것도 아니다. 은서가 있다.

"눈 밑이 시커멓네. 이분 그렇게 세상 떠나고 나서 한숨도 못 잤나 봐요."

연희가 혀를 찼다. 사실이 그랬다. 은서가 크게 다쳤다는 소식을 듣고 달려왔을 때부터 지금까지, 제대로 누워서 잠을 자지 못했다. 밤에 사람이 없을 때에도 빈소 벽에 등을 기댄 채, 졸다 깨다 하며 겨우겨우 눈만 붙였다. 그리고 화장이 끝나자마자 은서를 데리고 통영까지 운전해서 왔다. 강행군이었다.

"이러지 말고, 우리 집에서 하루 쉬고 내일 올라가요."

"감사합니다. 하지만……."

"우리 집은 나하고 고양이들 두 마리만 사는데, 바깥채에서는 도예 공방을 하고 안채는 2층으로 되어 있어서 때때로 친구들이 놀러 오기도 하고, 성수기에는 민박을 받을 때도 있고요. 그러다 보니 사람들 놀러 왔을 때 쓰라고 등산화나 스틱 같은 것도 여벌로 있으니까, 우리 집에서 일단 쉬고 내일 등산화 신고 올라가요. 이대로 올라갔다간 사고 날 것 같아서 그래."

평소 같았으면 그냥 좋게 거절하고 말았을 거다. 낯선 곳에서 낯선 사람이 이유 없이 건네는 조건 좋은 호의란 대개 수상쩍고 위험한 것이었다. 마치 날이 저문 산골짜기에서 길을 잃은 과객에게 빈방을 내어주는 젊은 과부가 알고 보니 먹이를 구하는 구미호나 복수를 하려던 뱀이었다더라 하는 옛날이야기처럼. 하지만 따뜻하고 다정하게 이쪽의 상황을 살펴주는 말에 승주는 별생각 없이 고개를 끄덕였다. 어쩌면 너무 피곤해서, 수면 부족이라서, 혹은 은서의 죽음이 아직 실감 나지도 않고 현실감도 없어서, 그래서 그냥 어떻게든 되겠지 하고 넘어가는 것일지도 모른다.

설령 뭔가 꿍꿍이가 있다고 해도 일행 중에 남자가 둘이나 있는데 어떻게든 되겠지 하는 느긋한 생각이 잠시 머리를 스쳤지만, 승주는 곧 고개를 가로저었다. 무슨 일이 생기면, 저 신경욱이라는 작자는 자기 조카며, 예비 사위를 먹잇감으로 던져주고 자기 혼자 살자고 제일 먼저 내뺄 인간이었으니까.

"그럴게요. 감사합니다."

하지만 그런 모든 의심을 넘어, 연희의 태도에는 어쩐지 이쪽이 쉽게 거역할 수 없는 무언가가 있었다. 공포도 위압감도 아닌, 부드럽지만 심지 굳은 무언가가.

그래. 될 대로 되라지.

은서가 죽었다. 윤형과 결혼해서 소박하고 지루한 행복이 계속되는 가정을 꾸리고 싶다고 늘 말하던 아이가 결혼식을 앞두고 신혼집에서 스스로 목숨을 끊었다. 여기서 더 나쁠 수는 없는 일이다. 그러니 이번 일도, 끽해야 죽기밖에 더 하겠어? 여객선에서 차를 빼고, 올 때는 비어 있던 조수석에 연희를 태우고, 승주는 연희가 알려주는 대로 차를 몰았다. 뒷좌석에는 은서를 안고 있는 윤형과, 입맛을 다시며 창밖을 내다보는 경욱이 타고 있었다.

"야, 승주야. 여기 바다가 끝내주는데. 가기 전에 회 먹고 가자."

"…… 아버님."

윤형이 승주의 눈치를 살피며 경욱을 말렸다. 경욱은 입맛을 쩝쩝 다시며 중얼거렸다.

"에, 그래……. 뭐, 너희가 왜 그러는지는 알겠다만. 그래도 산 사람은 살아야지. 안 그래? 사람이 말이야, 나이를 이만큼 먹다 보면……."

길은 좁고 꼬불꼬불했다. 승주는 경욱이 되는 대로 내뱉는 쓰레기 같은 소리들을 머릿속에서 부지런히 몰아내며 운전에만 집중하려 애썼다. 골목길에서 까만 고양이 한 마리가 툭 튀어나오는 것을 아슬아슬하게 피하며 승주는 경욱을 향해 나직하게 욕설을 내뱉었다.

연희의 집은 겉보기에는 다른 집들과 별다를 게 없어 보였다. 좁은 마당은 깨끗했고, 집 안도 정갈하고 청결한 느낌이었다. 목제 데크에는 고양이 두 마리가 뛰놀다가 생긴 흠집 위로 오일을 덧바른 흔적들이 엿보였다. 부지런하고 깔끔한 사람이 잘 관리한 집, 신문 잡지의 라이프스타일을 다루는 기자들이 파인더에 담고 싶을 만한 집이었다.

"아이고, 되다……."

되긴 뭐가 되다고. 장례식 내내 빈소에서 술 먹고 자는 것밖에 하지 않았으면서. 여기 오는 동안에도 운전대 한번 안 잡고, 먹고 자고 헛소리만 하던 인간이 또 시작이다. 정말, 이 평화로운 풍경에서, 낯선 사람의 집에 방문해서도 체면치레조차 할 줄 모르고 집주인에게 묻지도 않고 평상에 대자로 눕기부터 하는 저 무례한 인간만 좀 빠져주면 더할 나위 없을 텐데. 승주는 눈살을 찌푸리다가, 윤형의 품에 안겨 있는 은서를 바라보며 화를 참았다. 지금은 어디 놀러 온 것도, 쉬러 온 것도 아니다. 엄마의 고향인 사량도에 가고 싶다던 은서, 그 은서를 이곳 사량도의 암자에 모시고, 좋은 곳으로 가라고, 속세의 고통일랑 다 잊어버리라고, 젊어서 갑작스럽게 세상을 떠난, 제 목숨을 모질게도 스스로 끊은 그 넋을 위로하기 위해 온 거다. 21세기나 되어서 정말로 넋이며 혼백이며 귀신 같은 것이 있을 리야 없겠지만, 산 사람이 남은 삶을 살아가기 위해서라도 그런 일들이 필요할 것 같아서.

"그러면 아버님은 이쪽에서 좀 쉬고 계세요."

연희가 싹싹하게 말했다. 경욱이 당황하여 몸을 일으켰다.

"아니, 아버님이 아니라 그냥 경욱 씨라고……."

"자기야, 자기는 이쪽으로 좀 오고. 그분 모시고서."

경욱의 헛소리를 못 들은 체하며 연희가 앞장을 섰다. 승주는 연희와 윤형을 번갈아 쳐다보다가, 윤형에게서 은서를 받아 안고 얼른 연희의 뒤를 따랐다. 좁은 복도를 지나 2층으로 올라가니 오랜 세월 나무에 깊이 밴 향냄새가 점점 짙어졌다.

"이쪽으로."

연희가 문을 열었다. 안쪽에는 나무로 단을 쌓아놓은 위로, 마치 법당처럼 불상과 탱화, 그리고 하얀 한복을 입은 여자 산신상 같은 것이 놓여 있었다. 승주가 눈을 깜빡였다.

"…… 신당이네요."

"응, 그래서 아까 터미널에서 보자마자 마음이 쓰였어요."

연희가 단 위를 정리하며 대답했다. 그는 은서를 받아 단 위에 올리고 그 앞에 작은 향로를 놓았다.

"젊은 사람이 비명에 갔는데, 하룻밤이라도 내 집에서 편히 쉬고 가라고 하고 싶어서."

"…… 감사합니다."

승주가 고개를 숙였다. 그때 문밖에서 시끄러운 소리가 났다.

"어, 이거 뭐야. 여기 2층도 있네?"

"아버님, 올라가지 마시고요!"

"아니, 여자들이 자기들끼리 재미있게 놀려고 갔잖아. 우리 남자들은 낼름 버리고서."

"아버님!"

연희가 문을 열었다. 문 앞에는 자기는 아무 짓도 안 했다는 듯한 표정을 짓고 눈을 껌뻑거리는 경욱과, 어쩔 줄 몰라 하며 경욱을 붙잡는 윤형이 보였다. 연희는 웃으며 문을 활짝 열었다. 안에 있는 병풍이며 불상이며 타고 있는 굵은 초까지 훤히 다 보이도록.

"여긴 대신 할머니가 계신 곳이어서, 시끄럽게 큰 소리 내면 부정 탑니다."

"아, 예……."

"우리 할머니는 남자들을 싫어하세요. 어서 내려가세요."

연희가 말하자, 경욱은 입맛을 다시며 주춤주춤 뒷걸음질을 쳤다. 고약하게 쩝쩝거리는 소리에 승주는 눈살을 찌푸렸다.

"자기, 우리도 나가자."

연희가 승주의 어깨를 감싸듯 밀어내며 말했다. 승주는 신당을 나서려다 말고 뒤를 한 번 돌아보았다.

경욱의 시선이 닿지 않는, 신당 안에 포근하게 놓인 은서를 보니 조금은 안심이 되었다.

"아니, 문 열고 나오면 바다인데 어째 풀밖에 없어."

된장찌개와 산나물들로 정갈하게 차린 밥상이 나오자, 손가락 하나 까딱 않고 앉아서 그 밥상을 받으려던 경욱이 공연히 타박을 했다. 식사 준비를 돕던 승주와 상을 차리던 윤형은 민망함에 고개를 돌렸다. 연희가 웃으며 대답했다.

"내일 절에 모시고 재를 올리신다면서요. 부처님 전에 제사 올리시는데 오늘 내일은 정갈하게 잡수셔야죠."

"뭐, 그거야 애들 생각이고."

경욱이 쩝쩝거리며 먼저 숟가락을 들었다. 경욱과 숟가락도 닿기 싫어 사람마다 앞접시를 놓았는데, 경욱은 먼저 된장찌개에 숟가락을 푹 담그며 또, 굳이 쓸데없는 말을 한마디 했다.

"그런데 또 무당이신 줄 몰라보고, 제가. 허허허."

"사람 팔자가 마음대로 되는 것은 아니니까요."

"그러게나 말입니다. 그런데 아니, 사람이 죽으면 정말 귀신이 됩니까?"

윤형은 더 이상 경욱을 말릴 마음도 들지 않는지, 그저 고개를 돌리고 눈을 질끈 감았다. 내가 그래서 저 인간을 데려오면 안 된다고 했는데. 승주는 고개를 절레절레 저었다. 그때 연희가 대답했다.

"글쎄요. 『예기禮記』에서는 사람이 죽으면 혼은 하늘로 돌아가고, 백은 땅으로 돌아간다고 말했지요."

"아니, 어려운 소리 하지 말고. 왜, 그, 젊은 여자애가 시집도 못 가고 죽으면 처녀 귀신이 된다지 않아."

"아버님!"

윤형이 참다 못해 소리를 내질렀다. 평소에는 얌전하고 예의 바르던 윤형이 갑자기 소리를 지르자, 경욱은 어깨를 움찔거리며 당황한 척했다.

"아니, 누가 뭐랬나. 그냥, 내 딸이야 자네가 호적상 남편이라고 그러니 처녀 귀신은 아니겠지만. 그래도 또 궁금해서 말이야."

"……."

"대체 처녀 귀신의 기준이 뭔가? 음?"

죽여버리고 싶었다.

세상에서 흔히 말하는 개저씨라는 게 있다. 무례하고 화가 많고, 다른 사람들과 함께 앉은 자리에서도 오직 자신의 말초적인 욕망을 채우는 데만 급급할 뿐, 배려도 예의도 양보도 없이 이기적이면서, 자기가 욕 먹는 줄은 모르는 멍청한 중년 남자 말이다. 경욱이 세상에서 말하는 개저씨의 스테레오타입, 그 이상이라는 것은 전부터 알고 있었다. 하지만 사람이 아무리 경우가 없어도 그렇지.

자기 딸의 장례식이다.

자기가 딸에 대해서도, 딸과 결혼할 예정이었던 윤형에 대해서도 썩 좋은 아버지며 장인이 아니었다고 해도, 사람이 죽었으면 갖추어야 할 최소한의 예의라는 건 있는 법인데, 저 인간은 죽은 딸의 장례조차 제대로 치르지 않겠다고 버티다가, 죽은 은서가 마지막으로 가고 싶어 했던 곳에 은서를 모시려고 했더니 굳이 여기까지 따라오며 훼방을 놓았다. 그런 데다 아는 사이도 아니면서 은서의 혼백이 하루 쉬어 가라고 이렇게 자기 집으로 데려온 연희에게 하는 말이 저따위다.

"그거 성희롱이에요, 외삼촌."

"넌 사람이 무슨 말만 하면 성희롱……. 너도 그, 페민가 뭔가 하는 그런 애들이냐? 남자는 다 범죄자입네 하는 그런 애들?"

"외삼촌이 지금 하시는 말씀이 그런 거라고요. 외삼촌이 정말로 처녀 귀신의 학술적인 정의가 궁금해서 물어보는 게 아니잖아요?"

"괜찮아요. 그만해요."

연희가 승주를 만류했다.

"하지만……."

"그런 게 궁금하실 수도 있죠. 의도야 어떻든."

말을 하다가, 연희가 입가를 올리며 히죽 웃었다. 새하얀 피부에 붉은 입술이 유난히도 선명해서, 묘하게 귀기가 어려 있는 듯이 보이는 미소였다.

"특히 여기 사량도에는 처녀의 원혼이 깃들어 있다고 하거든요."

"에, 그러니까…… 정말 그 손각시라는 게 있다고?"

"잘 아시네요. 처녀 귀신, 혹은 손말명. 아버님 말씀대로 손각시라고도 하죠. 혼기에 찬 젊은 아가씨가 결혼을 하지 못한 채 죽어 한을 품으면 흔히 손각시가 된다고 해요."

"근데, 그런 건 혹시 어떻게 때려잡습니까?"

조금 전까지는 큰 소리로 웃고 떠들던 남자가, 갑자기 목소리를 깔며 물었다. 심각한 표정이었다. 마치 정말로, 딸이 처녀 귀신이 되어 나타날까 봐 겁이라도 먹은 듯한 얼굴이었다.

"검색해 보니까, 그래서 시집 못 간 처녀가 죽으면 어디 네거리에 묻어서, 아무나 마구 밟고 다니게 해야 못 나온다던데……."

"그래서 따님을 여기까지 데려오신 거예요? 손각시가 될까 봐?"

연희가 웃었다. 웃음은 웃음인데 대놓고 상대를 비웃는 듯한 표정인 것이, 아무래도 심기가 단단히 상한 것 같았다. 승주가 연희의 옷자락을 붙잡았다. 연희는 손을 들어 승주의 손등을 툭툭 두드리며 나직하게 소리 내어 웃었다.

"사람들이 손각시가 무섭다더라 하면서, 동티 나지 말라고 남자 옷을 입고 엎어서 묻어라, 저잣거리에 갖다 묻고 지근지근 밟아라, 남자들이 밟고 다녀야 손각시가 안 나온다더라, 뭐 그런 말들을 하는데……."

소름이 돋았다. 연희의 목소리가 한순간 둘로 갈라진 것 같아서.

"…… 손각시는 그렇게 무서운 것이 아니야."

그것은 연희의 목소리로되, 연희의 목소리가 아니었다. 마치 다른 누군가가 연희와 똑같은 속도, 똑같은 말투로 그의 목소리를 흉내 내어 동시에 말하는 것 같은, 그런 기묘한 울림이었다.

"손각시, 손각시, 말은 많아도, 일찍 죽은 젊은 여자가 해코지를 해 봤자 일가친척 중에 결혼하는 처녀가 있으면 시샘하는 게 고작이지. 그네들의 시샘 때문에 젊은 아가씨가 병에 걸려서 앓아눕거나 하는 일도 간혹 있지만 죽을 정도도 아니고. 사실 손각시들도 그저 저를 잊지 않고 챙겨주면 걱정할 것도 없지. 때맞춰 맑은 물에 흰쌀밥 한 사발, 잔칫날에 시샘하지 말라고 떡과 사탕이면, 서럽고 박복하여 남들 다 하는 혼례도 못 치르고 죽은 것도 제 복이 거기까지인가 보다 하고 넘기고 삭이는 게 그것들이지.”

“그런가요?”

“동티 나면 더 독한 건, 손각시보다는 몽달귀신 쪽이야. 왜, 남자도 장가 못 들고 죽으면 몽달귀신이 된다, 상사병을 앓다 죽으면 그렇게 된다고 말들을 하지. 말이 좋아 상사병이지, 내가 너를 사랑한다며 힘으로 어떻게 해보려고 하고, 자기 뜻대로 안 된다고 죽어버리겠다 하고, 여자의 평판은 다 망쳐놓고 자기 한 목숨만 끊으면 좋다는 식으로 뒈져서는, 죽은 뒤에도 몽달귀가 되어서는, 살았을 때 마음에 두었던 여자에게 아주 들러붙어서, 악귀같이 물고 늘어져서는 끝내 사람을 잡는다니까. 죽으나 사나, 스토커 같은 놈들이.”

중얼거림의 끝에 가서야 연희의 목소리가 원래대로 돌아왔지만, 분위기는 여전히 기묘했다. 숨을 들이쉬는 것만으로도 척추를 타고 싸늘한 무언가가 흘러내리는 것 같았다. 승주는 침을 삼키려 했지만, 목 안으로는 메마른 공기만 넘어갈 뿐이었다. 입안은 바싹 말라 있었다. 윤형이 뭔가 말을 하려는 것을, 얼른 옆구리를 쳐서 만류했다. 밥상 건너편의 경욱은 뭔가에 홀린 듯 멍한 얼굴로 고개를 끄덕이다가, 갑자기 허겁지겁 밥을 퍼먹기 시작했다. 연희는 그런 경욱을 물기로 불그레해진 눈으로 뚫어질 듯 매섭게 노려보았다.

눈을 떴을 때는 새벽이었다. 한 뼘쯤 열린 창문 너머로 소금기가 섞인 안개가 밀려 들어오고 있었다.

승주는 일어나 앉았다. 산비탈에 자리한 집의 2층에서는 멀리 바다가 보였다. 그 바닷바람 사이로 어제보다 진한 향불 냄새가 느껴졌다. 새벽 기도라도 하고 있는지 목탁 소리와 염불하는 소리가 들렸다. 승주는 어제 연희가 자리끼로 머리맡에 놓아준 물을 한 잔 마시고 복도로 나왔다. 연희는 남자들은 도예 공방이 있는 바깥채를 내어주고, 승주는 자신의 침실과 신당이 있는 안채로 데려와 2층 맨 구석 방에서 쉬라고 했다.

- 네 외삼촌이랑 절대 단둘이만 있지 말고.

어릴 때부터 엄마는 승주에게 정말 수도 없이 그렇게 말했다. 아주 어릴 때부터, 외삼촌하고는 단둘이 있으면 안 된다고. 사람이 짓궂고 못되어 먹어서 저보다 어리고 젊은 여자만 보면 추근거리고 몹쓸 장난을 쳐 버릇하던 인사라고.

그 몹쓸 장난이 무엇인지는, 승주도 안다. 어릴 때 경욱이 술 한잔 걸치고는 다가와 싫다는 승주의 손목을 비틀어 잡고 벽장으로 끌고 가려는 것을, 미경이 발견하고는 다짜고짜 빗자루로 두들겨 팼던 것이 승주가 고작 여덟아홉 살 때의 일이었다. 승주가 초경을 한 뒤로는 어지간한 일로는 외가에 데려가지도 않았다. 때때로 현자가 은서를 데리고 뭔가 하소연을 하러 찾아왔을 때에야, 승주는 은서와 같이 놀 수 있었다.

그런 것을 굳이 설명하지도 않았지만, 연희는 할 수 있는 한한껏 먼 곳에 경욱을 처박아 두었다. 그냥 단순히 꼴 보기 싫어서였을지도 모르고, 뭔가 다른 것을 더 느꼈을지도 모른다.

무당이니까, 은서가 왜 죽었는지 꿰뚫어 본 것일 수도 있고.

짐작했으면서도 막지 못했다. 아무래도 저 인간이 은서에게 손을 대는 것 같다, 경찰에 신고해야 하지 않느냐고 미경에게 말했을 때, 미경은 고개를 저었다. 저런 인간쓰레기도 오빠라고 편을 드는 거냐고 따졌을 때, 미경은 억울하다 못해 피눈물이라도 쏟을 듯한 표정으로 울었다.

"그런 일들이 판검사 앞에서 인정받으려면, 그런 일을 당한 여자애가 얼마나 많은 수치를 감당해야 하는지 네가 알아?"

"하지만……."

"뭐라고 할 거야? 은서한테, 너희 아빠한테 그런 일을 당했느냐고 네 입으로 물어볼 거야? 그래서 법원에 가서 증언하라고 말을 할 거야? 잠깐은 속 시원하겠지. 그런데 은서는? 자기 말을 계속 의심할 판사, 검사, 변호사, 자기 아빠 또래 남자들 앞에서 그런 일을 더, 더, 더 구체적으로, 무슨 포르노 소설처럼 증언하라고 요구받아야 하는 은서는 어쩌라고?"

"하지만……!"

"그런 걸 다 알고서도, 은서가 자기 입으로 증언할 결심을 했다고 치자. 저 인간이, 내 딸이 정신병에 걸렸다면서 어딘지도 모를 정신병원에 처박아 버리면, 우린 은서를 구해낼 방법도 없어. 저런 인간이라도 애비라서, 저 애를 정신병원에 처박아버릴 권리도 있으니까. 고모라는 건, 사촌이라는 건, 가까운 친척이라고 말만 번드르르하지, 정작 무슨 일 생기면 아무것도 못 해."

그냥 은서가 거기서 무너지지 않도록 도망치고 숨을 쉴 곳을 만들어주는 것 말고는 아무것도 할 수가 없었다. 대학 입시를 앞둔 은서를 데려오려 하고, 대학에 가자마자 학교 근처로 독립할 수 있게 도와주고, 상담을 받으러 다니게 도와주고, 외삼촌와 연락이 안 되도록 있는 힘을 다해 막아주고, 그 인간과는 골수부터 다를 것 같은 착실한 남자애인 윤형을 소개해 줘서 처음부터 다시 제대로 된 관계를 맺는 연습을 시키는 게 고작이었다.

하지만 결국 죽어버렸다. 놓쳐버렸다. 은서와 윤형과 함께 돌아보며 고른 집, 그 안에 채울 가구를 함께 의논했던, 이제는 은서가 안전할 거라고 믿어 의심치 않았던 그 신혼집에서, 은서는 스스로 목숨을 끊었다.

만약에, 어떤 식으로든 경욱에게 법적인 구속을 할 수 있었다면, 진작에 그랬다면, 은서는 죽지 않았을지도 모르는데.

눈물을 닦으며 자리에서 일어났다. 세수를 하려고 나와보니, 신당 문이 반쯤 열려 있었다. 연희는 한복을 차려입고, 불상과 신신할매상 사이에 놓인 은서를 향해 무릎을 꿇고 손을 모으고 있었다.

"…… 일어났어요?"

한참 만에 연희가 고개를 돌리며 물었다. 반쯤 열린 문 밖에서 손을 모으고 서 있던 승주가 고개를 끄덕였다.

"밖에 등산화 꺼내놓았는데."

"감사합니다."

"거기 암자는 나도 잘 아는 곳이니, 같이 가면 되고……."

"이렇게 도와주셔서, 어떻게 감사를 드려야 할지 모르겠어요. 일단 숙박비라도……."

"됐어요, 그런 건. 그나저나 이분 아버님도 가시는 거죠?"

연희는 여전히, 하얀 보자기에 감싸인 채 놓여 있는 은서를 마치 산 사람 대하듯이 말했다. 승주는 어쩔 줄 몰라 하며 "예……." 하고 기어 들어가는 목소리로 대답했다. 연희는 처음 만났을 때처럼 태연하게 웃었다.

"괜찮아요, 괜찮아. 나도 도예 공방도 하고, 간혹 산에 올라간다는 사람 길잡이도 하고, 이것저것 하면서 별사람을 다 봐서, 저 정도로는 놀라지도 않으니까."

"그래도요……."

"암자에는 어제 다시 전화드렸어요. 오늘 아침에 모시고 올라간다고. 그렇지 않아도 어제 새벽에 연락 받았지만 당일에 바로 준비하는 일도 아니고, 연락이 없길래 서울에서 내려오는 거라 화장이 늦어져서 어제 못 왔나 보다 하시더라고요. 내가 같이 모시고 간다니까 준비해 놓는다고 하셨으니, 우리는 시간 맞춰서 가면 되죠. 그러면 씻고, 옷은 어제 그거 입을 거예요?"

"예, 상복이니까요."

"그래요. 그러면 준비하고, 이분 모시고 내려와요. 나는 그, 남자분들 좀 깨워야겠으니."

연희는 승주의 어깨를 툭툭 치고 신당을 나왔다. 승주는 신당에 혼자 남겨진 채, 단 위에 놓인 은서를 바라보다가 한 걸음 앞으로 나섰다.

보자기로 감싼 것에서는, 아직도 희미하게 온기가 남아 있는 것 같았다.

"그런데 옥녀봉은 왜 옥녀봉이요? 그, 변강쇠에 나오는 옥녀, 뭐 그런 것인가?"

씻고, 정갈하게 준비된 식사를 하고, 망자를 모시고 암자로 올라가면 무엇할까? 같이 가는 인간이 입만 열면 추잡한 소리인데.

"변강쇠전, 그러니까 가루지기에 나오는 것은 옥녀가 아니라 옹녀입니다."

"아니, 그러면 왜 옥녀인데?"

아무리 은서를 좋은 곳에 데려가서 이승에서의 한도 원도 풀고 좋은 곳으로 가라고 기도한들, 저 염치도 없고, 인륜도 모르는 인간이 같이 가는데 잘도 해원이 되겠다. 정말로 저런 것도 은서 아버지라고 부득불 끌고 온 윤형에게 짜증이 솟구쳤다. 윤형은 자기가 죄인이지 하는 표정으로 고개를 숙인 채 뒤따라왔다.

"옛날 여기 사량도에 가난한 부부가 살았답니다. 어여쁘고 착하던 아내가 난산 끝에 딸을 낳았지만, 가난 때문에 제대로 먹지도 못한 데다 피를 너무 많이 흘려서 아이를 낳고 얼마 지나지 않아서 죽고 말았지요."

하긴, 윤형이 뭘 알았을까. 은서는 그 이야기를 결코 제 입으로 말한 적이 없다. 승주와 미경이 조심스럽게 물었을 때, 그저 아무 말 없이 눈물만 뚝뚝 떨어뜨렸을 뿐이다. 병원에 다니고 상담을 받으며 한결 밝아졌고, 그다음에 승주의 소개로 조심스럽게 윤형과의 연애를 시작했다. 연인 간에 으레 주고받는 성적 접촉에 대해 은서가 너무 무서워한다고, 자신을 싫어하는 게 아닐까 하고 윤형이 고민하자, 은서가 어디까지 말을 해야 할까 고민하긴 했다. 하지만 승주가 알기로는 어릴 때 성추행을 당한 적이 있다 정도로 말하고 말았을 거다. 아버지에게 몇 번이나 강간을 당한 딸과, 낯선 사람에게 성추행을 당한 여자아이는 다르다고, 승주를 찾아왔던 은서가 술에 잔뜩 취한 채 울면서 그렇게 말했으니까.

"…… 옥녀의 아버지는 재혼도 하지 않고 혼자 딸을 키웠답니다. 아내를 사랑해서 그런 것도 있겠지만, 워낙 가난한 살림인 데다 딸까지 하나 딸려 있었으니 후처로 들어오려는 사람도 없었겠지요. 여튼 옥녀는 무럭무럭 자라서, 어느새 제법 처녀티가 나게 되었습니다."

그런 생각을 하다가 문득, 승주는 연희의 뒷모습을 바라보았다. 연희는 가파른 산길을 마치 평지처럼 걸어 올라가고 있었다. 산길 초반에서부터 번갈아 은서를 안고 가던 승주와 윤형이 비탈길에서 쩔쩔매며 비틀거리는 꼴을 보고는, 아예 자기가 안아 들고 태연하게 걷는 것이 마치 산신령처럼 영험하게 느껴졌다.

그런 데다 연희가 말하는 이 옥녀봉의 전설이라는 것이 예사롭지 않았다.

"어느날 옥녀의 부친이라는 자가, 제 딸이 제법 성숙한 것을 보고 그만 여자로 보고 덮치려 하였지요. 옥녀는 겨우 아버지를 밀어내며 말했습니다. 아버지와 딸이 붙어먹다니, 인륜을 아는 사람은 차마 그럴 수 없다, 이건 짐승이나 하는 짓이라고요. 하지만 욕정에 눈이 먼 아비는 그런 말에 눈 하나 깜짝하지 않았습니다."

연희는 어디까지 눈치챈 것일까? 묻고 싶었지만 물어볼 수 없었다. 저 이야기를 듣는 저 짐승만도 못한 인간은 또 어떤 표정을 짓고 있을까? 경욱의 얼굴이 궁금했지만, 자신들보다 한참 앞장서서 걷고 있었으니 확인할 수도 없었다.

"그래서 옥녀가 말했지요. 남들 눈과 귀가 있으니 이곳에서는 그럴 수 없다고. 보는 사람 없는 저 봉우리 꼭대기에 먼저 올라가 기다리고 있을 테니, 멍석을 두르고 네 발로 기며, 입으로는 음메음메 하고 소 울음소리를 내며 기어 올라오시면, 저도 아버지가 짐승인 줄 알고 이 짐승 같은 일을 받아들이겠다고요."

"그래서 옥녀는 어떻게 되었다던가?"

"아마도 옥녀는, 아버지가 짐승 흉내를 내며 산을 기어오르다 보면 어느 순간 내가 뭘 하는 건가 하고 깨달을 거라고 생각했는지도 모르겠습니다. 제정신 박힌 아비라면 그렇겠지요. 하지만 어떤 사내들은, 한번 욕정에 눈이 뒤집히면 그게 제 새끼인지 어미인지도 분별을 못 한답니다. 아주 짐승 같은 새끼이지요."

"……."

"옥녀의 아비도 그랬습니다. 정말로 부끄러운 줄도 모르고 멍석을 뒤집어쓰고, 소 울음소리를 내며 네 발로 기어 올라오는데, 그 기괴한 꼴을 본 옥녀는 절망했습니다. 홀로 된 지 오래 된 아버지가 잠깐 욕정에 눈이 멀었어도, 이런 무리한 일을 주문하면 정신을 차릴 줄 알았는데, 정욕 앞에서는 부모자식도 없는 짐승 같은 새끼라는 것을 확인했으니까요. 옥녀는 제 아비가 멍석을 두르고 기어 올라오는 것을 보고, 저 봉우리에서 뛰어내려 스스로 목숨을 끊었습니다."

문득 은서의 죽음이 떠올랐다. 대학에 간다고 은서가 집을 나오고 십 년 가까이, 승주는 미경을 도와 저 짐승만도 못한 놈이 은서 곁에 다가오지 못하도록 단속을 해왔다. 은서가 결혼을 한다고, 그래도 친아버지에게 연락은 해야 할 것 같다는 말에 반대를 했다가도, 상견례에 고모 내외만 앉아 있으면 흠 잡힐 것 같아 중간에서 연락만 도와주었다. 은서의 전화번호도, 신혼집 주소도 알 리가 없었다.

그리고 은서는 죽었다. 경욱이 신혼집으로 찾아온다는 연락을 받고.

뛰어내렸다. 그 핏자국이 아파트 단지 화단이며, 주차장에 무참한 붉은 얼룩으로 남아 있는 것을 승주는 보았다. 처음에 무슨 일인가 하고 신혼집으로 달려갔다가, 다시 병원으로 달려가는 길에.

"옥녀의 피가 이끼가 되어, 지금도 저 아래에 붉은 이끼가 피어난다고 하죠."

씻어내도 씻어내도, 한동안은 아스팔트 사이로, 시멘트 사이로, 화단의 흙 위로 번져 나간 그 흔적이 남을 것이다. 그 자리에 붉은 이끼는 남지 않겠지만, 한동안은 사람들이 그 주변을 빙 돌아 피해 다닐 것이다. 그 붉은 흔적이 완전히 지워진 뒤에도 사람들은 말할 것이다. 전에 여기서 사람이 죽었다고. 결혼을 앞둔 젊은 새신부였다고.

"그 뒤로부터 동네에서는 신랑이 신부를 맞이하러 갈 때는 신부 집에서 초례상 차려놓고 맞절하는 것을 생략하고, 신랑이 신부를 맞아 돌아갈 때는 옥녀봉 아래에서 신부가 가마에서 내려 걸어간다고 합니다. 옥녀가 새신부에게 샘을 낼까 봐 그런다고도 하고, 인륜을 지키려다 목숨을 끊은 옥녀를 기리기 위해서라고도 하지요."

연희가 옥녀봉에 얽힌 전설을 이야기하는 동안, 경욱은 아무 말도 하지 않았다. 어색한 침묵이 이어지자, 헉헉거리며 뒤따라 올라가던 윤형이 그 어색함을 어떻게 깨보려는 듯 물었다.

"옥녀가 손각시가 되어서 질투하는 건가요? 손각시의 저주 같은 거?"

"저주는 무슨, 장난이지."

"하지만 샘을 낸다면서요……."

"저를 범하려던 짐승만도 못한 애비 하나 못 죽였는데, 저주는 무슨 저주. 그저 가엾고 딱한 것이지."

두런두런 이야기를 나누며 올라가는데, 갑자기 경욱의 걸음이 빨라졌다. 연희가 경욱을 불렀다.

"선생님, 우린 이쪽으로 갈 건데요."

"이쪽에 암자 방향이라고 리본이 묶여 있잖아!"

"그쪽으로 가도 암자로 가는 건 맞는데요, 가다 보면 길이 많이 험합니다. 중간에 두 손 두 발 다 써서 올라가야 하는 곳이라, 따님 모시고 올라가려면 이리 돌아가는 게 나아요."

경욱은 대꾸하지 않았다. 현자가 죽은 뒤로 사량도에 와 본 적이 없다고 했던가. 아내가 살았을 때에도 이 섬에 와본 적은 있는지 의심스러운 저 남자는, 마치 자기가 이 산길을 손바닥 보듯 다 안다는 듯한 태도로 제 고집대로 길을 꺾어 올라가기 시작했다. 연희는 확인하듯, 경욱을 향해 외쳤다.

"그러면 선생님, 암자에서 뵙겠습니다."

혼자 씩씩거리며 비탈을 오르는 경욱을 두고, 연희는 다시 골짜기를 향해 걷기 시작했다. 군데군데 돌탑이 쌓이고 작은 초가 놓여 있는 기도터를 지나, 그는 최대한 완만한 길을 따라 앞장섰다.

"괜찮을까요?"

윤형이 조심스럽게 물었다. 승주는 윤형을 향해 고개를 저어 보였다. 희미하게 향냄새가 풍겨오더니, 멀리서 목탁 소리 같은 것이 들리고 있었다. 벌써 열 시 반, 절에서는 한참 사시 예불을 드리고 있을 때였다.

한참을 더 걸어 절집 앞마당으로 들어서는데, 무언가 떨어지며 우르르 무너지는 듯한 소리가 들렸다. 멀리서 비명 소리 같은 것이 메아리쳤다. 연희는 못 들은 척, 그저 대웅전을 향해 머리를 숙였다. 승주는 파랗게 질린 채 연희의 뒤통수를 바라보다가 문득 고개를 돌렸다. 봉우리와 봉우리가 이어지는 저 능선 사이로, 섬들이 툭툭 솟아오르며 길을 이룬 듯한 새파란 바다가 내려다보였다. 설령 무슨 일이 있었다 해도, 이 일은 전부 사고다. 귀신 같은 것은 세상에 없으며, 손각시가 된 옥녀가 해코지를 한 것도 아니고, 사람이 등을 떠밀어 복수한 것도 아니다. 승주는 이 모든 일의 어디부터 어디까지가 우연이었을까를 생각했다. 아니, 우연이든 필연이든, 그런 것을 따질 계제는 아니다. 그저 술에 취한 아비가 딸의 죽음을 비관하여 목숨을 끊었다, 세상은 그렇게만 말할 것이다. 그러면 된 거다. 다만 승주는 아무도 알아주지 못한 은서의 괴로움을 알아준 연희의 뒷모습을 바라보며, 자기도 모르게 "나무 관세음보살." 하고 중얼거렸다.

어디선가 긴 뱃고동 소리가 들려오고 있었다.

작가의 말

처음에는 호러 소설집을 내자는 제안을 받았다. 한국의 전통적인 귀신과 요괴가 등장하는 호러 단편집을. 예전에 썼던 다른 이야기들에다, 새로 몇 편을 더 써서 한 권으로 묶을 수 있을 줄 알았다. 그리고 경쾌하고 산뜻한 원고지 200매짜리 귀신 이야기를 먼저 한 편 썼다. 음습하고 어두운 이야기와 호러이지만 유쾌한 이야기들이 섞여 있어도, 잘만 배치하면 각각의 개성을 살리는 구성으로 만들어 낼 수 있을 것 같았다. 그 다음으로 제웅을 소재로 하는 「그런 것은 받을 수 없어요」를 썼다. 문제는 그다음이었다.

이 책의 마지막에 수록된 「긴 뱃고동 소리」를 쓰면서, 나는 뭔가 일이 꼬이고 있다는 생각이 들었다. 이 이야기는 무조건 책의 마지막에 들어가야 할 이야기였다. 그리고 그 앞쪽에, 사량도의 무당 연희가 주인공으로 나오는 이야기가 더 있어야 할 것 같았다.

신연희라는 사람은 어떤 사람일까. 키가 크고, 집에 있는 옷들은 한여름에 입는 흰 셔츠 몇 벌을 제외하면 늘 검정색이나 회색 일색일 것 같고, 바람이 부는 계절에는 바람 때문에, 더울 때는 볕을 가리느라 얇은 회색 머플러를 걸치고 있을 것 같은 사람. 피부는 바닷가의 햇볕에 그을고, 손은 흙반죽을 만지며 단단해진, 공수를 주지 않고, 굿을 하지 않고, 그저 조용히 신을 모시는 한편으로 도예공방을 하며 살고 있는 마흔 살 언저리의 무당. 「긴 뱃고동 소리」는 그 사람이 집으로 돌아가는 이야기이자, 돌아가면서 억울하게 죽은 사람의 혼백을 위무하는 이야기였다. 그렇다면 그 사람은 어디에 갔다가 집에 돌아가는 것일까. 생각하다가 문득 무당이라는 존재가 어디에서 왔는지를 떠올렸다. 간단한 답이다. 바리데기. 버림받은 딸, 버림받은 여자아이. 쫓겨나 긴 여행 끝에 신이 된 그 아이가 자신을 버린 가족에게 돌아가 아버지 오구대왕을 살려내고, 다시 무조신으로서 자신이 있을 곳으로 돌아가는 것 까지가 바리데기 이야기다. 연희가 무당으로서 사량도에 돌아오는 것으로 끝나는 이야기라면, 그 앞에 펼쳐졌을 연희의 여행은 응당 자신의 원가족에 돌아가 해원을 하는 이야기여야 했다.

그렇게 나는, 이전에 썼던 소설들을 포함해서 단편집을 묶는다는 계획을 깔끔하게 포기했다. 물론 처음에 썼던 경쾌한 이야기도 이 구성에는 넣을 수가 없었다. "스스로 불러 온 재앙"도 정도가 있지, 있는 단편들에 더해 새로 반 권 남짓 쓰면 될 일이었는데 결국 한 권(+여기 넣지 못한 한 편)을 전부 새로 쓰게 된 것이다. 쓰는 나는 만족스러웠지만, 사실 실속은 없는 이야기다. 하지만 어쩌겠는가. 이 이야기를 지금 죽 이어서 쓰지 않으면, 훗날 또다시 여기저기 단편으로 흩어진 신연희의 이야기를 모아서 새로 책을 만들어야 할지도 모르는데.

이 책은 총 여섯 편의 이야기로 이루어져 있다. 병든 남편을 구하기 위해 남의 어린 자식에게 액을 입힌 제웅을 건네려는 아내 「그런 것은 받을 수 없어요」, 똑똑하게 태어난 아들이 좋은 성적을 내고 성공한 인생을 살게 해 주고 싶은 마음에 괴물이 되어가는 어머니 「고독한 학부모방」, 강남대로 근처의 카페에서 자신이 어떻게 죽었는지 토로하는, 여자라서 살해당하고 여자라서 죽어도 억울함을 풀지 못했던 열두 명의 여자들 「강남대로 몽유록」, 여성을 스토킹하다 살해하려 하고 그 과정에서 오히려 자신이 목숨을 잃자 그 원념으로 상사뱀이 되고 만 남자와, 그를 목격한 학생들 「예대생들 뱀 조심해라」, 그리고 가족 내 성폭력 생존자였다가 결국 목숨을 끊고 만 젊은 여성과, 그 가해자인 아버지 「긴 뱃고동 소리」까지, 이 다섯 편의 괴담들은 일관되게 현세의 지옥을 살고 있는 여성들의 이야기를 다루고 있다. 그리고 이들 다섯 편을 하나로 관통하는 축이 바로 연희 이야기다. 불길한 딸이라고 쫓겨난 바리공주이자, 집안을 망친 여우 누이로 오해받은 여자아이, 가믄장아기처럼, 당금애기처럼 쫓겨나 먼 길을 떠나야 했던, 딸이자 누이이자 무당이자 신이 된 존재. 결국 신연희는, 예전에 썼던 『여성, 귀신이 되다』의 이야기들을 이번에는 소설로 써 보고 싶다는 욕망이 만들어낸 인물이었다.

연희 이야기를 액자 삼아 들려드리는 다섯 편의 괴담 중, 「강남대로 몽유록」에 특히 애착이 있다. 이 이야기는 병자호란 당시 강화도에서 죽은 열다섯 명의 여자들의 입을 빌어, 관직에 임했으면서도 목숨 걸고 적과 맞서지 못한 자들의 용렬함과 절조 없이 적에게 빌붙는 자들에 대한 고발, 자신들은 목숨이 아까워 허겁지겁 도망치면서도 제 아내나 어머니에게는 정조를 지켜 자결하라고 말하던 남성 사대부들의 비겁함을 고발했던 『강도몽유록』을 현대적으로 어레인지한 이야기로, 실제로 우리 주변에서 일어났던 여성 대상 살인사건들에 대해 다시 한번 환기하고자 하는 마음으로 쓴 이야기다. 다른 괴담들 역시 여성이 현실에서 겪는 일들을 괴담이라는 필터를 통해 재구성해 보고자 했다.

기존에 썼던 단편들을 포함하여 괴담 소설집을 엮는다는 원래의 기획을 깔끔하게 엎어버리는 것도 모자라, 새로 처음부터 다시 다 쓰겠다며 예정보다 시간을 더 들이다 보니 여기저기 폐를 끼쳤을 것 같다. 그런 상황에서도 자기 쓰고 싶은 것을 마음껏 쓰라고 격려해 주시고, 이야기가 충분히 형태를 갖출 때까지 기다려 주신 넥서스 편집부와 그린북 에이전시에 깊이 감사드린다.

전혜진